z. 1002.

I0681532

A MONSIEUR

DE MALEBRANCHE,
Seigneur du Ménil-Simon,
& de Monmagny, Conseil-
ler du Roy en la Grand'-
Chambre du Parlement de
Paris.

ONSIEUR,

*Ne croyez pas que je
prétende m'acquiter de ce
que je vous dois par un Present aussi médiocre que ce-*

EPISTRE.

luy que j'ay l'honneur de vous faire. Je veux au contraire avoüer publiquement que Personne ne vous est plus redevable que moy; & prendre toute la Terre à témoin que je vous ay des Obligations que jamais, quoy que je puisse faire je ne puis reconnoître qu'imparfaitement. Je vous jure, MONSIEUR, que je sens mieux ce que je dis que je ne l'exprime; & que vous ne pouvez mettre mon zéle à l'épreuve en aucune occasion où mes actions ne disent plus que mes paroles.

EPISTRE.

Ce n'est ni la crainte du
mal que vous me pouvez
faire, ni l'espoir du bien
que vous me pouvez pro-
curer qui m'arrache cet a-
veu : je rends justice à vôtre Mérite indépendam-
ment d'autre considération
que de luy-même ; & quoi-
que dans le tems où nous
sommes l'adulation soit le
chemin le plus seur pour
s'avancer, jamais aucun é-
gard ne m'a pû faire des-
cendre à la flaterie. Supposé même que je me lais-
sasse entraîner au Torrent,
& que je fusse capable de

EPISTRE.

devenir un Adulateur , a-
prés avoir vécu si long-tems
sans l'être, seroit-ce icy où
la flaterie pourroit trouver
place ; & la pure Vérité ne
vous est-elle pas plus avantageuse que tout ce que je
pourrois inventer en vôtre
faveur ? Il y a des choses
naturellement si belles que
l'Art le plus délicat ne fait
que les défigurer, & où l'on
ne peut rien ajoûter sans en
diminuer le prix. Dire que
le plus auguste Sénat de
l'Europe n'a pas un Juge
plus Équitable que Vous,
c'est l'Eloge le plus beau

EPISTRE.

qu'on puisse faire d'un homme; & il n'y en a point à
qui il soit plus justement
dû. Je voudrois vous être
moins obligé que je ne vous
le suis pour avoir la liberté de publier tout ce que je
sçay de Vous sans être soup-
çonné de parler par reconnoissance. _Que ne dirois-je_
point du plaisir que vous
avez à bien faire, & de
celuy qu'on vous fait quand
on vous en offre une occasion ? Semblable à cet Empereur qui regardoit com-
me autant de jours perdus,
ceux qu'il laissoit passer sans

les signaler par ses Bienfaits, vous ne trouvez de
momens heureux que ceux
où vous rendez de bons
Offices ; & quand il vous
est impossible d'accorder ce
que l'on vous demande,
vous accompagnez vos re-
fus de tant d'honnêteté qu'on
vous est redevable des graces même que vous ne fai-
tes pas. C'est-là, MON-
SIEUR, c'est là proprement ce qui fait l'honnête
homme (qualité la plus bel-
le que l'on puisse avoir, &
que vous avez au plus
haut degré où elle puisse ê-

EPISTRE.

tre.) Eh qui peut mieux en parler que moy, que vous avez obligé de tant de manieres, & pour qui vous avez eu des bontez dont je me souviendray in æternum & ultra ! Quoi-que jusqu'icy un malheur continuel m'ait empêché de les reconnoître, ne vous lassez point d'en avoir toûjours : le Ciel ne laisse guéres de Bienfaits sans recompense; & peut-être lors que vous y penserez le moins, trouverai-je un moyen de justifier la Vérité de la Fable que vous allez voir.

EPISTRE.

LA COLOMBE ET LA FOURMY.

FABLE.

LA Colombe qui s'égayoit
Au bord d'une Fontaine où l'Onde étoit fort
  belle,
  Vid se demener auprés d'elle
  Une Fourmy qui se noyoit.
Sensible à son malheur, mais encor plus active
A luy donner secours par quelque promt moyen,
Elle cueïlle un brin d'herbe, & l'ajuste si bien
Que la Fourmy l'attrape & regagne la rive.
  Quand elle fut hors de danger
La Colombe en repos sur un Arbre s'envole.
Un Manan, à piez-nus, qui la void s'y ranger
  Fait d'abord vœu de la manger,
  Et ne croit pas son vœu frivole.
  Assuré de l'Arc qu'il portoit,
  De sa Fléche la plus fidelle
Il alloit luy donner une atteinte mortelle :
  Mais la Fourmy qui le guettoit

EPISTRE.

Voyant fa Bienfaictrice en cet état réduite ;

    Le mord fi rudement au pié

    Que fe croyant eftropié

Il fait un fi grand cry que l'Oifeau prend la

    fuite.

Par la foible Fourmy ce fervice rendu

    A la Colombe bienfaifante,

    Eft une preuve fuffifante

    Qu'un Bienfait n'eft jamais perdu:

Je ne fçay, MON-SIEUR, fi la réalité fui-vra de prés cette Fable: mais je fçay bien que Per-fonne n'a jamais été, & ne fera jamais plus réelle-ment, ni avec plus de ref-

pe{ & de reconnoißance
que moy.

MONSIEUR,

Vôtre trés-humble, trés-
obeïffant & trés-obligé
ferviteur,
BOURSAULT.

L'ASNE, LE MUNIER ET
SON FILS.

F A B L E.

Pour servir d'Avertissement au Lecteur.

Pour mieux vendre un Baudet qu'on menoit
    à la Foire
Un Mûnier & son Fils le portoient à leur cou :
Jamais, dit un Passant, *vid-on rien de plus fou ?*
Porter une Bourique ! hé qui le pourroit croire ?
    Mes bonnes Gens vous radottez
    De vous fatiguer de la sorte,
    Mettez à bas l'Asne que vous portez ;
    C'est bien au moins qu'à son tour il vous porte.
Ils crûrent cet Avis, & montérent tous deux
Sur Messire Baudet, qui plioit sous la charge :
Comment, leur dit un autre en fulminant con-
    tr'eux ,
Croyez-vous que cet Asne ait l'échine assez large
Pour porter deux Nigauts qui sont si vigoureux ?
Il faut que de sa peau vous ayiez l'ame avide :
    Le traiter si rudement

C'est commettre un fratricide.
Qui mérite châtiment.
Effrayé de cette harangue
Le Mûnier à l'instant fait descendre son Fils ;
Et luy sur le Roussin tranquillement assis
Se croyoit à couvert de tous les coups de langue,
Mais à peine eût-il fait vingt pas
Que des Filles qui l'apperçûrent......
(Je croy que l'on n'ignore pas
Que jamais Filles ne se tûrent :)
Celles-cy pour le Fils ayant plus de pitié
Qu'elles n'en avoient pour le Père,
Il faut que ce Vieillard n'ait guéres d'amitié,
Dirent-elles d'un ton sévére,
De sfaire aller son Fils à pié
Pendant que sur son Asne il est comme un Compére;
Hé bien, leur répondit-il,
Je vais luy céder ma place :
Il n'est rien que je ne fasse
Pour empêcher le babil.
Ce qui fut dit fut fait. L'un descend, l'autre
monte,
Persuadez tout-deux qu'on ne diroit plus rien.
Les pauvres Gens se trompoient bien !
Hé quoy, jeune Etourneau, n'avez-vous point de
honte ?

Dit une Vieïlle qui furvint ;

Refpectez des vieux ans la vigueur chancelante :

    Vôtre Pére en a Soixante

    Et vous n'en avez que Vingt.

Oh, ma foy, c'en eft trop, & je perds patience

    Dit le Mûnier en courroux ;

    Il n'eft aucune Science

    Où l'on puiffe plaire à tous.

C'eft fe mettre en la tefte une grande fotife

Que de vouloir du monde empêcher les dif-

    cours :

    Quoy qu'on faffe & quoy qu'on dife

    On en parlera toûjours.

Je m'attens à voir autant d'opinions différentes fur ces Lettres que le Mûnier & fon Fils en trouvérent quand ils conduifirent leur Afne à la Foire ; & je m'en confoleray facilement. Il eft mal-aifé d'écrire au gré de tout le monde : & fouvent ce ne font pas les plus médiocres Ouvrages que l'on cenfure le plus.

Il y a cinq ou fix fautes d'impreffion, dont je n'ay pas crû devoir faire

un *Errata* : le LECTEUR intelligent di-
ftinguera, s'il luy plaît, celles qui font
de moy. d'avec celles qui n'en font
pas.

TABLE

TABLE

Des Lettres & des diverses Matiéres
contenuës en ce Volume.

ẽ

TABLE.

TABLE.

TABLE.

TABLE.

TABLE.

TABLE.

TABLE.

A Mon-

TABLE.

i

TABLE.

í ij

TABLE.

TABLE.

TABLE

TABLE.

TABLE.

TABLE.

Fin de la Table.

Extrait du Privilege du Roy.

PAr Grace & Privilege du Roy, donné à Paris le 12. jour de Juillet
1696. Signé LOUVET, & scellé du
grand Sceau de Cire jaune; Il est permis à Edme Boursault, de faire imprimer un Livre intitulé *Lettres Nouvelles, &c.* en tel volume, marge & caractere que bon luy semblera, pendant le
temps de six années entieres & conse-
cutives à compter du jour qu'il aura
été achevé d'imprimer pour la premiere
fois; avec deffenses à toutes autres personnes de quelque qualité qu'elles
soient, de l'imprimer, vendre ni distri-
buer sans le consentement dudit Expo-
sant, à peine de confiscation desdits
Exemplaires & de trois mille livres d'a-
mende, & autres peines portées par ledit Privilege.

Registré sur le Livre de la Communauté des Libraires & Imprimeurs de
Paris, le 4. Octobre 1696.

Signé, P. AUBOÜIN, Syndic.

Ledit fieur Bourfault a cedé fon droit du prefent Privilege à feu Theodore Girard, Libraire à Paris, fuivant l'accord fait entr'eux.

Achevé d'imprimer pour la premiere fois le 5. Juin 1697.

LETTRES

LETTRES
NOUVELLES.

꧁꧂꧁꧂꧁꧂ ꧁꧂꧁꧂ ꧁꧂꧁꧂꧁꧂ ꧁꧂꧁꧂ ꧁꧂

A MONSIEUR
PELISSON,
DE L'ACADE'MIE FRANCOISE.

LETTRE ET FABLE.

ONSIEUR;

Comme'il y a peu de perſonnes au
monde qui vous honorent plus ſincére-

A

ment que moy, il y en a peu aussi qui
prennent plus de part non seulement à
la justice que le Roy vous rend, mais
à la bonté que Sa Majesté vous témoigne. Ce Monarque éclairé, qui fait un
discernement si juste de toutes choses,
& sur tout qui distingue si bien les véritables honnêtes Gens de ceux qui ne
cherchent qu'à le paroître, vous dé-
dommage glorieusement de tout ce que
vôtre probité vous a fait souffrir. Il a
vû par vôtre fidelité pour Monsieur
Foucquet combien vous êtes capable
d'en avoir à quelque épreuve qu'on
vous puisse mettre ; & comme il est
Luy-même le premier & le plus honnête Homme de son Royaume il se fait,
si je l'ose dire, une espéce de devoir
d'être l'appuy de tous ceux qui font le
leur. Quelle foule de gens suivoient le
pauvre Monsieur Foucquet dans sa Fortune, qui dans sa disgrace n'ont pas
fait semblant de le connoître, ou qui
ne l'ont connu que pour rendre son malheur plus grand! Jamais je ne me souviens de sa chûte, & de la maniere
dont il a été abandonné de ceux qui
luy étoient redevables de tant de bien-

faits que je ne me souvienne auſſi d'u-
ne Fable dont je vous ſuplie, Monſieur,
de faire vous même l'application.

FABLE.

PRés de Lesbos fut jadis un Figuier
Qui rapportoit le plus beau fruit du Monde :
  Planté fur le bord d'un Vivier
  Il ſe lavoit les pieds dans l'onde,
  Tous les Oiſeaux d'alentour
Se donnoient Rendez - vous foûs ſon épais
 feüillage ;
  Et tant que duroit le jour
  Ils y chantoient leur Amour
  Et béniſſoient ſon Ombrage.
Mais comme dans le Monde il n'eſt rien de
 certain ,
Et que c'eſt une Mer qui n'eſt point ſans nau-
 frage ,
  Aprés un temps calme & ſerain
Il ſurvint tout à coup un furieux orage.
Les Vents en un moment agitérent les Airs ;
Il ſembloit que la pluye alloit noyer la Terre :
  Enfin aprés beaucoup d'éclairs
Le Figuier malheureux fut frapé du Tonnerre.

Les Oiseaux effrayez d'entendre un si grand
    bruit ,
Dans le Hameau prochain vont chercher un
    Azile :
Et l'orage passé chacun-d'eux s'entre-suit
Pour venir habiter leur premier Domicile.
Mais l'Arbre, qui pour eux avoit eu tant d'ap-
    pas ,
Accablé sous le faix d'une telle disgrace ,
        Avoit si fort changé de face
        Qu'on ne le reconnoissoit pas.
        Les premiers qui le reconnûrent
Furent un Epervier , un Milan , un Autour,
        Qui l'insulterent tour à tour ,
Et pour ne le plus voir à l'instant disparurent.
        Suivez-nous , & vous ferez bien ,
Dirent-ils aux Oiseaux qu'ils crûrent pitoya-
    bles ;
Ce Figuier desormais au rang des misérables
        Ne peut plus nous servir à rien.
        Pour moy , dit une Tourterelle ,
Qui ne concevoit rien de plus cher que l'hon-
    neur :
Je prétens partager sa fortune cruelle ,
Puisque j'ay partagé ce qu'il eut de bonheur.]

Il m'a tant fait de bien, reprit une Colombe,
   Que je m'en souviendray toûjours :
Je luy veux consacrer le reste de mes jours
   Dans quelque disgrace qu'il tombe.

   Plût au Ciel ! pouvoir par mes chants,
Ajouta tendrement un Rossignol habile,
Luy rendre ses attraits, & forcer les Méchans
A revenir un jour luy demander Azile.

   Combien au Tableau qui paroît
   En void-on qui sont tout-semblables ?
   C'est ainsi que l'on reconnoit
   Les faux Amis des veritables.

N'est-il pas vray, Monsieur, que voila une peinture naïve de ce qui est arrivé à la disgrace de Monsieur Foucquet ; & qu'il y a eu bien plus d'Eperviers & de Milans que de Colombes & de Tourterelles ? Le Personnage que vous avez fait dans son malheur est plus glorieux pour vous que celuy que vous faisiez dans sa prosperité ; & quoique vous fussiez le Canal par où couloient les graces dont on peut dire qu'il étoit la Source, il y a bien plus de grandeur d'ame

A iij

à l'avoir fervi quand il a efté abandonné de la Fortune que lors que la Fortune
le fuivoit. Le Roy ne pouvoit mieux
vous marquer l'eftime qu'il fait de vôtre zele qu'en le mettant à l'épreuve
pour Luy-même ; & fi les Emplois dont
il va vous honorer font proportionnez
à vôtre Merite je n'en fçay point que
vous ne puiffiez dignement remplir. S'il
eft vray ce que vous m'avez dit tant de
fois, que je ne puiffe trahir mes fentimens, perfuadez-vous, s'il vous plaît,
que c'eft quand je m'explique avec vous,
& que je vous protefte que je fuis avec
une veritable eftime,

MONSIEUR,

Vôtre très-humble & très-obeïffant
ferviteur.

A MONSEIGNEUR
LE MARE'CHAL
DE CRE'QUY.
Sur la prife de Fribourg.

MONSEIGNEUR,

Graces à vôtre Valeur & à toutes les autres qualitez qu'il faut avoir pour être un Capitaine accompli, voila la Campagne finie auffi glorieufement qu'elle a été commencée: & ce qui ne fembloit poffible qu'au Roy feul, vient d'être entrepris par vôtre Prudence & exécuté par vôtre Courage. Il vous fuffifoit, Monfeigneur, pour mettre vôtre Gloire en fûreté, d'avoir rendu inutile la plus grande Armée que nos Ennemis ayent jamais euë, fans ajouter à une

A iiij

Conduite ſi ſçavante la Conquête d'u-
ne des plus fortes Places de l'Empire.
Il falloit que le Prince de Lorraine, qui
n'eſt pas moins Sage que Vaillant, crût
être bien ſûr de ſes progrés, puiſque,
malgré ſa modération ordinaire, il a-
voit fait mettre à ſes Drapeaux l'or-
gueilleuſe Deviſe que vous êtes cauſe
que j'ay rétorquée contre luy; & dont
il eſt juſte que vous ayiez le premier
hommage.

RONDEAU.

NUNC AUT NUNQUAM, eſt la Deviſe
Que nos Ennemis avoient priſe
Croyant tout ranger ſoûs leurs Loix;
Et cependant depuis ſix mois
Ils n'ont fait aucune entrepriſe.

Pour juſtifier un tel choix
Il faudroit que ſur les François
Quelque Place eût eſté conquiſe
      NUNC.
Le plus Equitable des Rois
En vingt jours en ayant pris trois

Malgré la Gelée & la Bîse ;
L'Allemand & le Hollandois
Doivent rougir de leurs Exploits,
AUT NUNQUAM.

Que vôtre difgrace de Tréves eft dignement réparée, & qu'un petit malheur eft quelquefois néceffaire pour
achever un Grand homme ! La Fortune ne pouvoit fe juftifier envers vous
d'une maniere plus glorieufe : & quelques fuccés que deformais vous puiffiez avoir, vous pouvez vous repofer
du foin de vôtre Réputation fur la fidelité de toutes les Hiftoïres de nôtre
Siécle. Je puis vous affurer, Monfeigneur, que jamais la joye n'a été plus
univerfelle ; & que le bonheur que
vous procurez à l'Etat augmente par
le plaifir que l'on a de le tenir de vous,
& de voir la Juftice fe ranger du côté de la Vertu. Je n'ofe me flater que
parmi tant d'acclamations que vous entendez les miennes puiffent être re-
marquées : & quoique nous autres
beaux Efprits nous prétendions être des
Difpenfateurs d'Immortalité, vous tra-

vaillez fi bien à vous immortalifer vous-
même , que loin d'avoir befoin de mon
fecours vous me réduifez à la nécefli-
té d'implorer le vôtre. Ne me le re-
fufez pas , Monfeigneur : & fouffrez
qu'à la faveur de vôtre Nom la Poflé-
rité apprenne avec combien de refpect
j'ay eu l'honneur d'être.

MONSEIGNEUR,

Vôtre trés-humble & trés-
obeïffant ferviteur.

A UNE FILLE DE QUALITE'

qui devoit joüer le Rôlle d'A-
talide dans la Tragédie de Bajazet, de Monſieur Racine.

LE meilleur de mes Amis eſt à l'a-
gonie, ou peu s'en faut; & je ne
vois point d'eſpoir pour ſa guériſon à
moins qu'il ne vienne de vôtre part.
Vous vous doutez bien de qui je parle ;
ou ſi vous faites ſemblant de ne pas
vous en douter, c'eſt pure malice. Pour
ne vous laiſſer aucun prétexte d'excuſes
il ne faut point biaiſer avec vous : &
je ne ſçay même ſi en vous diſant les
choſes par leur nom, vous ſerez d'aſſez bonne foy pour les entendre. C'eſt,
belle Atalide, du paſſionné Bajazet que
je vous annonce le trépas, pour peu que
vous demeuriez dans le ſilence où vous
vous obſtinez depuis ſi long-temps.

Dûſſiez-vous condamner le zele qui me guide
Vôtre cœur eſt trop dur, je vous le dis tout net:

Croyez-moy, charmante Atalide,
Par un mot favorable au tendre Bajazet
Epargnez-vous un homicide
Dont vous auriez, peut-être, un sensible re-
    gret.

          ❧

Quand je dis que vous en auriez du regret j'oublie qu'il n'a pas l'honneur d'ê-
tre connu de vous, & que ce n'est pas
un mal que la perte d'un bien qu'on ne
connoît pas. Je croy, belle Atalide, que
c'est le seul avantage qui luy manque,
& que si vous le connoissiez vous auriez
de la peine à ne luy point vouloir de
bien, par la pente naturelle que vous
avez à rendre justice. Peut-être croirez
vous de vôtre côté que mon amitié
pour luy me fait parler de la sorte, &
que mes yeux luy sont plus favorables
que ne luy seroient les vôtres : il n'est
rien de plus aisé que de vous en éclaircir. Il a pris la liberté de vous écrire
deux fois : vous avez vû par le respect
qu'il a pour vous de quel discernement
il est capable ; & vous jugerez facile-

ment du reste, si, malgré ce que luy coûte vôtre premiere venë, vous luy voulez permettre de courre le risque de
vous revoir. Apparemment qu'il luy est
échapé quelque mot dans ce qu'il vous
a écrit dont vôtre pudeur s'est effarou-
chée. Bajazet vous a sans doute dit
qu'il vous aime : Eh, qui peut vous voir,
belle Atalide, & ne vous en dire pas
autant ?

Peut-on cacher l'amour extrême
Qu'on est forcé de prendre en voyant tant
    d'appas ?
Quand ce qu'il vous écrit vous tairoit qu'il
    vous aime
Ce qu'il souffre pour vous ne le diroit-il pas ?

Sçavez-vous que pour réüssir parfaitement dans le Rôlle que vous avez dessein de joüer ce n'est pas assez de sçavoir donner de l'amour, & qu'il en faut
prendre ? il est mal-aisé de faire sentir
à l'Auditeur ce qu'on ne sent pas soy-
même : & tout ce qu'on void de grandes
Actrices exprimer si bien les passions

qu'elles repréfentent ne s'en acquite-
roient pas avec tant de fuccés fi elles
n'avoient véritablement de la tendreffe.

Pour être une Actrice touchante
Et rendre l'Auditeur ému, tendre, agité,
 Il faut que le Rôlle d'Amante
 Soit fi tendrement récité,
 Que l'action qu'on repréfente
 Paroiffe être la verité.

C'eft, belle Atalide, ce que Bajazet
vous apprendra le mieux du monde, fi
vous trouvez bon qu'il aille à Verfailles concerter avec vous les Scenes que
vous devez joüer enfemble. Comme elles font les plus belles & les plus in-
tereffantes de la Piéce, on ne peut apporter trop de foin à les bien fçavoir. Quoique dans ce que j'ay vû de
vous tout me femble dans la derniere
perfection, ce faux Bajazet fait fi bien
fon perfonnage qu'on le prendroit pour
le veritable : & fi vous voulez fuivre ce
qu'il vous dira, je ne doute point qu'il
ne vous faffe reffembler à la veritable
Atalide.

Vous ne pouvez choisir un plus tendre Modelle;
Imitez la façon dont il récitera :
  Pour la rendre plus naturelle
Il ne vous dira rien que ce qu'il sentira.

Dans l'indispensable nécessité où je
me trouve de rester à Paris, & de ne pouvoir profiter de l'honneur que j'ay déja
eu de vous faire répéter vôtre Rôlle,
j'ay crû, belle Atalide, ne devoir confier ce soin qu'à un homme qui eût du
zele pour vous ; de l'interest au succés
de vôtre dessein ; & des lumieres pour
le faire réüssir. Vous trouverez tout ce
que je vous dis, & peut-être plus, dans
celuy qui occupera ma place. N'étoit
que mon Ami profitera de ce que je
perdray je serois le plus malheureux de
tous les hommes, de n'avoir plus de si
fréquentes occasions de vous faire voir la
sincere estime, & le profond respect que
j'ay pour vous.

A MONSIEUR
LE PRE'SIDENT
PERRAULT.

MONSIEUR,

Vous me fiftes l'honneur de me mander par la derniere Lettre que vous eûtes la bonté de m'écrire, que vous ne
fçaviez plus que me répondre touchant
la maladie de Monfieur Dupré; & je
vous avoûe que je fuis dans la même
peine, & que je ne fçay plus que vous
en dire. Je vous ay tant de fois fait efpé-
rer fa convalefcence, & vous ay fi peu
tenu parole, que je n'ofe plus me hazarder à promettre quoi que ce foit fur
la foy des Médecins. Depuis le commencement de cette maladie jufqu'à
prefent, je ne leur ay prefque rien oüy
dire

dire que les événemens ayent justifié ;
& tout ce que je vois d'assûré, ou du
moins qui me paroît tel, c'est, Monsieur, qu'il n'y a aucun danger pour sa
personne : mais en verité je n'ose m'i-
maginer que la guérison en soit prom-
te, sur tout dans une saison plus propre
à faire perdre la santé qu'à la faire revenir. Il y a huit jours passez qu'on l'a
mis au lait d'Anesse ; & s'il en faut croire Monsieur Laurenceau, sa Poitrine en
est beaucoup soulagée : mais comme je
suis résolu à ne plus juger des remédes
que par leurs effets, il me pardonnera ,
s'il luy plaît, si je laisse encore passer
quelques jours avant que d'ajoûter foy
à ses paroles. Hier il y eut encore une
Consultation entre les trois Médecins ,
qui en ont déja fait tant d'inutiles , &
qui disent continuellement : *Clisterium
donare , postea saignare, ensuita purgare.*
Otez-leur cela, vous leur ôterez plus de
la moitié de leur science. Tout atténué
qu'est ce pauvre Malade , ils luy ont ordonné de nouvelles saignées ; & dans
l'état où il est , il me semble que la
nature a plus besoin d'être fortifiée
qu'affoiblie. On verra par la suite si la

B

Faculté a raison : mais jusqu'icy elle
m'a inspiré autant de mépris pour elle
que j'ay de respect pour vous, & de passion d'être toute ma vie,

MONSIEUR,

Vôtre trés-humble & trés-
obeïssant serviteur.

A MONSEIGNEUR

L'EVESQUE DE CONDOM,

Précepteur de Monseigneur le Dauphin.

Sur son Livre de l'Histoire Universelle.

Monseigneur,

Je ne sçay si la liberté que j'ose prendre est pardonnable : mais je sçay bien que mon intention est la meilleure du monde ; & que si par malheur je vous offense c'est à force de vous honorer. J'ay lû, & par conséquent admiré le dernier Ouvrage que Vôtre Grandeur a donné au Public. L'Erudition, la Force, la Netteté, l'Elegance, tout y est dans un Souverain degré : & les applaudissemens qu'il reçoit seront sans doute confirmez par les suffrages de toute la Postérité. Mais il seroit à souhaiter qu'un Livre

B ij

qui doit porter vôtre Gloire si avant
dans les Siécles à venir, eût été corrigé
à l'impression avec plus d'exactitude.
Persuadé, comme vous avez raison de
l'être, Monseigneur, qu'en sortant de
vos mains il n'y pouvoit avoir aucune
faute, peut-être n'avez vous pas donné
toute vôtre application à le corriger de
celles d'autruy : Et l'Imprimeur pour a-
voir mis *tué*, où vous n'avez mis que
blessé, ou tout au plus *vaincu*, en a fait
une si grande, qu'il semble (au moins se-
lon moy) que l'Empereur Valens, aprés
sa mort ait été encore plein de vie. C'est
dans le Volume *in quarto*, page 119. li-
gne 23. & voicy la période entiére.
Valens, qui veut vaincre seul, précipi-
te le combat, où il est tué, auprés d'An-
drinople: les Gots victorieux le brûlent
dans un Village où il s'étoit retiré. Ne
diroit-on pas, Monseigneur, que Valens,
aprés avoir été tué se soit retiré dans un
Village ; & n'est-il pas vray que dans ce
combat précipité il ne fut que blessé ou
vaincu, puisque vous le faites retirer
aprés ? Le plaisir que je goutois à dévo-
rer un si bel Ouvrage, fut un peu inter-
rompu en cet endroit : & dans le même

temps un de mes Amis, dont le nom &
le merite ne font pas inconnus à vôtre
Grandeur, m'étant venu voir, & m'ayant
trouvé charmé de ce que je lifois, m'a-
voüa qu'il n'avoit jamais rien veu de
plus beau ; & me fit pourtant la même
objection que je prens la liberté de
vous faire. Ce feroit dommage, Monfeigneur , de laiſſer dans ce que vous
avez fait de plus achevé , une faute qui,
non feulement corrompt tout le fens d'u-
ne période ; mais qui n'y en laiſſe point
du tout. Je n'ay point hézité fur le parti que j'avois à prendre ; & je me fuis
fait un devoir de vous en avertir, avant
que le débit en fût plus grand. Peut-être
eſt-ce manquer de reſpect, mais peut-on
être avec plus de zele ?

MONSEIGNEUR,

**Vôtre trés-humble & trés-
obeïſſant ferviteur.**

A MONSIEUR

DE LA BERCHE'RE,

Premier Préfident au Parlement de Grenoble ; furnommé l'Incorruptible.

MONSIEUR,

Vous m'avez jufqu'icy donné d'affez grands témoignages de vos bontez, pour m'autorifer à vous en demander de nouvelles marques. Un Amy de qui les intérets me font chers, a un procés en vôtre Parlement pour raifon d'un decret où l'on m'afsûre que la Juftice parle en fa faveur : & comme il y a peu d'hommes qui la rendent avec tant de plaifir que vous , vous voulez bien, Monfieur, que je m'en faffe un d'offrir de la matiére à vôtre équité ; étant trés perfuadé que l'Amy pour qui je prens la liberté de vous écrire a trop de probité & trop d'honneur pour chercher à gagner un procés qui luy sembleroit injuste. La confiance qu'il a en son bon droit, dont je sçais, Monsieur, que vous vous déclarerez l'Appuy, est tout ce qui le porte à souhaiter la recommandation que je luy donne : & pour luy faire avoir un heureux présage de la Justice qu'il attend de vous, je l'ay asûré que vous ne m'aviez jamais refusé celle de me croire avec beaucoup de passion & de respect.

MONSIEUR,

Vôtre trés-humble & trés-obeïssant serviteur.

A MONSIEUR

DES BARREAUX,
qui ne croyoit en Dieu que
lors qu'il étoit Malade.

LETTRE ET FABLE.

VOus m'avez, Monfieur, témoigné
de fi bonne heure toute la tendreffe & toute la bonté d'un Pére, que
j'embraffe avec avidité la premiere
occafion qui fe prefente de vous marquer toute la reconnoiffance & tout le
refpect d'un Fils. J'ay appris avec autant de joye que je prens d'intereft
dans ce qui vous regarde, la mort d'u-
ne malheureufe femme, qui étoit l'op-
probre de fon fexe ; & qui laiffe des enfans qui font les héritiers de fon infa-
mie. Dieu a fait ce que vous n'auriez
pû vous réfoudre de faire. Il ne peut
fouffrir que vous le fuyïez plus long-
tems :

tems : il vous cherche le premier, pour
vous obliger à le chercher à vôtre tour ;
& de peur que vous n'ayez trop de peine
à le trouver, il brise les obstacles qui
vous empêchoient de vous approcher de
luy. Quel malheur auroit-ce été pour
vous si ce Juge de tous les Juges du
Monde en appellant cette misérable devant son redoutable Tribunal vous y eût
appellé en même tems ? Qu'auriez-vous
pû vous dire l'un à l'autre en presence
d'un Dieu à qui nous ne pouvons cacher
les désordres de nôtre vie ; & quelles
bonnes actions luy auriez-vous allé-
guées pour en faire excuser tant d'autres dont il a été luy-même le témoin ?
Qui vous demanderoit de bonne foy où
vous croyez que soit maintenant l'ame
d'une femme qui en a eu si peu de soin,
que répondriez-vous ? A Dieu ne plaise
que j'aye la coupable pensée d'ôter à sa
Miséricorde les droits qui luy appar-
tiennent : je croy que de tous ses Attri-
buts c'est celuy qu'il fait aller le plus
loin : & d'ailleurs, je ne doute point que
des mauvais exemples que vous vous
êtes mutuellement prêtez, elle n'ait retenu de vous celuy de croire en Dieu

C

quand on eſt Malade , & qu'elle ne luy
ait promis ce qu'on a coûtume de luy
promettre quand on eſt ſur le point de
luy aller rendre compte : mais, Monſieur , permettez-moy de vous dire , a-
prés ſaint Auguſtin , que les Pénitences
que l'on fait en cet état ſont ſouvent
auſſi infirmes que ceux qui les font ; &
qu'il eſt extrémement douteux que Dieu
nous accepte quand nous attendons ſi
tard à nous offrir. La Mort, dont l'heure eſt incertaine pour tous les hommes,
ſemble n'avoir plus d'incertitude pour
vous : quoique vous faſſiez pour vous
flater vous ne pouvez vous ôter de la
penſée qu'elle ne tardera plus guére à
venir ; & dans l'âge où vous êtes à peine joüiſſez-vous de la vie par la peur
que vous avez de la perdre. Combien
de fois , dans le cours de tant d'années,
avez-vous mérité que Dieu ſe vangeât
des outrages que vous luy avez faits ;
& combien de fois ſa Miſéricorde s'eſt-
elle miſe entre vous & ſa Juſtice ? Ne
fut-ce pas cette Miſéricorde qui , pour
vous retirer des égaremens où vous é-
tiez, vous envoya la ¡derniére Maladie
que vous eûtes : où touché de la gran-

fleur de vos péchez, vous fiftes ce Sonnet, qui vous a acquis autant de gloire qu'il vous caufera un jour de confufion, d'avoir été affez habile pour fi
bien penfer, & affez malheureux pour
fi mal vivre ?

S O N N E T.

TOûjours tes Jugemens font remplis d'é-
       quité ;
Toûjours tu prens plaifir à nous eftre propice :
Mais j'ay tant fait de mal que jamais ta
       Bonté
Ne peut me pardonner fans bleffer ta Juftice.

Oüy, mon Dieu, la grandeur de mon Impiété
Ne laiffe à ton pouvoir que le droit du Su-
       plice :
Ton intereft s'oppofe à ma félicité ;
Et ta Clémence même attend que je périffe.

   Contente ton défir, puifqu'il t'eft glorieux ;
Offence - toy des pleurs qui coulent de mes
      yeux ;
           C ij

Tonne, frapé, il eſt tems : rends-moy guerre
   pour guerre.

J'adore en pé"riſſant la Raiſon qui t'aigrit ;
Mais deſſus quel endroit tombera le Ton-
   nerre
Qui ne ſoit tout couvert du Sang de JESUS-
   CHRIST?

Laiſſons pour un moment le Chrêtien , & ne parlons que de l'honnête
homme. Dites-moy , je vous prie, ſi un
homme qui auroit dit à un autre ce que
vous dites à Dieu, & qui luy manque-
roit auſſi indignement de parole que
vous luy en manquez, ſeroit honnête
homme ? Qui vous feroit, ſous le nom
d'un autre, la peinture de la conduite
que vous tenez dans un âge où la Nature même refuſe d'être d'intelligence
avec vos déſirs (car il eſt conſtant que
ce n'eſt plus elle qui vous ſollicite au
péché, & qu'au contraire c'eſt vous qui
l'outrez pour en arracher ce qu'elle eſt
dans l'impuiſſance de vous offrir) peut-
être comme un autre David ſeriez-vous
aſſez juſte pour vous condamner vous

même. Qu'allez-vous faire, avec la Mort
qui marche à deux pas de vous, aujour-
d'huy aux Capucins, & demain aux
Minimes, qu'y chercher ce que vous
devriez fuïr, &, si je l'ose dire, insulter
Dieu où les autres le vont adorer? Ce
fut vous (je m'en fais trop d'honneur
pour le cacher) qui me trouvâtes le premier des dispositions à la Poësie : la vôtre me servit de régle pour y réüssir ; &
je croy ne me pouvoir mieux acquiter
de l'obligation que je vous ay de sçavoir faire des Vers qu'en vous conju-
rant de jetter les yeux sur cette Fable.

LE FAUCON MALADE.

FABLE.

UN Faucon à l'extremité,
        (Libertin en pleine santé
Jusqu'à traiter les Dieux d'une pure chimére)
De ses jours malheureux prest à finir le cours
Avec empressement sollicita sa Mere
D'aller en sa faveur implorer leur secours.
        Mon Enfant, luy répondit-elle,
        Je plains l'estat où je te voy :

C iij

Mais après tes mépris pour la Troupe Im-
      mortelle
J'irriterois les Dieux en les priant pour toy.
    Combien de fois as-tu souillé leurs Tem-
        ples ;
    Et riant de leurs vains Carreaux,
    Infecté les autres Oiseaux
    De tes pernicieux Exemples ?
Si pour appréhender leurs impuissans efforts
    Tu n'estois pas assez crédule,
    Ils font ce qu'ils estoient alors ;
    Et ton espoir est ridicule.
    Il faut toûjours les révérer
    Pour les avoir toûjours propices :
    C'est commettre deux injustices
De ne les croire pas, & de les implorer.
On ne les surprend point en changeant de
    langage.
    Pendant que tu te portois bien
    Tu disois qu'ils ne pouvoient rien ;
    Ils ne peuvent pas davantage.

Je ne fçay qu'Efope capable d'infpirer une réponfe auffi judicieufe que
celle que la Mére du Faucon fait à fon
Fils. S'il y a quelque chofe au Monde
de plus extravagant que de ne pas croire en Dieu , c'eft d'avoir la foibleffe
de l'invoquer fans y croire : Et comme il n'eft pas plus Dieu quand nous
nous portons mal que quand nous nous
portons bien, il n'y a ni plus ni moins
de raifon à le croire dans un tems
que dans un autre. Cela étant , ceffons, Monfieur, ceffons de fatiguer fa
Miféricorde , de peur que fa Juftice ne
luy fuccéde. Un Pére de l'Eglife écri-
vant autrefois à un Chrêtien qui avoit
vieilly dans le péché , compare cette
Miféricorde à un fleuve qui n'a pû ré-
fifter à une violente gelée : on eft en
affurance fur fa glace tant qu'on ne
luy fait porter que jufqu'à un certain
poids : mais il eft dangereux de la trop
charger : l'abîme eft deffous ; & l'on
n'en revient jamais quand par malheur
elle fond fous la pefanteur dont on l'accable. Je vous laiffe le foin de faire
vous-même l'application de cette com-
paraifon : & de juger s'il eft poffible

d'être avec plus de fincérité & d'e-
ftime ,

MONSIEUR,.

Vôtre trés-humble & trés-
obeïffant ferviteur.

A MONSEIGNEUR
LE DUC DE MONTAUSIER,
Gouverneur de Monseigneur
le Dauphin.

Sur la mort de Madame sa Femme.

JE sçay trop qui je suis pour oser entreprendre
De calmer par mes Vers le trouble où je vous
vois :
Vôtre Rang est si haut qu'il faudroit trop décendre
    Pour entendre ma voix.

Quand il y auroit moins d'inégalité entre vous & moy, & qu'il me
seroit permis de donner un libre essor
à ma Muse, il seroit juste, Monseigneur,
que je luy imposasse silence dans une
conjoncture où les marques de l'Esprit
sont moins de saison que les véritables
sentimens du Cœur. Je ne doute point

que tous les Gens de Lettres n'ayent
mêlé leurs larmes à celles que vous a-
vez répanduës , & qu'ils n'ayent con-
facré par leurs Ecrits la Mémoire de
l'Illuſtre Epouſe que vous regrettez ,
qui durant ſa vie les a mis en réputation par ſes Suffrages , & affranchy de
la néceſſité par ſes Bienfaits. Je ſçay,
Monſeigneur, qu'elle n'a pas beſoin de
leur ſecours pour être immortaliſée , &
qu'elle n'a fait aucune action dont la
Poſtérité ne ſe prévale , & qui ne ſerve
un jour d'éxemple à toutes les femmes
qui voudront ſe faire diſtinguer par
leur Vertu. Je ſçay . . . . Mais, Monſeigneur, ce n'eſt rien vous apprendre
que vous dire tout ce que j'en ſçay :
c'eſt ſeulement vous étaler la grandeur
de la perte que vous avez faite , & re-
nouveler une douleur que je voudrois
que vous n'euſſiez plus. Toute légitime
qu'elle puiſſe être , vous n'ignorez pas,
Monſeigneur, que le Poſte où vous êtes,
& le ſoin qui vous eſt commis demandent un grand-Homme tout entier; &
que la conſolation que vous refuſeriez
peut-être , ſi vous ne vous regardiez que
vous ſeul , eſt un bien que vous êtes.

obligé de chercher vous-même pour
l'intérest du Prince dont vous cultivez
les jeunes Ans, & des Peuples qui auront l'honneur de luy obéïr. Les Lumiéres que vous avez vous offriront ce que
je suis seur que vous n'avez point trouvé dans tous les complimens que l'on
vous a faits sur un si triste sujet. Je n'ay
ni assez d'Esprit ni assez de Qualité pour
avoir l'audace de vous en faire : Mais
souffrez, Monseigneur, que la distance
qui nous sépare me laisse du moins la
liberté de dire que je vous ay assez
d'Obligations pour prendre part à tout
ce qui vous arrive, & pour être toute
ma vie, avec une passion trés-respe-
ctueuse,

MONSEIGNEUR,

Vôtre trés-humble & trés-
obeïssant serviteur.

REPONSE

DE MONSEIGNEUR

LE DUC DE MONTAUSIER,

A L'AUTEUR.

DE quinze ou seize cens Lettres qui m'ont été écrites sur la Mort de Madame de Montausier, je n'en ay point receu, Monsieur, qui m'ait plus donné de consolation que la vôtre. Il est vray, comme vous me le mandez, qu'elle se faisoit beaucoup de plaisir d'obliger toutes les Personnes de Mérite : & si elle eût vécu plus long-tems vous ne devez point douter que vous n'eussiez été de ce nombre. C'est un malheur pour vous qu'elle ne vous ait pas connu plûtôt. Offrez - moy, je vous prie, des moyens de le reparer; & vous verrez que je suis, Monsieur, vôtre trés-humble & affectionné serviteur.

LE DUC DE MONTAUSIER.

A
MADAME COLBERT,
Ambassadrice à Nimégue.

Pour Madame la Marquise de Monloüet.

EN verité, Madame, vous vous faites extrémement valoir, & il vous
sied bien d'être la Moitié d'un homme
pour qui la France a conçû une si haute estime qu'elle se rapporte à luy des
plus grands intérêts qu'elle puisse jamais avoir. Sans cela vous verriez jusqu'où nous ferions aller nôtre ressentiment: nous vous dirions ce que nous
nous contentons de penser ; & peut-
être que l'injure que vous faites à nôtre Amitié seroit capable de vous en
attirer quelqu'une. Qui le croitoit, Madame, que vous nous abandonnassiez,
comme vous faites, à nôtre peu de mérite ; & que vous gardassiez plûtôt le

ſilence à nôtre égard qu'à l'égard de tant d'autres de qui le zéle n'oſeroit entrer en comparaiſon avec celuy que nous avons pour vous ?

Croyez-vous qu'il vous ſoit permis,
Pour avoir un Epoux Plénipotentiaire ,
Dont les ſoins vigilans , toûjours prêts à bien faire ,
Vont réünir la France avec ſes Ennemis :
Croyez-vous, dis-je , que ce Titre
Qui de tant d'interêts le va rendre l'Arbitre,
Devienne une raiſon pour nous faire oublier ?
Et ne ſongez-vous point qu'il vous étoit facile
Parmi tant de momens paſſez à Charleville
D'en trouver quelques-uns à nous ſacrifier ?

Vous n'y avez que trop penſé, Madame ; mais vous n'avez pas trouvé à propos de nous en donner aucun ; & voila ce qui nous chagrine le plus. Si vous n'aviez fait que nous oublier, nôtre Amitié chercheroit cent raiſons pour faire excuſer la vôtre ; & nous nous diſions nous-mêmes tout ce que vous de-

vriez nous avoir dit. Nous nous repré-
fenterions qu'une Femme auſſi tendre
que vous l'êtes, voyant ſon Mary chargé des plus importantes Affaires dont le
plus Grand Roy du Monde puiſſe honorer un de ſes Sujets, partage tous les
ſoins qu'elle luy voit prendre, & ne
s'inquiéte que de ce qui le peut inquiéter. Mais infailliblement, Madame,
vous avez quelquefois penſé à nous
depuis que vous êtes partie de Paris:
vous avez même plus perdu de tems
qu'il n'en falloit pour nous témoigner
que vous y penſiez; & cependant vous
avez eu la cruauté de ne nous en témoigner quoi que ce ſoit. Faut-il, parce que vous êtes née pour les grandes
choſes, rompre tout commerce avec les
Perſonnes, qui comme nous, ne ſont
nées que pour les petites ? Parce que
nous n'avons point d'Epoux qui puiſ-
ſent contribuer au bonheur de tant de
Peuples, y a-t'il de la juſtice à nous
priver de celuy que nous avions d'être
aimées de vous ?

Quoy! pour ne point avoir de grandes Avan-
tures

Qui de toute l'Europe attirent l'entretien,
　　Nous croyez-vous des Créatures
　　Qui ne soyions bonnes à rien ?
Sans sçavoir, comme vous, les raisons qu'on
　　　　allégue
　　Aux Conférences de Nimégue,
Nous passions quelquefois des momens assez
　　　　doux :
　　Et s'il faut ne vous en rien taire,
　　Nous n'aurions point de vœux à faire
　　Si nous les passions avec vous.

Il est vray, Madame, qu'il y a des jours où nous passerions d'assez heureux momens si la douceur n'en étoit troublée par le souvenir de vos mépris. Nous voyons quelquefois joüer force Dames à la Bassette ; & nous avons assez souvent le plaisir de les entendre se quereller & se dire des paroles que nous n'osons répéter ni en Prose ni en Vers tant elles sont terribles. Ce n'est pas là le seul divertissement que nous avons eu le mois passé. Souvent après nous être échauffées à mettre le
hola

hola entre ces Joueufes , nous allions nous rafraîchir au beau milieu de la Seine, où nous paffions une heure & demie le plus délicieufement du monde. Madame la Ducheffe d'Arpajon & Mademoifelle fa fille, Madame la Comteffe de Roye & Mademoifelle de Rouffy, Madame de faint Valery & moy, qui porte la parole pour toutes, nous occupions une petite Tente de toile fi glorieufe de nous poffeder qu'elle n'auroit pas voulu changer de fort avec la plus magnifique Tente de l'Armée.

> Vous vous perfuadez fans peine
> Qu'eftant moins Charmantes que Nous
> Toutes les Nymphes de la Seine
> Nous regardoient d'un œil jaloux.
> Toutes fenfiblement touchées ,
> Furetoient nos beautez cachées ,
> Et cherchoient des endroits à pouvoir cen‐
>   furer.
> Mais à cet examen ne trouvant pas leur com‐
>   pte
> Elles fe cachérent de honte
> Et n'oférent plus fe montrer.

D

Bon Dieu ! Madame, que la jaloufie
eſt une dangereuſe paſſion ; & que les
Nymphes des Eaux que la rêverie des
Poëtes a miſes en ſi grande réputation,
ſont de vindicatives Bêtes ! Vous ne
vous figureriez jamais à quel excez de
fureur les porta le dépit qu'elles eurent
de n'être pas ſi belles que nous.

Telle fut la douleur qu'elles en témoignèrent
Que de quelques Baigneurs, trouvez en leur
       chemin,
    Elles finirent le deſtin.
Je ne ſçay par quel ſort elles nous épargnè-
    rent :
Mais force Malheureux, non ſans quelque
      chagrin,
    Soûs les Eaux les accompagnèrent ;
    Et ce fut pour long-tems enfin
    Que ces Baigneurs-là ſe baignèrent.

Il me ſemble, Madame, que voila une
Lettre d'une raiſonable longueur, & qui
mérite bien que vous y faſſiez quelque
petite réponſe. Je ne ſçay, aprés les

avances que nous faisons, de quelle maniére la modestie de ces autres Dames
recevroit vôtre silence : mais pour moy,
je vous en avertis de la meilleure foy
du monde , je fulmineray si vous ne
nous écrivez point; & peut-être trou-
veray-je de saintes Ames qui auront la
charité de m'aider à médire de vous.

Il n'est rien de plus assûré
Si vous nous refusez quelque honnête parole,
  Que je vais m'enfermer à Maule ,
Et joindre mes chagrins à ceux de mon Curé.
  Là, nous pourrons , sans nous contraindre,
  Goûter le plaisir de nous plaindre,
Luy , de la dureté de vôtre cher Epoux
Qui , loin de luy laisser dequoy faire ripaille ,
A taxé son Fermier à cent écus de taille ;
Et moy, de la froideur que vous avez pour
  nous.

A MONSEIGNEUR

LE PRINCE,

Pour avoir le Sentiment de S. A. S. sur un commencement d'Histoire.

MONSEIGNEUR,

J'envoye à Vôtre Alteffe Séréniffime un effay d'Hiftoire telle que je voudrois l'écrire, pour obliger un jeune Prince à l'apprendre prefque en fe joüant. L'Efprit, qui eft bien aife de trouver du repos dans les plus férieufes occupations, fe délaffe icy à mefure qu'il travaille ; & la Mémoire fe remplit fans fe fatiguer. Je n'y obmets rien de tout ce qu'il eft abfolument neceffaire de fçavoir ; & ne l'enfle point de quantité d'incidens inutiles où le Lecteur

prend si peu de part qu'il se fait un plaisir de les oublier aussi-tôt qu'il les a
lûs. Je ne sçay, Monseigneur, si je me
trompe : mais il me semble que sçavoir
tout ce qu'il y a de beau dans l'Histoi-
stoire, c'est proprement ce qu'on appelle la bien sçavoir. Quand on parle d'A-
lexandre, de Cesar, & de tant d'autres
grands Hommes dont la Mémoire sera
respectée de tous les Siecles, on se contente de citer les belles Actions qu'ils
ont faites, & les motifs qui les y ont
obligez, sans s'arrêter à plusieurs petites circonstances, qui souvent ne servent qu'à grossir un Volume : Et pour
dire quelque chose de plus juste, sans
qu'il soit besoin de chercher des Exemples si éloignez, n'est-il pas vray, Monseigneur, qu'un jour quand on trouvera
vôtre Nom dans toutes les Histoires de
l'Europe, le Lecteur fâché de vous perdre un moment de veuë passera tous
les endroits qui ne vous concerneront
pas, pour avoir le plaisir de suivre sans
interruption la rapidité de vos Conquêtes ? Des Personnes d'une profonde Erudition, & de qui l'Ame est trop élevée
pour descendre à la flaterie, m'animent

à continuer ce grand deffein jufques à
vous, & foûtiennent que c'eft travailler
pour l'utilité publique, & rendre fervice à tous les jeunes Gens de Qualité, qui fouvent étant allarmez quand
on leur propofe la lecture de beaucoup
de Livres, feront ravis de trouver dans
un feul ce qu'il y a de plus confiderable dans plufieurs; & regarderont comme un divertiffement ce qu'auparavant
ils regardoient comme une affaire. Si
ce commencement a déja plû, quoique
la barbarie des premiers Regnes n'é-
tale que des Exemples odieux, n'ay-je
pas lieu de croire, Monfeigneur, que
lors que j'en feray à ces heureux Tems
où les Heros dont vous êtes defcendu
fe font fi glorieufement fignalez, la beauté de la Matiére en ajoutera à la fuite
de cet Ouvrage; & que fi mon ftile eft
digne d'un fi grand Sujet, il n'y aura
rien de plus achevé quand j'y auray
mis l'Hiftoire de vôtre Vie ? N'étoit que
Monfeigneur le Duc de Bourbon n'aura
pas befoin qu'on luy applaniffe aucune
voye pour fuivre les Routes que vous
luy avez tracées, auffi bien dans les
Sciences que dans les Armes, je dirois

à V. A. S. que ce jeune Prince est le seul Objet que j'ay en veuë ; & que pour luy donner de bonne heure une genereuse émulation par le recit des Vertus de son invincible Ayeul, j'ay choisi exprés la façon d'écrire que j'ay crû capable d'instruire le plus, & de rebuter le moins. J'attens, Monseigneur, le sentiment de V. A. S. pour continuer ou pour interrompre un Ouvrage dont vôtre Jugement reglera la destinée : & vôtre permission pour me dire, avec un profond respect,

MONSEIGNEUR,

De V. A. S.

Trés-humble, & trés-obeïssant serviteur.

APOSTILLE.

Vous sçavez, Monseigneur, de quelle maniere je fus vilipendé quand je dis ces jours passez que le R o y avoit traduit les Commentaires de César, &

Monsieur l'Epitôme de Florus. A peine
V. A. S. eût-elle dit qu'elle ne croyoit
pas que cela fût que nombre de Gens,
pour faire leur Cour, soûtinrent que
cela ne pouvoit être ; & peu s'en fallut que son pétulent Médecin ne m'ap-
pellât imposteur. Je me suis fait un
point d'honneur de vous les chercher :
& , grace au Ciel , je les envoye à
V. A. S. pour luy faire voir que le grand
Bourdelot, qui décide si absolument de
tout, n'est pas toûjours infaillible.

RE'PONSE.

RÉPONSE

DE SON ALTESSE SÉRÉNISSIME,

A L'AUTEUR.

J'Ay reçû le commencement d'Histoire que vous m'avez envoyé ; avec les Commentaires de César traduits par le Roy, & l'Epitôme de Florus par Monsieur. Il n'y a jamais eu d'Auteurs de plus grande Qualité. Pour vous vanger de Bourdelot je les luy ay fait voir : & je le crois assez humilié pour aller une autrefois bride en main. Je vous manderay mon sentiment de vôtre Manuscrit quand je l'auray lû. Je suis persuadé par avance qu'il me fera beaucoup de plaisir.

LOUIS DE BOURBON.

E

A MONSIEUR

FURETIERE,

DE L'ACADE'MIE FRANCOISE.

ABBE' DE CHALIVOY,

En luy envoyant deux Scénes d'une Comédie.

J'Ay veu, Monfieur, le jeune homme que vous m'avez envoyé ce matin ; & trois Actes de la Comédie qu'il a faite. J'en aurois volontiers oüy davantage par le plaifir que j'en recevois; mais l'obligation d'aller aujourd'huy à la Meffe, & enfuite dîner chez Monfieur de Bartillat, m'a dérobé cette fatisfaction. Il me l'a laiffée ; & doit revenir demain à la 'même heure me prier de luy en dire mon fentiment. Le vôtre luy auroit été bien plus avantageux que le mien, & vous luy au-

riez donné de bien meilleurs avis , si
vous aviez eu le loisir de l'entendre.
Cependant , Monsieur , puisque vous
m'en remettez le soin , & que par le
Billet que vous m'avez fait l'honneur
de m'écrire , vous me témoignez y
prendre beaucoup de part , je vous diray, de la meilleure foy du monde , que
sa Piece est toute brillante d'esprit, mais
trop Satirique , au moins à ce que je
croy, pour être representée. Nous avons
eu même une petite contestation sur
une Scéne que je luy ay conseillé de
retrancher, mais à quoy il ne se peut
résoudre , soûtenant que c'est ce qu'il
y a de plus beau : & effectivement elle seroit trés jolie, si elle n'étoit point
si maligne. C'est un Juge, qui est sol-
licité par des Parties : Et parce qu'il le
place dans un Païs renommé pour la
Chicane & pour la Concussion, il prétend être en droit de tout dire sans
que les autres Juges puissent s'en for-
maliser. Loin de croire le désobliger
de vous en envoyer une Copie , je crois
au contraire luy rendre un fort bon office. Vous êtes son Ami : vous avez été
Conseiller au Châtelet ; & je ne sçay

E ij

fi pendant que vous l'êtiez vous auriez
entendu fans émotion les Vers que vous
allez lire.

MONSIEUR GODARD, & MONSIEUR PILLARDIN.

M. GODARD.

Trouvez-vous à propos que je fuive vos pas,
Monfieur ?

M. PILLARDIN.

Pourquoy , Monfieur ? Quel deffein eft le
vôtre ?

M. GODARD.

Mon fils eft prifonnier. On l'a pris pour un
autre.

M. PILLARDIN.

Ha ! je ne vous remettois pas.
Il eft vray, c'eft une méprife ;
Les Archers qui l'ont pris ont tort :
Jamais dans un abus je ne les autorife ,
Et quand ils ont failly j'en demeure d'accord.
Vôtre fils , honnefte homme , il eft jufte qu'il
forte ;
Je fuis fûr qu'il eft innocent ;

Mais à moins de la Clef, en un mot comme en
  cent,
    On ne luy peut ouvrir la porte.

M. GODARD.

Vous êtes absolu sur tous les Geoliers,
  Et mon fils n'a point de Partie.
  Les Guichetiers......

M. PILLARDIN.

    Les Guichetiers,
Ont la Clef de l'entrée, & non de la sortie.
  Voulez-vous briser ses verroux ?

M. GODARD.

J'en fais ma plus sensible joye.
A qui dois-je parler ? Qui faut-il que je voye?
  Qui peut le faire sortir ?

M. PILLARDIN.

        Vous.

On ne peut ouvrir sa porte
Qu'avec une Clef d'argent.
M'entendez-vous ?

M. GODARD.

Eh quoy ! mon fils est innocent :
Ceux qui l'ont arrêté se sont mépris.
M. PILLARDIN. N'importe.
      E iij

M. GODARD.

Ce n'eft point un méchant, dans le vice abîmé;
Du lieu qui le retient l'Equité veut qu'il forte.
    C'eft un innocent opprimé :
Vous-même vous venez de l'avoüer.

M. PILLARDIN.
            N'importe.

M. GODARD.

Outre l'affront qu'il a fouffert
Que ne méritoit pas un homme de fa forte ;
De vos fripons d'Archers le *Qui-pro-quo* le
    perd :
Il eft décrédité fans reffource.

M. PILLARDIN.
            N'importe.

M. GODARD.

Mon fils n'eft point coupable. Un Avocat pro-
        fond
Appelle fa prifon une injuftice énorme.

M. PILLARDIN.

Non, il n'eft pas coupable au fond ;
Mais il eft fujet à la forme.
Pour fortir de prifon la forme eft de payer.

M. GODARD.

Hé, faut-il une groffe Somme ?

M. PILLARDIN.

Voyez là-dessus mon Greffier;

Façonné de ma main c'est un fort honneste
homme.

Ouvrez-luy vôtre bourse, il en usera bien.

M. GODARD, *s'en allant*

Quel sort il faut que je subisse !

En verité je ne sçay rien

De moins juste que la Justice.

AUTRE SCENE.

M. PILLARDIN, & M. TIBAUT.

M. PILLARDIN.

QUel autre homme est-ce cy ?

M. TIBAUT.

Monsieur, depuis six mois

Je viens vous demander tous les jours Audience :

Vous me l'avez promise au moins quarante fois;

Et jamais. . . . .

M. PILLARDIN.

Ayez patience.

Quand un Plaideur est si pressé

E iiij

Je le soupçonne d'artifice.

H. T I B A U T.

Eh Monsieur, je ne veux qu'Audience, & Justice.

Quand puis-je m'assurer de l'avoir ?

M. P I L L A R D I N.

Je ne sçay.

M. T I B A U T.

Donnez-la moy demain. J'auray l'ame ravie

D'être condamné si j'ay tort.

Demain, décidez de mon sort.

M. P I L L A R D I N.

Je ne puis.

M. T I B A U T.

Et quand donc ?

M. P I L L A R D I N.

Quand j'en auray l'envie.

M. T I B A U T.

Si je vous en fais suplier

Par une jeune fille admirablement belle,

Qui prés de vous, Monsieur, offre de m'appuyer,

Pourray-je me flater d'être.....

M. P I L L A R D I N.

Quel âge a-t-elle ?

M. TIBAUT.

A peu prés quatorze ou quinze Ans :
Fiere , mais fans être farouche :
Les Cheveux blonds , les Yeux perçans :
Une Gorge naiflante ; & fur tout une Bouche.....
Elle a plus de beautez qu'on n'en peut concevoir.
Ses Lévres,de coral font deux petites branches,
    Qui couvrent les Dents les plus blanches....

M. PILLARDIN.

Ouf ! Revenez tantôt me voir.
Vôtre Caufe fût-elle abominable , horrible,
Il ne faut point vous étonner :
Par le tour délicat que j'y prétens donner
    J'en rendray le gain infaillible.

On ne peut difconvenir que ces Vers ne foient extrémement aifez ; que le tour n'en foit fort agréable ; & qu'il n'y ait par tout beaucoup d'efprit : mais il me femble que l'Auteur entre dans un détail qui intereffe bien du monde ; & j'ay peur même qu'il n'en rende les Portraits trop reffemblans. Il y a dans ce que j'ay déja vû cinq ou fix Scénes auffi vives & auffi piquantes que les

deux petites que vous venez de voir, &
qui regardent des personnes plus confidérables. Je ne doute point que sur le
Théatre cela ne fist beaucoup de plaisir
au Peuple : mais par la suite cela n'en
feroit peut-être pas à l'Auteur ; & je
répondrois mal à la confiance que vous
avez en moy, si je ne vous disois sincérement ce que je pense. Je verray le
reste avant que de me coucher ; & je
vous diray demain chez Monsieur Char-
don toutes les remarques que j'y auray
faites. Si je puis luy être bon à quelque chose auprés des Comédiens, son
mérite & vôtre considération font deux
puissans motifs pour m'engager à y faire
tout de mon mieux. Vous devez, Monsieur, en être aussi assuré que de l'estime
sincére avec laquelle vous sçavez que je
suis Vôtre trés-humble & trés-obeïssant
serviteur.

Ce Dimanche au soir.

A MONSEIGNEUR
L'EVESQUE ET DUC
DE LANGRES,
PAIR DE FRANCE.
Touchant les Livres terminez
en IANA.

Remarques & bons Mots.

MONSEIGNEUR,

J'ay déja eu l'honneur de vous mander que depuis le FURETIE'RIANA, il
n'a paru aucun Livre de même termi-
naison, & que si j'en découvrois quelque nouveau je vous l'envoirois à me-
sure qu'on l'imprimeroit, pour vous é-
pargner le chagrin de trop attendre. Je
vous ay envoyé SCALIGE'RIANA,

THIANA ET PERRONIANA, MENA-
GIANA, VALE'SIANA, SORBE'RIANA,
ARLEQUINIANA, ET FURETIE'RIANA :
je vous jure, Monseigneur, que je n'en
connois point d'autres : Et puisque Vôtre
Grandeur prend plaisir à cette lecture,
elle ne doit point douter que je ne m'en
fisse un trés grand de luy procurer souvent l'occasion d'en recevoir. Tout ce
que je puis faire pour vôtre service, en
attendant qu'on mette au jour quelques
Nouvelles Remarques que je puisse vous
envoyer ; c'est, Monseigneur, d'en faire
moy-même, dans toutes les Lettres que
je prendray la liberté de vous écrire :
Peut-être les trouverez-vous aussi cu-
rieuses que celles que vous avez veuës;
& si elles ont l'avantage de vous divertir je ne manqueray pas de vous envoyer, au moins une fois chaque semaine, dequoy vous dés ennuyer quelques momens. Si par hazard il m'é-
chape quelque chose d'un peu libre, je
suplie trés-humblement vôtre Grandeur
de se souvenir que les *bons mots* sont
ennemis de la contrainte, & de ne pas
m'accuser de luy manquer de respect
quand je cherche à luy faire voir mon

zele. J'en uferay avec tant de circon-
fpection que loin d'exprimer une matiére obcéne par des termes impurs, je
tafcheray de corriger l'obcénité de la
matiére, par la pureté des termes. Je
commence, Monfeigneur, par une Remarque qui d'abord vous paroîtra incroyable, & qui eft cependant une con-
ftante verité.

Qui croiroit qu'il y ait à Paris une
Bru dans une parfaite fanté, & d'une
médiocre vieilleffe, dont le beau-Pére
eft mort il y a plus de fix-vingts ans?
Je parle, Monfeigneur, de Madame la
Ducheffe d'Angoulefme qui demeure à
fainte Elizabeth. Elle eft Bru de Charles IX. qui mourut l'an 1574. Depuis
Charles IX. nous avons eu Henri III.
Henri IV. Loüis XIII. & Louïs LE
GRAND, qui Régne il y a cinqnante quatre ans; & qui en Regneroit encore
autant fi les vœux de fes Sujets étoient
exaucez. Peut-être depuis les premiers
âges, où les hommes vivoient fi long-
temps, n'y a-t-il eu de Bru que Madame d'Angoulefme qu'on ait veu dans
une pleine fanté plus de fix-vingts ans
aprés la mort de fon Beau-pere. Quel-

que longue que sa vie puisse être elle en
a toûjours fait un si bon usage, qu'elle
mourra avec plus de Vertus que d'années.

Voicy une autre Remarque qui ne paroîtra pas moins extraordinaire à Vôtre
Grandeur, mais que je ne luy garentis
pas si véritable; parce qu'elle est de loin,
& que je parle sur la foy d'autruy. Ta-
vernier, qui a fait cinq ou six fois le
tour du Monde, rapporte dans un Volume de ses Voyages, qu'étant en Perse
un de ses Amis luy donna la connoissance d'un homme, âgé de cent ans, qui
n'avoit jamais menti. Le Roy de Perse
ayant voulu s'éclaircir luy-même d'une
chose qui luy sembloit merveilleuse, envoya chercher cet homme, & luy dit:
Est-il vray que vous ayïez cent ans?
Oüy, Sire, luy répondit-il : j'ay même
quelques semaines davantage; mais si
peu que je n'ose dire à Vôtre Majesté
que j'aye plus de cent ans. Il est assez
rare, luy dit le Roy, d'avoir, dans un âge
si avancé, une santé si parfaite. Je suis,
luy répliqua-t-il, d'une complexion assez
heureuse : quoique la diversité des vian-
des ne me déplaise pas, je n'en mange

à chaque repas que d'une seule ; & quél-
que vieux que je sois je ne me souviens
point d'avoir jamais fait de débauche
préjudiciable à ma santé. Tout cela est
parfaitement beau , continua le Roy ;
mais on dit de vous une chose incomparablement plus belle : on dit que
vous n'avez jamais menti. C'est dequoy, Sire, je ne voudrois pas positivement assurer Vôtre Majesté, repartit le
Vieillard : il y a si peu d'hommes qui
ne mentent que je n'ose me flater de
n'avoir jamais menti : mais depuis que
j'ay commencé à me connoître j'ay trouvé quelque chose de si bas dans le Mensonge, & par conséquent de si indigne
d'un homme, que s'il m'en est échapé
quelqu'un ça été sans m'en appercevoir.
Qui étoit vôtre Pere ? luy demanda le
Roy. *Ma foy, Sire, je n'en sçay rien:*
luy répondit - il. Aptés avoir été cent
ans sans mentir il vid trop de risque à
dire qui étoit son Pére.

Dans une petite Jurisdiction de vôtre
Diocése, il y avoit une espéce d'Avocat (& peut-être même y est-il encore)
appellé César Coupé, qui faisoit parfaitement bien de méchans Vers. Son

grand Talent étoit de faire des Ana-
grammes ; & son Cabinet en étoit plus
rempli que de Sacs. Ces occupations
puériles & infructueuses, préférées aux
raisonnables & utiles, César Coupé au
lieu d'acquérir du bien par son Travail
dissipa le peu qu'il en avoit eu de son
Pére. Sa femme qui étoit l'une des plus
jolies de la Ville, & dont on parloit mal
(sans médire) craignant qu'il ne dissi-
pât aussi le bien qu'elle luy avoit ap-
porté, intenta procés pour en être sé-
parée ; & le fut. Tous ceux contre qui
son Mary avoit fait de malignes Ana-
grammes se réjouïrent de sa disgrace :
& ce qui luy fut le plus sensible, on
chercha à faire son Anagramme comme
il avoit fait celles de tant d'autres. Sa
séparation d'avec une femme qui n'é-
toit pas Vestale donna lieu à une Anagramme si heureuse qu'il seroit mal aisé
d'en trouver une plus juste. Sans y changer une seule Lettre ni un seul accent
on trouva dans CE'SAR COUPE', COCU
SE'PARE'. Je vous jure, Monseigneur,
que ce n'est point un Conte que l'Esprit
ait inventé ; mais une bizarrerie que
le Hazard a découverte.

Il

Il n'eſt rien de plus beau que la Science & l'Eſprit unis enſemble ! mais ils
ne vont pas toûjours de compagnie : &
quoy qu'un homme Sçavant ſuppoſe
preſque toûjours un homme d'Eſprit,
ce n'eſt pas une Régle, ſans exception.
Théophile qui a fait de ſi bons & de ſi
méchans Vers qu'il ne paroiſſent pas d'un
même homme, avoit beaucoup d'Eſprit, & n'avoit que médiocrement d'E-
tude. Un jour diſputant avec un Religieux d'une profonde Erudition, qu'il
mettoit fort ſouvent en état de ne luy
pouvoir répondre, ce Docteur, chagrin
d'être battu par un homme moins Sçavant que luy, eut l'imprudence de luy
dire : *En vérité, Monſieur Théophile,
c'eſt dommage que vous ayiez tant d'Eſprit, & ſi peu d'Etude. En vérité, mon
Révérend Pére,* luy répondit Théophile, *c'eſt dommage auſſi que vous ayiez
tant d'Etude, & ſi peu d'Eſprit.*

Un Païſan malin eſt une auſſi maligne
Beſte qu'il y en ait au Monde. Je croy,
Monſeigneur, que vous avez connu par-
ticuliérement feu Monſieur de Maupéou,
Evêque & Comte de Châlon ſur Saône.
Un jour de ſaint Martin ce Prélat étant

F

bien aise de profiter du beau temps qu'il
faisoit, fut aprés-dîné se promener à
pied hors de la Ville. La Vendange
ayant été belle & abondante, il trouva
un si grand nombre de Païsans qui
joüoient, les uns aux quilles, les autres
à la boule, tandis que d'un autre côté il
y en avoit qui bûvoient & chantoient,
qu'il en fut non seulement surpris, mais
chagrin. Que de Gens à yvrogner, dit-il
à quelques Chanoines qui l'accompa-
gnoient, pendant qu'il y en a si peu au
Catéchisme ! Ils aiment mieux employer le temps à se débaucher qu'à s'instruire ; & retiennent bien plus aisément une Chanson dissoluë que les Ar-
ticles de leur Croyance. Viença par
exemple gros Maraut, continua-t-il, en
s'adressant à celuy dont il étoit le plus
prés : Combien y a-t'il de Dieux ? *Par-
gué Monseigneur*, répondit le Païsan
en son patois, *il n'en y a qu'un ; encore
est-il bien mau Saroy par vous autres
Gens d'Eglise.* Monsieur de Maupéou
ne jugea pas à propos de l'interroger
davantage de peur de s'attirer une seconde impertinence.

Ce ne fut pas tout à fait un Païsan,

mais quelqu'un d'un cran au deſſus qui étant querellé par un Intendant de Province (qui ne paſſoit pas pour un des plus Sages du Monde) de ce qu'on n'avoit point mis de Gardefoux à un Pont ſi étroit qu'à peine y avoit il ſûreté pour ſon Caroſſe , luy fit la réponſe qui a donné lieu à cette Epigramme.

Certain Intendant de Province
Qui menoit avec luy l'Equipage d'un Prince,
En paſſant ſur un Pont parut fort en courroux :
Pourquoy , demanda-t-il au Maire de la Ville,
A ce Pont étroit & fragile
N'a-t-on point mis de Gardefoux ?
Le Maire craignant ſon murmure,
Pardonnez, Monſeigneur, luy dit-il aſſez haut :
Nôtre Ville n'étoit pas ſûre
Que vous y paſſeriez ſi-tôt.

Dans une petite Ville de Bourgogne feu Monſieur le Prince trouva un de ces Meſſieurs les Maires Subalternes, d'autant plus ridicule qu'il ſe croyoit ex-

trémement habile homme. Il avoit com-
pofé une harangue de cinq ou fix pages,
qu'il ne communiqua à perfonne, de
peur qu'on ne luy dérobât quelqu'une
de fes penfées. Le jour venu que Monfieur le Prince y devoit arriver, la Ville
s'étant mife fous les Armes, & le Maire en Robe à la tête des Echevins, l'é-
tant allé recevoir à la Porte ; MONSEI-
GNEUR, luy dit-il, *De toutes les Villes*
qui ont l'honneur d'être dans le Gou-
vernement de VÔTRE ALTESSE SE'RE'-
NISSIME, *la plus petite feroit ravie de*
vous faire connoître qu'il n'y en a point
qui ait un fi grand zele. Elle fçait qu'un
moyen infaillible de plaire au Guerrier
le plus grand de nôtre Siécle, c'étoit de
le recevoir au bruit d'une nombreufe
Artillerie : mais il nous a été impoffi-
ble de faire tirer du Canon, par dix-
huit raifons. La premiére, c'eft, Mon-
feigneur, qu'il n'y en a point, & qu'il
n'y en a jamais eu en cette Ville ..... Je
fuis fi content de cette raifon, dit Monfieur le Prince, *que je vous quite des*
dix-fept autres.

Pendant le dernier Jubilé que nous
avons eu, un gros Marchand de la ruë

saint Honoré, qui ſçavoit mieux l'Arit-
métique que le Droit-Canon, fut ſe
confeſſer dans le Convent de Paris où
il y a le moins d'Ignorans. Entre autres péchez concernant le commerce
qu'il faiſoit, il s'accuſa d'avoir acquis
un Bénéfice pour ſon fils, qu'un jeune
Abbé, d'une Conſcience aiſée, avoit
permuté contre de l'argent. Allez, Miſérable, luy dit auſſi-tôt le Confeſſeur,
ſortez promtement de cette Egliſe, &
ne la ſoüillez pas davantage par la preſence d'un abominable Réprouvé. Eſt-il
poſſible, mon trés-Reverend Pere. . . . .
Laiſſez-là vos Superlatives grimaces,
interrompit bruſquement le Religieux :
je regarde comme autant d'injures les
hypocrites civilitez d'un Simoniaque.
Quoy, mon Pere, ajouta le Pénitent,
vous me refuſez l'Abſolution ! Je m'en
vais donc vers Monſieur le Penitencier.
Le Pénitencier, l'Archevêque, le Pape
même ne ſçauroit vous la donner que
vous ne vous ſoyïez défait de ce pernicieux Bénéfice ; & que vous n'ayïez promis de faire une pénitence proportionnée à l'énormité du crime que vous
avez commis. Le Marchand effrayé de

ce que luy difoit fon Confeffeur, & fe
doutant bien qu'il n'en feroit pas quite
ailleurs à meilleur marché, prit congé
de luy, avec proteftation de quiter ce
Bénéfice, puifqu'il ne pouvoit avoir
l'Abfolution autrement. Quinze jours
ou trois femaines aprés, l'étant allé re-
trouver: Hé bien, luy dit le Confeffeur
en l'abordant, vous êtes vous défait de
ce malheureux Bénéfice? *Oüy, mon Pe-*
re, luy répondit le Marchand, ravy de
la bonne Action qu'il avoit faite : *Et*
qui plus eft, ajouta-t-il, *vous m'aviez*
fait une fi grande peur que je n'ay pas
voulu gagner un fou deffus; je l'ay re-
vendu juftement ce qu'il m'avoit coûté.
Je laiffe à Vôtre Grandeur à s'imaginer
s'il fut bien reçû à demander l'Abfolution.

L'Yvrognerie, qui eft un vice detefté
des honnêtes Gens, étoit une efpéce de
Vertu à feu le Maréchal de Rantzau,
par le bon ufage qu'il en fçavoit faire.
Il ne montroit jamais plus de Courage que lors qu'il avoit bien bû.
Peut-être depuis que l'on fait la
Guerre n'y a-t-il eu aucun homme plus
mutilé qu'il l'étoit; & ce qui luy man-

quoit étoit ce qui publioit fa Gloire. Il n'avoit qu'un bras, qu'une Jambe, qu'un Oeïl, qu'une Oreille ; en un mot il n'avoit qu'un de tout ce qu'un homme peut avoir deux : & ce grand homme n'en étoit, pour ainfi dire, que la moitié d'un. Cette difformité, qui faifoit la beauté de fa vie, fit aufli la beauté de fon Epitaphe. On adreffa ces fix Vers à fon Tombeau.

Du Corps du grand Rantzau tu n'as qu'une des
     parts ;
L'autre moitié refta dans les Plaines de Mars ;
Il difperfa par tout fes Membres & fa Gloire :
Tout abbattu qu'il fût il demeura Vainqueur ;
Son Sang fut en cent lieux le prix de fa Victoi-
     re ;
Et Mars ne luy laiffa rien d'entier que le Cœur.

Quoi-qu'il y ait prés de cinquante ans que cette Epitaphe a été faite, & que depuis ce tems là nôtre Langue fe foit bien perfectionnée, je croy qu'il feroit dificile de la mieux faire. Le R. P. Bou-

hours, qui écrit avec tant d'élégance &
de netteté, n'est pas de cet avis ; & dit
qu'outre le Cœur Mars laissa au Maréchal de Rantzau le Poumon & le Foye.
On ne peut nier que sa Critique ne soit
raisonnable : cependant s'il ne l'avoit
pas faite, on dit qu'il auroit encore eu
plus de raison. Le Maréchal de Rantzau
avoit été Page du Prince de Condé,
Ayeul de Monsieur le Prince d'aujour-
d'huy ; & ce qui ne s'étoit jamais vû,
& ne se verra peut-être jamais, ce Prince eut quatre de ses Pages Maréchaux
de France, & encore quels Maréchaux
de France ! Le Maréchal de Rantzau, le
Maréchal de Thoyras, le Maréchal de
Gassion, & le Maréchal de la Motte-Ho-
dancourt.

Trouvez bon, Monseigneur, que cette
Epitaphe soit suivie d'une autre moins
sérieuse, qui pourtant a été autrefois
dans une Paroisse de Paris, d'où, à ce
qu'on m'a assuré, il n'y a que douze ou
quinze ans qu'on l'a ôtée. J'ay eu beaucoup de peine à le croire : mais des Gens
dont la probité n'est point soupçonnée,
& qui ne sont pas inconnus à Vôtre
Grandeur, me l'ont si positivement cer-
tifié

tifié que je ne puis en douter sans leur
faire injure. Quoi qu'il en soit, je vais
la mettre icy mot pour mot comme on
me l'a dite : & si vous trouvez que ma
liberté aille un peu trop loin, vous verrez, Monseigneur, à la moindre petite
remontrance que vous aurez la bonté
de me faire, que je suis l'homme du
monde le plus aisé à convertir.

Cy-gist le vieux Corps tout usé
Du Lieutenant Civil Rusé ;
Auquel il coûta maint Ecu
Pour être déclaré Cocu.
A son Frère il n'en coûta rien,
Et cependant il le fut bien :
De ce nombre il en est assez ;
Priez Dieu pour les Trépassez.

On disoit hier aux Tuilleries que le
Prince d'Orange, enragé d'avoir été
battu à Fleurus, à Stéinkerque & à Ner-
vvinde, & fulminant contre l'Ascen-
dant que le Duc de Luxembourg avoit
sur luy, disoit : *Est-il possible que jamais
je ne batte ce Bossu-là!* Et que Monsieur

G

de Luxembourg en ayant été informé; avoit répondu : *Comment sçait - il que je suis Bossu ? il ne m'a jamais vû par derriere.*

Pour peu que j'ajoute encore à cette Lettre, il ne faudra plus qu'y mettre un Titre en NA, & ce sera dequoy faire un petit Volume. Si les Remarques qui y sont ne vous plaisent pas il y en a trop : & si elles ont l'honneur de vous plaire, moins il y en aura plus elles vous sembleront bonnes. Vos ordres, Monseigneur, ou vôtre silence m'apprendront le goût que vous y aurez pris : & ce qu'il faudra que je fasse pour vous marquer que je suis avec autant de zele que de respect,

MONSEIGNEUR,

De Vôtre Grandeur,

Trés - humble & trés-
obeïssant serviteur.

RÉPONSE
DE MONSEIGNEUR
DE LANGRES,
A L'AUTEUR.

IL y a long-tems, Monsieur, que je n'ay eu un si grand plaisir qu'à la lecture de la Lettre que vous m'avez écrite. Si je ne vous derobe point trop de momens vous m'obligerez de m'en écrire une au moins toutes les semaines pendant mon séjour icy. Un Volume entier des Livres que vous m'avez envoyez ne contient pas tant de choses que la Lettre que j'ay reçûë de vous; & de remarque en remarque j'ay toûjours eu une nouvelle satisfaction. Tout ce que Langres a de personnes de distinction y ont pris le même plaisir que moy; & vous nous feriez grand tort à tous si vous ne m'écriviez plus. Je vous

G ij

donne l'abſolution par avance de tout
ce que vous y mettrez, étant perſuadé
que vous n'y mettrez rien qui ne ſoit
d'un honnête homme. S'il y a quelque
occaſion, ſoit icy, ſoit à Paris où je vous
puiſſe rendre quelque bon office ne
doutez point, Monſieur, que je ne ſois
entiérement à vous.

L'EVESQUE DUC DE LANGRES.

A MONSIEUR

DE FIEUBET,

Conseiller d'Etat, Ordinaire.

LETTRE ET FABLE.

SI j'étois dans un âge à obtenir des Lettres de Récision je vous jure, Monsieur, que je me ferois relever de l'engagement que vous avez exigé de moy. Croyez vous qu'il soit aisé d'écrire à un homme aussi délicat que vous, quatre Lettres, pendant le peu de séjour que le Roy fera à Fontainebleau, & que dans chacune il y ait une Fable qui quadre à la matiere dont je vous entretiendray ? C'est en verité me donner deux fois plus de besogne que je n'en puis faire ; & par conséquent il y a lézion de moitié. Par exemple, vôtre grand Laquais arriva hier qu'il étoit plus de huit heures du soir, & s'en retourne

aujourd'huy à Midy précis. Mettez la
main à la Confcience : y a-t'il affez de
tems pour faire une Lettre & une Fable ;
& fur tout pour les faire comme vous
fouhaitez qu'elles foient ? Je ne fçay
même par où commencer ma Lettre, à
moins que je ne vous mande que le
pauvre Monfieur de Roüilly que vous
trouviez un fi honnête homme, & qui
effectivement avoit autant d'indigence
que de Vertu, mourut Dimanche ; &
que le gros Monfieur * * * qui a été de
tous les Partis qui fe font faits depuis
trente Ans, & qui étoit plus riche que
trois Ducs & Pairs des moins endettez,
mourut Lundy. Le premier, qui a toûjours vécu dans la pauvreté, mais dans
l'innocence, eft mort aimé de tous ceux
qui le connoiffoient : & l'autre, qui a
paffé toute fa vie dans l'opulence, mais
dans l'iniquité, eft mort haï de ceux
mêmes qui ne le connoiffoient pas.
L'un, qui n'avoit prefque rien, fe pri-
voit du neceffaire pour en affifter les
Pauvres ; & l'autre, qui étoit continuellement dans l'abondance ne leur donnoit jamais rien de fon fuperflu. L'un
vivoit frugalement, & ne trouvoit ja-

mais rien de mauvais : l'autre ne mangeoit rien qui ne fuſt exquis, & ne trouvoit jamais rien de bon. Enfin, Monſieur, à faire reflexion ſur la maniere dont la Fortune en a uſé envers ces deux hommes, il me ſemble voir une jeune Dame d'une condition diſtinguée, qui l'année paſſée avoit un Chien & une Poule qui moururent dans un même jour ; & qui s'offrent le plus heureuſement du monde pour être le ſujet de la Fable que vous allez voir.

LE CHIEN ET LA POULE.

FABLE.

UN Chien deffunt paſſoit en ſon vivant
Pour la Merveille des Merveilles :
Jamais dit-on, Chien n'eut auparavant
Nez plus petit ni plus grandes Oreilles
Quoi que ſot & farouche il faiſoit le plaiſir
D'une jeune & folle Maîtreſſe,
Qui jamais n'avoit de loiſir
Sans luy faire quelque careſſe.
Il ne mangeoit que du Biſcuit ;

G iiij

Ne buvoit que du lait dans de la Porcelaine ;
 Et ne reposoit jour & nuit
Que sur des Matelas de la plus fine laine.
 La Dame ayant beaucoup d'attraits,
(Marchandise qui fuit avec le tems qui coule)
Pour les entretenir nourissoit une Poule
Dont tous les jours sans faute elle avoit un Oeuf
 frais.
 Quoi qu'elle luy fût plus utile
 Que le petit camard de Chien,
Jamais à cette Poule elle ne donnoit rien
Tant le pauvre Animal luy sembloit imbécile.
 Elle ne vivoit bien souvent
Que de quelque Araignée, ou de quelque Che-
 nille ;
 Et couchoit sur une Cheville
Exposée aux rigueurs de la Pluye & du Vent.
Un jour, de Nouriture ayant grande disette,
Elle entra par hazard dans la Sale à manger,
Esperant sous la Table attraper quelque miette;
Mais le Chien l'apperçût qui la fit enrager.
 La deffense étant naturelle
La Poule aux coups de dent répond à coups de
 bec :
Et la Maîtresse injuste, aussi bien que cruelle

Pour la punir de son peu de respect

   Veut que sur le champ elle meure.

Quelques momens aprés ayant mis son Ton-

tou

Sur un lit de Velours, pour y dormir une heu-

re,

Il se laisse tomber, & se casse le cou.

Les voila tout deux morts. Voyons la suite. On

crie :

La Maitresse du Chien paroit au desespoir :

Pleure ; gémit ; soupire : Et pour dernier De-

voir

     Le fait jetter à la Voirie.

     La Poule eut un plus heureux sort :

A peine la clarté luy fut-elle ravie

     Que par les honneurs de sa mort

On la dédommagea des peines de sa vie.

     Pendant qu'au milieu d'un Egoût

     Le Chien barbotte dans l'Ordure

Au gré de sa Maitresse elle est d'un si bon

goût

Qu'elle en veut elle même être la Sépulture.

Si le Vice est si haut, & la Vertu si bas

     Il ne faut pas qu'on s'en irrite :

Pour le moins aprés le trépas
Rend on juſtice au vray Mérite.

Peut-être, Monſieur, trouverez-vous
que c'eſt un peu tard : mais ſi les loüanges d'aprés ſa mort ſont infructueuſes,
au moins ne ſont elles pas ſuſpectes; &
le pauvre Monſieur de Rouïlly n'étant
pas d'un rang à avoir une Oraiſon funébre, il eſt à l'abry de la Flaterie & du
Menſonge. Quoi-que vous y gagniez
Cent Ecus de rente par l'extinction de
la Penſion que depuis dix ans vous aviez
la bonté de luy faire, je ne doute point
que ſa mort ne vous afflige : mais la piété dont elle a été accompagnée, les é-
loges dont elle eſt ſuivie, & quelque
petite reflexion ſur les Cent Ecus que
vous ne donnerez plus, vous en conſole-
ront mieux que tout ce que je vous pourrois dire. Au reſte, Monſieur, quand
j'aurois de plus agréables Nouvelles à
vous mander, vôtre Laquais ne me donneroit pas le loiſir de vous les apprendre. Il me ſoûtient qu'il eſt plus d'une
heure; & de peur que je n'héſite à le

croire je l'entens qui en jure sur son honneur. C'est m'avertir qu'il est tems de
vous jurer sur le mien que personne n'a
jamais été & ne sera jamais avec plus
de respect & d'attachement que moy.

MONSIEUR.

Vôtre trés-humble & trés-
obeïssant serviteur.

RE'PONSE

Pour Madame la Marquise de Montloüet.

A UNE LETTRE

DE MADAME COLBERT,

Ambassadrice à Nimégue.

En Prose & en Vers.

NE vous êtes vous point étonnée, Madame, de ce qu'avec autant de respect que nous en avons pour vous, nous avons laissé passer une semaine entiére depuis la Reception de vôtre Lettre, sans vous entretenir sur nouveaux frais ? Nous aurions bien des excuses à vous donner si nous croyions en avoir besoin : du moins nôtre Poëte nous a promis de ne nous en point laisser manquer, & de nous en faire de si vray-semblables qu'on les prendroit pour autant de veritez. Cependant, Madame, comme nous sommes Ennemies du fard, nous

nous contenterons de vous dire que les affaires d'Allemagne nous en ont caufé depuis quelques jours d'affez grandes pour nous occuper entiérement. L'Armée ne faifoit pas un mouvement fans nous émouvoir: chaque Décampement changeoit la fituation de nôtre Ame; & le Combat qu'on devoit donner de jour à autre nous allarmoit plus que ceux pour qui nous tremblions.

Maintenant qu'on n'eft plus en peine
Des nouvelles de Philifbourg ;
Que le Prince de Bade & celuy de Lorraine
Ont caché leur armée au Duc de Luxembourg;
Qu'au lieu d'accepter la Bataille,
Ils bornent leurs Exploits à batre une Muraille
Où peut-être à la fin leurs éfforts feront vains;
Nôtre Efprit inquiet, devenu plus tranquile ,
Croiroit s'embarafler d'une peur inutile
S'il craignoit déformais Allemans ni Lorrains.

Vous vous doutez bien, Madame, que nous avions befoin de toute nôtre tran-quilité, pour répondre dignement aux

obligeantes marques de tendreſſe dont
il vous a plû nous honorer. Depuis vôtre depart nous n'avons guére paſſé de
jours ſans faire des vœux pour le retour
de la Paix, puiſque vous devez revenir
enſemble : mais quelque paſſion que
nous ayons de vous revoir, nous ſommes
trop honnêtes pour vouloir que ce ſoit
aux dépens de vos plaiſirs. Nous ne con-
noiſſons que vous au monde dont l'amitié ſoit aſſez conſtante pour nous préférer au Matou qui a ſi généreuſement ex-
poſé ſa vie pour le Divertiſſement des
Excellences Françoiſes : Et ſi vous ſça-
viez, Madame, avec combien de joye
nous avons reçû la preuve la plus extraordinaire que vous puiſſiez nous donner de vôtre bienveillance, il y a peu
d'Animaux qui fuſſent plus avant que
nous dans vôtre eſtime.

Ah ! que Vôtre Excellence, Illuſtre Ambaſſa-
    drice ,
        Eſt prodigue de ſes bontez !
Nous n'oſions eſpérer un ſi grand ſacrifice
        Que celuy dont vous nous flatez.
Quelle reconnoiſſance eſt égale à la vôtre !

Cet effort d'amitié dont vous payez la nôtre
Marque de nôtre Absence un extreme regret :
Et c'est nous accorder une grace imprévûë
    Que de préférer nôtre vûë
Au spectacle d'un Chat poursuivy d'un Barbet.

Aprés une préférence si avantageuse,
il ne falloit point, Madame, nous me-
nacer d'un Docteur Poëte pour allarmer
celuy qu'il avoit plû à Dieu de nous envoyer. Vous l'avez si fort épouvanté,
qu'il part demain pour aller à la Campagne ; & n'ayant pû nous apprendre en
quel endroit, nous croyons que c'est
où la peur le guidera. Qui eut jamais
crû qu'un Poëte eut été capable de se
faire regretter ? Quoique le nôtre ne soit
pas Docteur, & qu'il n'ait aucune envie
de l'être, il ne laissoit pas de nous être
nécessaire. S'il n'avoit pas la force d'é-
lever ses pensées jusques aux nôtres, nous
avions l'indulgence de faire décendre
les nôtres jusques aux siennes ; Et pour
moy, Madame, qui suis accoûtumée à
parler pour toutes, & qui ne sçais point
déguiser mes sentimens, je ne vous céle

point que la crainte de recevoir moins
souvent de vos nouvelles me fait regar-
der son départ avec chagrin.

J'apprehende que son absence
D'un commerce si beau n'interrompe le cours.
Ah ! que dans certaine occurence
Un Poëte est d'un grand secours !
Pour vous parler en Vers pendant tous vos
Voyages,
J'en fais chercher un à mes gages
Qui me puisse à toute heure immoler tous ses
soins.
Un tems si malheureux y répugne sans doute ;
Peu de gens ont dequoy sussire à leurs besoins :
Mais pour vous faire voir le plaisir que je goûte
Quand je sçay que mon zéle a vos yeux pour
témoins ;
Je veux, quelque prix qu'il m'en coûte,
Accoûtumer Pégase à prendre vôtre Route
Une fois le Mois, tout au moins.

Voila, Madame, quel est mon dessein:
& je ne vous écris qu'aprés avoir envoyé

rové un billet au Bureau d'adreſſe pour
ſçavoir s'il n'y a point de Poëte à loüer.
Un homme aſſez mal'fait entre dans ma
chambre ; & je ſuis la plus trompée du
monde ſi mon billet n'a déja opéré. Je
m'en doutois bien, Madame, c'en eſt un
qui me vient offrir l'Immortalité à dés
conditions honnêtes ; & avant que de
m'engager avec luy, je veux voir s'il
peut me tenir parole. Nous n'avons encore rien dit ſur un certain endroit de
vôtre Lettre où vous vous divertiſſez à
nous faire accroire que nous parlons en
Vers & en Proſe auſſi bien qu'un Livre :
& pour l'eſſayer, nous luy donnons la
commiſſion d'y répondre. Il eſt appuyé
ſur une feneſtre ; & s'il enfante un Vers
à chaque Contorſion, il eſt homme à en
faire beaucoup en peu de tems. Voicy
un échantillon de ſon Génie, & à peu
prés ce que nous vous aurions répondu
nous-mêmes.

Si nous écrivons mal, il n'en faut point tant
    rire,
Ni croire, en nous raillant, nous faire Gen-
    darmer :
Loin de nous entefter de ſçavoir bien écrire,

Nous bornons nôtre gloire à sçavoir bien aimer.

Nommez, si vous voulez, ce désir trop modeste;

　　Nous vous cédons en tout le reste ,

En Esprit, en Mérite, en Vertus, en Attraits :

Mais en tendre Amitié toûjours prête à paroî-
　　tre

Pour un Objet Charmant, comme vous pouvez
　　être ,

　　Nous ne vous céderons jamais.

Il auroit fini cette Lettre en Vers, n'é-
toit, Madame , que la Rime & la Raison
s'accordent malaisément. Cela étant
nous cessons de rimer pour vous asûrer
de bonne foy que nous sommes, Vos
très-humbles Servantes , &c.

A MONSIEUR
LE HONGRE,
Sculpteur Ordinaire du Roy, Professeur de l'Académie.

Avec une Epitaphe contenant la Vie de Monsieur le Président PERRAULT.

C'Eſt à tort, Monſieur, que vous m'accuſez de vous avoir manqué de parole. Quand je vous promis que vous feriez le Tombeau de Monſieur le Préſident Perrault, il m'avoit donné la ſienne que ce ſeroit vous : & ſi les acci-dens qui luy ſont malheureuſement ar-rivez ne luy avoient fait perdre la Raiſon, il ne pouvoit pour s'immortaliſer choiſir une meilleure Main que la vôtre. Tout le Marbre & tout le Bronze que vous met-tez en œuvre ne dureront pas tant que vôtre Gloire ; & les plus fameux Statuai-

H ij

res de l'Antiquité n'auroient guéres acquis de Réputation s'ils étoient venus
aprés vous. Ce témoignage, que je ne
puis m'empêcher de rendre à la verité,
justifie assez que si Monsieur le Président
Perrault a eu des bontez pour moy, je ne
pouvois mieux luy en marquer ma reconnoissance qu'en vous faisant le Dépositaire de sa Mémoire. Elle étoit sûre
d'atteindre jusqu'à la dissolution des
Siécles, Et comme il m'avoit fait l'honneur de me choisir pour faire son Epitaphe, mon Nom eut profité de la plus
belle occasion du monde de passer à la
Posterité sous vos Auspices. Les choses
ont tourné autrement. Monsieur Perrault
qui avoit tant de Parens qui abboyoient
aprés son Bien, n'en a trouvé aucun à
qui sa Gloire ait été assez chére pour en
prendre soin. Eh! comment auroit-on
fait quelque chose pour luy aprés sa
Mort, puis qu'avec toutes les Richesses
qu'il avoit on luy refusoit jusques aux
nécessitez de la Vie? A peine a-t-il eu
les yeux fermez qu'on l'a oublié: il n'y
a que moy qui ne l'oubliray jamais. Il
m'avoit fait la grace de me placer de la
maniére du monde la plus honnête dans

un Testament olografe qu'il fit pendant
toute la force de sa Raison, & qu'on luy
fit révoquer quand il l'eut perduë. Je
luy en ay la même Obligation que s'il
avoit en tout son éffet : Il a sceu tout le
bien qu'il me faisoit, & non le mal
qu'on l'a contraint de me faire ; & c'est
assez qu'il ait eu de la bonne volonté
pour m'obliger à avoir de la gratitude.
Je vous ay déja dit que je croyois ne la
luy pouvoir mieux témoigner qu'en l'o-
bligeant à choisir un homme si distingué
pour faire sa Sépulture : Et puis qu'il ne
l'a pas fait, c'est une preuve infaillible
que tout d'un coup la Raison luy a manqué. Pour vous faire voir, Monsieur,
que je travaillois de bonne foy, je vous
envoye l'Epitaphe que j'ay faite; & pour
m'acquiter de ce que je luy dois je la
feray peut-être un jour imprimer : mais
il s'en faudra beaucoup qu'elle ne dure
autant dans un Livre qu'elle dureroit
sur du Bronze qui sortiroit de vos Mains.
C'est une narration si modeste des di-
vers Etats de sa Fortune & de sa Vie,
qu'il est aisé de voir que la Flaterie n'y
a point de part.

A LA ME'MOIRE
DE MESSIRE
JEAN PERRAULT,

Confeiller du Roy en fes Con-
feils, Préfident en fa Chambre des Comptes de Paris, Bar-
rón de Milly, &c.

E P I T A P H E.

Dans les Murs d'une Ville où les Eaux de
la Saône

Semblent avoir regret d'aller joindre le Rhône,
D'une famille illuftre & fidéle à nos Rois
Qu'avec tant de Juftice ennoblit Henri-Trois,
Náquit l'Efprit fécond en fublimes lumiéres
Qui du pieux Paffant implore les Priéres.

    Amy de l'Equité , pour déffendre fes droits
Il donnoit tous fes foins à l'Etude des Loix,
Lors qu'un Prince Fameux du Royal Sang de
    France,
Dont les hautes Vertus égaloient la Naiffance,

Voulant de son Mérite être l'auguste Apuy,
Pour régir sa Maison jetta les yeux sur luy.
 Si le Choix de ce Prince eut une heureuse
  suite
La France des long-tems en est assez instruite;
Si Perrault fut sensible à l'honneur d'un tel
  Choix
Son extrême respect l'a dit assez de fois.
Enrichi des Bienfaits de son généreux Maître
Au delà du trépas son zéle sceut paroître:
Au Cœur de ce Héros, dont le sort fut si beau,
Sa fidéle Douleur fit construire un Tombeau
Où la Délicatesse & la Magnificence
Sont d'éternels Témoins de sa Reconnoissance. *
 Ce Ministre éclairé qui sçavoit tout prévoir
Ne borna pas son zéle à ce pieux Devoir:
Il falloit un Conseil vigilant & sincére
A l'Invincible Fils d'un si Vertueux Pére:
Quoy qu'il pût voir en paix fructifier son bien,
Au repos de son Prince il immola le sien;
Epousa sa Fortune, & propice, & cruelle;

* Ce Tombeau est aux Jésuites de la Ruë saint Antoine. Le Cavalier Bernin le trouva l'une des plus belles choses qui soient en France. Il a coûté à Monsieur
Perrault plus de 100000 liv.

Et la voyant changer ne changea point comme
       elle.

De ce Prince, adoré pour sa rare Valeur,
On luy vit constamment partager le malheur:
La Prison & l'Exil dont on punit son zéle *a*
Ne pûrent l'empécher d'étre toûjours fidéle:
Semblable à ce Métal & si pur & si beau
Qui s'acquiert par l'épreuve un mérite nou-
       veau,
Aprés de longs travaux sa Vertu plus brillante
Emporta la Victoire & revint triomphante.

    Le reste de ses jours, tranquile, indépendant;
D'un Tribunal illustre illustre Président, *b*
Il remplit avec gloire une si haute Place;
Et n'y parut jamais que pour y faire grace.
Enfin, en tant de lieux où son Nom étoit craint;
De la moindre injustice on ne s'est jamais plaint:
Le Pauvre dont la honte augmente le Martire,
Que la Misére accable, & qui n'ose le dire,
Trouvoit dans sa Tendresse un secours souve-
       rain
Qui luy sauvoit l'affront d'aller tendre la main.

    a Il fut arrété Prisonnier avec Messieurs les Princes,
& ensuite exilé.
    b De la Chambre des Comptes de Paris.

                                Vous,

Vous, qui le regrettez, Ames Religieuses,
Solitaires sacrez, Communautez pieuses,
Soyez envers le Ciel, pour fléchir son courroux,
Charitables pour luy comme il le fut pour
      vous. *
Joignez à la ferveur de vos saintes Prières
Les austéres Vertus qui vous sont familiéres :
Et vous, Dieu tout-puissant, pour combler nos
      souhaits,
Accordez à son Ame une éternelle Paix.

⁓⁓⁓

Je croy, Monsieur, être assez justifié
auprés de vous, pour n'avoir pas besoin
de vous assûrer que j'ay toûjours été &
que je seray toûjours Vôtre trés-humble, &c.

* Il faisoit tous les Ans pour 12000 liv. d'aumônes,
sans celles qu'on ne sçavoit pas.

I

A MONSIEUR

DE BARTILLAT,

Conseiller du Roy en ses Conseils, Garde du Tresor-Royal.

Le jour de sa Feste.

JE voudrois bien, Monsieur, vous pouvoir aujourd'huy envoyer un Bouquet digne de vous : mais Saint Estienne a trop aimé les Epines pendant sa Vie pour souffrir qu'il y eût des Fleurs à sa Mort ; & la Couronne de premier Martyr que Dieu luy donna est bien plus durable que si elle étoit d'Oeillets & de Roses. S'il suffit d'avoir de la Probité pour être Saint, il n'y a personne qui ait l'honneur de vous connoître qui ne réponde de vôtre Canonisation ; & je ne passeray point pour un fade Adulateur, quand je soutiendray que peu d'hommes ont vécu si long-tems que vous, avec

une Réputation si entiére. Que du Tems
des Romains, où l'on donnoit pour Dot
à une fille la Réputation de son Pére,
les vôtres auroient été bien pourveuës !
Qui que ce soit au Monde n'est partagé
sur l'intégrité de la vôtre : & s'il est vray
que la voix du Peuple soit la voix de
Dieu, je ne sçay point d'homme qui
soit mieux auprés de luy que vous. Tout
ce que je vous puis dire, c'est, Monsieur,
que si vous n'étiez pas l'un des plus honnêtes hommes qui soit sur la Terre vous
seriez sans doute l'un des plus habiles,
d'avoir trouvé le secret de le persuader
si bien que si quelqu'un osoit dire le contraire il seroit regardé comme un imposteur. Que je plains vos Ennemis, s'il
y a des Gens au Monde assez injustes
pour l'être ! Je suis sûr que s'ils ne veulent point dire de bien de vous, ils ont
la mortification de n'oser en dire de mal:
Et pour faire vôtre Eloge en un seul
mot vous n'êtes redevable qu'à vous
seul du Piédestal où je vais vous mettre.

Je doute qu'Alexandre ait été Magnanime,
Et que Jules-César eût le Cœur bien placé :

I ij

Tant les Héros du Tems inspirent peu d'estime,
  Pour les Héros du Tems passé.

Si l'on vivoit jadis comme au Siécle où nous
  sommes ,
   N'en déplaise à l'Antiquité ,
Ceux qui dans leurs Ecrits ont mis tant de Grands
  hommes
   Abusoient la Postérité. '
Il n'en est presque point. Je n'en sçay pas la
  cause.
   Je remarque dans tous les Rangs
   Que le peu qu'on y void de Grands
   Sont tous montez sur quelque chose.
   L'un monté sur un grand Crédit
   Ou sur une haute Naissance,
   Paroit d'une Grandeur immense
Qui, sans un tel secours, paroistroit bien petit.
   L'autre qu'éleve la Fortune
   Et dont son orgueïl se prévaut ,
Sédoit par une erreur , à tant d'autres com-
  mune,
   Se croit Grand parce qu'il est haut.
N'estoit leur Piédestal qui leur donne du lustre
Par le Rang qu'autrefois leurs Ayeux ont tenu,

Tel qui fort d'une Tige Illuftre
A peine feroit-il connu.

Quelques Eloges qu'ils entendent
C'eft à leur Piédeftal que ces honneurs fe font;
Dès le moment qu'ils en defcendent
Rien n'eft plus petit qu'ils le font
Qu'on ôte à ces Prelats leur Mitre,
A ces Préfidens leur Mortier,
La plûpart en quitant leur Titre
Quiteront leur Mérite entier.

Il ne part de leur Ame aucun trait de Nobleffe,
Soit qu'ils foient dans la joye, ou qu'ils foient
dans le duecïl;
Malheureux, ce n'eft que foibleffe,
Et Fortunez, ce n'eft qu'orgueïl.

Toy, dont le Cœur tranquile, ennemy de l'ex-
tréme,
N'eft jamais orgueïlleux ni jamais abattu,
Ton Piédeftal eft ta Vertu:
Et c'eft là proprement être Grand par Soi-mê-
mé.

Malgré la rigueur de la Saifon vous

m'avez fourni de quoy vous faire un
Bouquet dont les Fleurs ne flétriront jamais : Et qui apprendra, quand même je
ne seray plus, avec combien de respect
j'ay eu l'honneur d'être,

MONSIEUR,

Vôtre trés-humble & trés-
obeïssant serviteur.

AU RE'VE'REND PE'RE

DU BUC,

PRE'DICATEUR DU ROY,
SUPE'RIEUR DES THE'ATINS.

JE n'ay, Mon Révérend Pére, qu'un
moment pour répondre à toutes les
honnêtetez dont mon Fils & moy nous
vous sommes redevables. Je ne doute
point qu'il n'y soit aussi sensible que moy,
& que tout le soin que vous vous donnez pour en faire un jour un habile homme n'augmente encore l'envie qu'il a de
le devenir. Vous me marquez bien par
vôtre Lettre que vous avez été voir le
Roy d'Angleterre, & que vous avez fait
l'honneur à Boursault de l'y mener avec
vous : mais vôtre modestie supprime le
reste ; & sans luy je n'aurois rien sçû du
Compliment que vous avez fait à cette
Majesté détrônée. Je sçay malgré vous
une grande partie de ce que vous luy

dîtes ; & jamais la mémoire de mon Fils
ne m'a rendu un meilleur office. Je suis
persuadé que ce Roy en fut trés content,
& qu'on ne luy a rien dit de si beau sur
la Couronne qu'il avoit que ce que vous
luy avez dit sur celle qu'il n'a plus.
Vous luy avez parlé de sa Disgrace de la
maniére du monde la plus délicate ; &
le Ciel qui permet qu'il y ait d'illustres
Malheureux, semble leur devoir des Personnes d'un Mérite distingué pour leur
donner des consolations qu'ils puissent
aisément recevoir. On ne peut s'y mieux
prendre que vous avez fait ; & je n'hésite
pas à croire que Sa Majesté Britannique
oublia son malheur, pendant même que
vous luy en parliez, par le plaisir qu'elle
eut de vous écouter. Au reste, mon Révérend Pére, j'ay appris, (je n'ay pas
besoin de vous dire avec quelle joye)
la justice qu'on vous a renduë à Rome,
& le choix qu'on a fait de vous pour
commander à une Maison qui faisoit des
vœux pour avoir l'avantage de vous
obéir. Il arrive souvent dans les Communautez, comme en d'autres lieux, que
la Brigue sollicite les Dignitez, & que
la Faveur les accorde : mais on peut dire

en cette occasion que si quelque chose
a brigué pour vous, ç'a été un Mérite
extraordinaire, & que c'est des mains de
la Justice seule que vous tenez une éléva-
tion qui vous étoit si bien dûë. Puissent tous les Religieux que vous avez
vous donner autant de sujet de vous
loüer d'eux, que je suis seur qu'ils en
auront de se loüer de vous : & puisse
mon Fils, sur tout, profiter assez de vos
Exemples, & si bien marcher sur vos traces qu'il se rende digne de la Place où
vous êtes, & qu'il y arrive par la même
voye que vous y êtes arrivé ! Je vous
prie, mon Révérend Pére, d'être bien
persuadé que je n'ay pas attendu que
vous fussiez Supérieur de vôtre Maison
pour juger que vous le deviez être ; &
que je vous distinguois par vos Lumiéres
& par vos Vertus avant que vous fussiez distingué par cette Dignité. La
même Justice qui vous a choisi pour la
remplir vous en doit encore de plus
élevées dont elle ne manquera pas de
s'acquiter avec le tems. Comme je ne
vois rien de plus haut que vôtre Mérite
je ne m'imagine rien où vous ne puissiez atteindre : & la suite justifiera que

je ne vous marque rien icy, qui ne foit auffi véritable, que je fuis avec une véritable eftime, mon Révérend Pére, Vôtre trés-humble &c.

A MON FILS,
Novice aux Théatins.

VOus devez bien juger, Mon Fils, que mon Employ ne me laisse guéres de momens, puisque depuis que j'y suis, je n'en ay encore pû trouver pour vous écrire. Il est vray que j'y ay peu de repos. Je ne vous en dirois rien, si je n'avois besoin de bonnes excuses envers les Religieux dont vous vous êtes proposé de suivre l'Exemple. Si vous avez la liberté de parler au R. P. Caffaro, marquez-luy le mieux qu'il vous sera possible, (& ne craignez pas de rien éxagerer) qu'il est assurément un des hommes du Monde pour qui j'ay la plus sincére estime ; & que s'il y avoit quelque occasion pour son service où je fusse mis à l'épreuve, mes actions luy en diroient plus que mes paroles. Le Pére Du Buc est d'un Mérite si distingué que je veux mal à Nosseigneurs du Clergé de ce que la Pension qu'ils luy font

eſt ſi médiocre : c'eſt un reproche qu'il
aura droit de leur faire quand il ſera un
jour de leur Aſſemblée ; & pour peu que
la Juſtice veüille s'entendre avec la Vertu, peut-être que ce jour n'eſt pas trop
loin.

J'ay eſté extrémement ſatisfait d'apprendre l'Employ que vous avez eu à
vôtre Cérémonie de l'Avent , & de ce
que vous en êtes ſorti avec ſuccez. Con-
tinuez , je vous prie , à faire une bonne
application de vôtre tems ; & ſi j'ay pris
quelques ſoins de vous qui méritent que
vous vous en ſouveniez , ne vous laſſez
point de faire des actions qui méritent
que je m'en ſouvienne auſſi. Vous êtes
dans un âge où rien ne coûte à apprendre ; & j'oſe même me flater que vous
avez d'aſſez heureuſes diſpoſitions au
bien. Enfin, mon Fils , ſi je ſuis malheureux d'ailleurs , faites au moins que je
ſois heureux en vous. Comme j'avance
tous les jours dans un âge qui eſt le partage de la triſteſſe tâchez de la diſſiper,
en m'offrant de tems à autre des occaſions de joye. S'il y a une Maiſon Reli-
gieuſe où je duſſe vous ſouhaiter , c'eſt
ſans doute en celle où vous êtes : les

Vertus y font moins farouches qu'en
beaucoup d'autres , & par conféquent
plus faciles à acquérir : cependant, mon
Fils, (& je vous prie de relire plufieurs
fois ce que je vous écris) fongez que
vous n'avez encore fait aucun pacte avec
Dieu qu'il vous foit honteux de rompre, & n'attendez pas à vous repentir
que vous ne le puiffiez plus faire avec
honneur ni avec juftice. Dieu qui connoît mon intention fçait bien qu'elle
n'eft pas de vous arracher à fes Autels,
s'il eft vray qu'il vous y ait véritablement appellé; mais au moins confultez
vous bien & de bonne foy pendant qu'il
en eft encore tems , & qu'aucune confidération humaine n'entre dans le facrifice que vous luy ferez. On peut n'a-
voir pas les Vertus d'un Religieux, qu'on
ne laiffe pas d'avoir celles d'un honnête
homme : elles font différentes felon les
différens endroits où elles fe rencon-
trent naturellement; mais elles ceffent
d'être Vertus quand elles font contrain-
tes & hors de leur fituation. Sur tout,
mon Fils, point de conftance étudiée ni
de zéle affecté : que la Verité foit inféparable d'une Victime que vous voulez

offrir à un Dieu qui est la Verité même;
& si vous ne vous sentez pas assez de
forces pour achever ce que vous avez
commencé, je sçais assez quelles sont
vos inclinations pour n'avoir jamais les
bras fermez quand il s'agira de vous
recevoir. Vous n'aurez pas de peine à
vous le persuader, quand vous vous sou-
viendrez de l'amitié que j'ay toûjours
euë pour vous ; & que vous sçaurez
qu'elle augmente de jour en jour, & que
je suis avec plus de tendresse que je ne
puis vous en témoigner, Vôtre trés-af-
fectionné Pére.

A MONSEIGNEUR
LE DUC DE S. AIGNAN.

Avec un Sonnet en Bout-rimez.

MONSEIGNEUR,

On m'apprit hier deux nouvelles qui toutes deux me furent extrémement sensibles, & me causérent des mouvemens bien différens. On m'apprit vôtre Maladie ; & je doute, Monseigneur, que vôtre douleur ait été plus violente que celle que je sentis. Il est vray que quelque tems aprés elle fut divertie par une passion plus impétueuse. Une juste colére imposa silence à ma douleur ; & quand je sçûs qu'on avoit eu l'audace de faire des Vers contre vous, je ne respiray que ressentiment & que vengeance. Quelle est cette Muse illégitime qui ose

manquer de respect au Protecteur des
véritables Muses ? Je sçay, Monseigneur,
que vous ne pouvez mieux la punir que
par le mépris que vous en faites. Il n'est
pas extraordinaire qu'un Mérite aussi
grand que celuy que vous avez excité
de l'envie : & ce n'est pas d'aujourd'huy
qu'on a vû des Téméraires qui ont voulu cracher contre le Soleil. Vôtre Nom
que la Gloire elle-même a pris soin d'é-
crire dans les Fastes de la Posterité est
au dessus des insultes de la jalousie ; &
les Muses qui vous ont de si grandes
obligations seroient toutes déchaînées
contre l'indigne Plume qui s'efforce de
l'obscurcir, n'étoit qu'elles ne luy veullent pas faire l'honneur d'immortaliser
son insolence. Le retour d'une Santé
aussi précieuse que la vôtre est l'unique
soin qui les occupe. D'abord que je sçûs
que le fameux Duc de saint Aignan é-
toit Malade, je ne pûs m'empêcher
d'implorer leur assistance & de leur
dire :

SONNET.

SONNET.

Venez à son feçours , Filles de .... Jupiter,
Venez ; & qu'Apollon foit fon ..... Pharmacopole :
Qu'Efculape fon Fils luy ferve de .... Frater ;
Et vous, gardez-le mieux que ne feroit ...... Nicole,

Sans luy vos Nourriffons n'auroient plus de ..... Pater.
Sur Pégafe fouvent luy-même .... Caracolle.
De Mérite avec luy nul ne peut. .... Difputer :
Et fon Exemple à tous doit fervir de ...... Bouffole.

Il n'a rien oublié pour fe rendre .... Immortel.
En tout genre d'efcrime il reçoit le .... Cartel.
Et par tout avec gloire il fe tire d' .... Affaire.

Auffi galant qu'Ovide , il fait d'auffi beaux. , . Vers :
C'eft le plus beau Parleur qui foit dans l' ..... Univers :
Et s'il fçait bien parler , il fçait encor mieux... Faire,

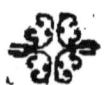

K

Voila, Monseigneur, quels sont les
sentimens d'estime, de respect, & de
reconnoissance qu'aura toute sa vie

Vôtre trés-humble & trés-
obeïssant serviteur.

A MONSEIGNEUR
L'EVESQUE ET DUC
DE LANGRES,
PAIR DE FRANCE.

Remarques & bons Mots.

MONSEIGNEUR,

Le moyen de refifter à la Lettre que Vôtre Grandeur m'a fait l'honneur de m'écrire ? A quoy que ce foit qui luy plaife de me mettre je fuis prêt à tout : & quelque chofe que je puiffe faire pour fon divertiffement ou pour fon fervice, elle me l'ordonne d'une fi honnête maniere que je luy en feray encore redevable. Si tous les Grands l'étoient comme vous ils fe feroient autant de Créatures qu'ils voudroient. Un mot dit.

K ij

favorablement dans l'occafion : un petit coup de tête en paſſant, un clin d'œil
à propos, une offre honnête, quoi - que
ſtérile ; tout cela ſeroit autant de piéges
agréab'es, où les Cœurs ſe prendroient
volontairement ; & je ne ſçay perſonne
qui par reconnoiſſance ne ſe fiſt un devoir de répandre ſon ſang pour eux : cependant, quelque peu que cela coûte la
plûpart aiment mieux ne ſe point faire
de Créatures que de les acheter ſi chérement. Tel étoit, le diray - je, Monſeigneur ? Et pourquoy ne le dirois - je
pas ? Si les Evêques veulent qu'on re-
ſpecte leur Mémoire ils doivent pendant
leur vie la conſacrer par de bonnes a-
ctions. Tel étoit, dis-je, vôtre Prédé-
ceſſeur dans une Dignité qu'il aviliſſoit,
& que vous honorez : comme il avoit
trompé tous ceux qui avoient eu affaire
à luy, il avoit une ſi grande peur d'ê-
tre trompé à ſon tour qu'il ne vouloit
avoir affaire à perſonne ; & puiſque
l'occaſion s'en preſente d'elle-même, je
vais faire ſur luy le premier article de
mes Remarques.

　　Ce Prelat, qui avant que de l'être
étoit ſi connu ſous le nom d'Abbé de

la Riviére, un jour faisant la visite de
son Diocése, trouva un jeune Curé
qui à peine sçavoit lire, & qu'il avoit
fait Prêtre trois ou quatre mois auparavant, à la recommandation de quelqu'un. Ce pauvre homme, intimidé par
la presence de son Evêque, & par la
maniére impérieuse dont il l'interro-
geoit, ne pût jamais luy répondre qu'à
la question qui sert de pointe à cette
Epigramme :

En faisant sa Visite, un Evêque assuré
   De l'ignorance d'un Curé,
   Luy demanda d'un ton de Maître :
Quel Asne de Prelat l'avoit pû faire Prêtre ?
   L'autre d'un ton humble & civil,
   C'est vous, Monseigneur, luy dit-il.

Il y a pour le moins quarante ans
qu'on m'a fait accroire que cette Epigramme avoit été faite contre luy : mais
apparemment l'on m'a trompé, ou bien
l'Auteur s'est trompé luy-même. L'As-
perie n'a jamais été un des Vices de

Monſieur de la Riviére ; & s'il eût eu autant de droiture que d'habileté ce pouvoit être un fort honnête homme.

Rien au monde ne ſied plus mal aux Grands que la Raillerie, ſur tout quand il y a une diſproportion extrème entre ceux qui la font & ceux qui la ſouffrent : car entre pareils un modeſte raillerie n'eſt pas condamnable ; au lieu que du fort au foible elle dégénére preſque toûjours en inſulte. Il eſt vray que tout Grands qu'ils ſont on leur répond quelquefois ce qu'ils ne ſont pas trop aiſes d'entendre. La Reine Chriſtine de Suede avoit un Aumônier dont le Ventre étoit ſi gros qu'à peine pouvoit-il voir ſes pieds. *Monſieur l'Aumônier*, luy demanda-t-elle un jour, en preſence de beaucoup de Monde : *Quand accoucherez vous ? Madame*, luy répondit-il : *quand j'auray trouvé une Sage femme.*

Le Roy, qui n'a point de médiocres Qualitez, a encore celle-là qui ne me paroit pas moins grande que les autres, de ne faire jamais de Railleries déſobligeantes, & même de ne pouvoir ſouffrir qu'on en faſſe de qui que ce ſoit. Un Courtiſan, qui n'a pas beaucoup d'Eſ-

prit, ayant été mis un jour sur le Tapis,
un autre Courtisan, qui n'en a guéres
davantage dit : *qu'on feroit un gros Livre de ce qu'il ne sçavoit pas. Et un
fort petit*, dit le Roy, *de ce que vous
sçavez.* Cela luy ferma si bien la bouche que depuis ce temps-là il ne l'a
point ouverte à la Raillerie.

Nôtre Langue a cet avantage sur les
autres qu'elle est beaucoup plus sage &
plus retenuë. La langue Latine sur tout,
dit presque toutes choses par leur nom:
au lieu que la Françoise se contente de
faire entrevoir celles qui peuvent blesser la Pudeur. Soit dans les Ouvrages
méditez, soit dans l'entretien familier
elle veut qu'on évite les façons de parler vicieuses ; & qu'on ne ressemble
pas à cet homme de Qualité qui disoit
à une Duchesse qui s'étoit broüillée avec
quelqu'un : *Apprenez moy vos différens,
& je vous diray ma querelle.* Dans le
Comique même on veut que les obcénitez soient envelopées : & Moliere,
tout Moliere qu'il étoit, s'en apperçût
bien dans le MALADE IMAGINAIRE,
qui est la derniere Piéce qu'il a mise
au jour. Il y a dans cet Ouvrage un

Monſieur Fleuran Apoticaire , bruſque
juſqu'à l'inſolence, qui vient une Seringue à la main, pour donner un La-
vement au Malade Imaginaire. Un honnête homme, frére de ce prétendu Malade, qui ſe trouve là dans ce moment,
le détourne de le prendre , dont l'Apoticaire s'irrite , & luy dit toutes les impertinences dont les gens de ſa ſorte
ſont capables. La premiere fois que cette Comédie fut joüée l'honnête homme répondoit à l'Apoticaire : *Allez ,*
Monſieur , allez ; on void bien que
vous avez coûtume de ne parler qu'à
des Cus. (Pardon, Monſeigneur, ſi ce
mot m'échape : je ne le dis que pour
le mieux faire condamner.) Tous les
Auditeurs qui étoient à la premiére Re-
préſentation s'en indignérent : au lieu
qu'on fut ravy à la ſeconde d'entendre
dire : *Allez , Monſieur , allez ; on void*
bien que vous n'avez pas coûtume de
parler à des Viſages. C'eſt dire la même choſe ; & la dire bien plus finement.
Scarron a mis auſſi en quelque endroit
une ordure le plus agréablement du
monde. Il demandoit une petite Chienne que la Comteſſe de Fieſque luy avoit
promiſe :

promiſe : & pour l'engager à la luy donner plus facilement , il luy mandoit
qu'il en auroit tous les ſoins poſſibles :
qu'il la careſſeroit, la flatteroit, la pai-
gneroit, poudreroit ; & pour luy donner
bonne odeur qu'il la parfumeroit

Depuis le ſommet de la tête
Juſqu'où les Chiens s'entrefont feſte.

N'eſt-il pas vray, Monſeigneur, que
la gentilleſſe de l'expreſſion ôte la ſale-
té de la choſe, & qu'on n'eſt pas fâché d'entendre une ordure dite avec
tant de délicateſſe ? Il y en a encore
une plus groſſe dans Mainard qui ne révolte pas la Pudeur. Je vais vous la dire : auſſi bien n'aurez vous pas plus de
peine à me donner l'abſolution d'un
bon gros peché que d'un petit ; & puiſque ce que j'ay l'honneur de vous écrire
eſt par l'ordre exprés de Vôtre Grandeur, je ne puis mieux faire que de
l'entretenir ſur des cas reſervez à l'Evêque. Voicy la groſſe ordure dont il
s'agit.

L

Muſes, tréve de modeſtie,
Vous rougiſſiez toutes les fois
Que je parle d'une partie
Qui fait les Papes & les Rois.

Je demeure d'accord qu'il eſt difficile
de trouver une obcenité plus marquée
que celle-là : cependant elle ceſſe de
l'être par la maniere ingénieuſe de la
dire ; & ces termes *qui fait les Papes*
& les Rois, y donnent une nobleſſe
qui empeſche l'imagination d'en être
bleſſée. Je ne puis finir ce grand Article ſans ajouter encore en faveur de
nôtre Langue qu'elle a un certain *vous*,
vôtre, *vos*, en parlant à une ſeule perſonne, qui eſt bien plus doux que le
toy, *ton*, *tes*, ou plûtôt que le *tu*, *tuus*,
tui, des Latins : il eſt conſtant que
ces termes de civilité & de déférence
ſont bien plus agréables à l'oreille ; &
qu'une maniére ſi honnête manquoit à
l'Urbanité Romaine.

Le Luxe eſt, je croy, au dernier période où il peut aller. Tout eſt dans une
ſi grande confuſion qu'aux Tuilleries, où

les Laquais ne fuivent pas leurs Maî-
trefles : on ne diftingue pas la femme
d'un Procureur de celle d'un Duc. Il y
a quarante ou cinquante Procureufes à
Paris, qui ont des habits de Velours,
enrichis d'Or : fi la Reine & Madame la Dauphine vivoient encore,
qu'auroient-elles de plus ? L o u ï s
le G r a n d, à qui l'Europe ne refifte
pas, n'a pas le pouvoir de faire executer les deffenfes qu'il a tant de fois
réïterées, de porter de l'Or & de l'Argent fur les habits : & je doute que Sa
Majefté en vienne jamais à bout, à
moins qu'elle ne renouvelle un Edit qui
fut fait fous le Régne d'Henri I V. J'ay
oüy dire à feu Monfieur le Maréchal de
Villeroy, que ce grand Prince voyant
que fes Edits pour la deffenfe de l'Or
& de l'Argent fur les habits, n'avoient
de force que pendant cinq ou fix mois,
& qu'aprés ce tems-là fes Deffenfes é-
toient oubliées ; fit enfin céluy-cy, qui
fut executé avec toute la rigidité poffible. *Nous deffendons expreffément à
tous nos Sujets, de quelque qualité &
condition qu'ils puiffent être, dans tous
les lieux & terres de nôtre obeïffance,*

I. ij

de porter de l'Or ni de l'Argent sur leurs
habits , de quelque manière , & sous
quelque prétexte que ce soit : Excepté
pourtant aux Femmes de Joye & aux Fi-
loux , en qui nous ne prenons pas assez
d'interest pour leur faire l'honneur de
donner nôtre attention à leur condui-
te. Quoi-qu'il y eut un mois de terme du
jour de la publication de cet Edit , pour
donner le tems de faire faire d'autres
habits, le lendemain personne n'en osa
porter, tant on eut peur de passer pour
des Privilégiez : & pendant que ce Monarque vécut l'Edit fut inviolablement
observé. Je ne sçay si dans le tems où
nous sommes les Gens n'aimeroient pas
mieux qu'on doutât de leur Vertu que
de leur Richesse : la crainte de n'être
pas crû Opulent fait que l'on achette le
plaisir de le paroître ; & l'on m'en apprit
hier un exemple que je ne puis m'em-
pescher de mettre icy pour faire voir
jusqu'où va l'impertinence du monde.

Un Libraire de la rüe saint Jacques,
fort à son aise , (c'est peut - être celuy
de Vôtre Grandeur) mais qui n'est pas
Riche , à beaucoup prés , comme Thier-
ry, Léonard , & quelques autres Mylords

de la Librairie, n'ayant été taxé qu'à
trente francs pour sa Capitation, pendant que d'autres en payoient cinquante, ses Filles se formalisérent de il'affront qu'on luy faisoit. *Quoi, mon Pé-*
re, luy dirent-elles l'une aprés l'autre,
pour qui vous prend on? pour un Gueux.
D'où vient que tels & tels sont taxez
à cinquante francs, & que vous ne l'ê-
tes qu'à trente? Y a t-il quelque diffé-
rence entre ces Animaux là & Vous?
La Mere, qui n'a pas moins de Vanité que les Filles, appuya ce qu'elles dirent; & le Pere, aussi fastueux que tout
le reste, courut sur le champ se faire
taxer à cinquante livres, pour faire
voir qu'il n'étoit pas moins Riche que
les autres. Si tous les Sujets du Roy
avoient eu autant de zele, ou d'orgueil
je ne doute point que la Capitation
n'eût valu à Sa Majesté trois Millions
de plus.

C'est assez parlé de Bourgeoisie à un
Duc & Pair. Je passe, Monseigneur, à
une Matiere plus digne de vous; & je
vais parler à Vôtre Grandeur d'une A-
ction qui mérite que toute la Postérité s'en souvienne. Monsieur de Turenne

en a tant fait de belles qu'il suffit de
prononcer un Nom si grand pour ne
rien faire attendre de médiocre. L'Armée du Roy, qu'il avoit l'honneur de
Commander, & qui s'en faisoit un de
luy Obéïr, étant en Allemagne , une
Ville Neutre , qui apprit qu'elle alloit
de son côté, eut peur qu'elle n'y laissât
des marques de son passage. Elle dépu-
ta vers luy, pour luy representer que
l'Armée ne pouvoit passer par là sans y
causer une perte considerable : que s'il
luy étoit possible de luy faire prendre
une autre route, elle luy en auroit une
sensible obligation; & que pour la dédommager d'un jour ou deux de chemin
qu'elle auroit à faire , la Ville le su-
plioit de luy faire la grace d'accepter
Cent Mille Ecus. *Vôtre Ville*, leur dit
Monsieur de Turenne , *me fait plaisir*
d'en user comme elle fait : mais je ne
puis en conscience accepter les Cent Mil-
le Ecus qu'elle m'offre , par la raison
que je n'ay jamais eu intention d'y pas-
ser. Que Vôtre Grandeur me nomme
quelqu'autre que Monsieur de Turenne
qui ait été à l'épreuve d'un pareil appas, & qui l'ait si généreusement refu-

sé, & je diray que Monsieur de Turenne n'a fait que le suivre : mais jusques-là, qu'elle me permette de croire qu'aucun ne l'a précédé ; & que ceux mêmes qui le prennent pour Modele auront de la peine à luy ressembler en tout. Montécuculi accusé à la Cour de Vienne de s'être mal deffendu contre Monsieur de Turenne, dit pour se justifier : *Qu'il avoit eu affaire à un Homme qui étoit plus qu'homme.* Quelle loüange, dans la bouche d'un Ennemi !

Aprés une si grande Action il est difficile d'en citer qui ne semble médiocre ; mais dans ce que Monsieur de Turenne faisoit de médiocre il y entroit toûjours beaucoup de grandeur. Un Gentilhomme dont la Fortune ne répondoit pas à la Naissance, obligé d'aller à l'Armée par la situation où il se trouvoit ; passa un matin en reveuë devant luy, sur un Cheval qui ne valoit pas quatre Pistoles. Monsieur de Turenne l'ayant retenu à Dîner avec quelques autres, le prit en particulier & luy dit : *J'ay peur, Monsieur, de vous faire une priére incivile : mais je croy que vous*

L iiij

avez affez de confideration pour moy pour ne me pas refufer la grace dont j'ay befoin. Ce Gentilhomme luy ayant répondu avec beaucoup de foûmiffion, qu'il ne luy pouvoit rien ordonner à quoy il ne fuft prêt d'obéïr : *Je fuis vieux*, reprit Monfieur de Turenne, *& je me fens même un peu incommodé : les Chevaux trop vigoureux me fatiguent ; & je vous en ay vû un où je m'imagine que je ferois à mon aife. Si je ne craignois de vous ôter ce que vous aimez, je vous prîrois de vouloir m'en accommoder.* Plût au Ciel, Monfeigneur, que j'euffe pû penetrer vôtre penfée, repartit le Gentilhomme ; je me ferois fait un honneur de vous l'offrir. *Mais,* ajouta Monfieur de Turenne, *n'eft-ce point trop exiger de vôtre complaifance ; & me promettez-vous que vous ne m'en voudrez point de mal ?* Le Gentilhomme n'ayant répondu que par une profonde révérence, fut prendre fon Cheval, & le mena luy-même dans l'Ecurie de Monfieur de Turenne ; qui luy envoya un moment aprés un Cheval d'Efpagne de Cent Louïs ; & luy fit dire qu'il luy étoit fenfiblement obligé.

Quelle maniere héroïque de donner : &
qu'il est peu de Turennes au Monde !

Feu Monsieur le Duc de Saint Aignan
étoit encore un des Seigneurs de la
Cour qui joignoit le plus d'agrémens
aux graces qu'il pouvoit faire. Je le
sçay par moy-même : & je ne suis
point de ceux qui oublient les bienfaits qu'ils ont receus quand ils n'en
peuvent plus recevoir. On luy a voulu
faire un Deffaut du trop grand penchant qu'il avoit à obliger : peu de
Gens aujourd'huy en ont de semblables. Il étoit un des meilleurs Amis de
Vôtre Grandeur ; & je vous en ay oüy
dire assez de bien pour être persuadé
que vous prendrez plaisir à en entendre.
Par reconnoissance de la Protection
qu'il m'avoit donnée je luy dédiay
MARIE STUARD, une Tragédie que
j'avois faite. Il la receut de la maniére du monde la plus obligeante : me
dit que ce seroit desormais le Livre de
sa Bibliotéque qu'il aimeroit le plus ;
& me pria de ne pas trouver mauvais
que pour s'acquiter foiblement de l'o-
bligation qu'il m'avoit, il me fist un
present de Cent Loüis. C'est moy, Mon-

seigneur, luy dis-je, qui suis au desess-
poir de m'acquiter si mal des graces
dont je vous suis redevable : il n'est pas
juste que vous achetiez si chérement
un hommage si peu digne de vous ; &
l'Ouvrage que je prends la liberté de
vous offrir est trop payé par la bonté
que vous avez de le recevoir. Monsieur
de Saint Aignan, qui parloit aussi bien
qu'homme de France, m'ayant répondu
tout ce que la plus délicate honnêteté
peut faire dire ; *Je vois bien ce que c'est,*
ajouta-t-il : *Vous ne me croyez pas assez*
Riche pour vous donner Cent Louis tout
d'un coup. Hé bien, puisque vous vou-
lez avoir la complaisance de vous ac-
commoder à ma Fortune, souffrez au
moins que je vous en donne Vingt pre-
sentement; & que je continuë de mois
en mois jusqu'à ce que je sois quite.
Quoi-que je pûsse dire, & quoi-que
je pûsse faire ; quelque honte même que
je pûsse avoir de voir payer mon Ouvrage plus qu'il ne valoit, je fus contraint de recevoir Vingt Louis avant
que de sortir. Ce que vous trouverez
de beau, Monseigneur, c'est l'exactitude de Monsieur de Saint Aignan pour le

reste. Pendant quatre mois il ne manqua pas, le premier, ou tout au plus tard le second jour, de m'envoyer un Gentilhomme avec Vingt Loüis, & vingt honnêtetez dont il les accompagnoit : & quand je fus le remercier, ce fut luy qui me remercia luy-même. Je demande pardon à Vôtre Grandeur, si je l'entretiens de ce qui me regarde : j'ay crû devoir cette Reconnoissance à la Mémoire d'un si honnête Homme ; & j'en voudrois pouvoir dire autant de tous ceux à qui j'ay dédié les Ouvrages que j'ay faits.

On demandoit ces jours passez à un Boiteux qui alloit à l'Armée Fantassin, pourquoy il ne s'étoit pas mis dans la Cavalerie ? *C'est*, répondit-il, *que je ne vais pas à la Guerre pour fuïr.*

Pendant la Paix le Roy, pour donner de l'émulation aux Gens d'Esprit proposoit de tems à autre de petits prix, parce qu'il ne s'agissoit que de petits Ouvrages. Quoi-que sa Médaille, sur tout donnée de sa Main, fust d'un prix inestimable, Sa Majesté n'en regardoit la valeur que suivant la pesanteur qu'elle avoit. Elle en promit une de Trente

Louïs, à qui feroit le mieux un Sonnet fur les Bouts-rimez les plus bizar-
res que l'on pût choifir. Tandis que
toute la Nation Poëtique étoit occupée
à fe difputer le prix, une Fille qui n'a
pas moins d'efprit que de beauté, &
qui fait des Vers auffi galamment qu'on
en puiffe faire, déclara qu'une Médaille ne la tentoit point; & voicy comment elle s'expliqua.

Un Cœur comme le mien ne veut point de Me-
    daille ;
Sans le Souverain Bien tout me paroit un mal :
    Promettez-moy l'Original
    Si vous voulez que je travaille.

Je fuis perfuadé que ces quatre Vers
fur le refus de la Médaille vallent mieux
que tous ceux qui furent faits pour l'obtenir.

Un Aumônier du Cardinal Ranuzzi,
que Vôtre Grandeur a veu Nonce en
France, fut attaqué d'une Maladie, qui
d'abord ne paroiffoit pas dangereufe ;
mais qui par le fecours des Médecins

devint mortelle. Quand on luy eut appris qu'il ne devoit plus songer à vivre il songea sérieusement à mourir; & envoya querir un Pere Grenade, Théatin, qui ne le quita point qu'il n'eût rendu l'Ame dans ses bras. Quoi-qu'il attendist la mort avec une grande résignation à la volonté de Dieu, l'heure de l'Agonie étant venuë, pendant que le Théatin faisoit la Recommandation de l'Ame par cette belle priére *Proficiscere Anima Christiana, &c.* qui signifie, à ce qu'on m'a dit, *sortez promtement Ame Chrétienne*, le pauvre homme disoit d'une voix mourante : *pian'piano, Anima mia*; *pian'piano.*

Le Théatin que je viens de citer me fait souvenir que quelqu'un ayant demandé à un frére du même Convent (Auvergnat des mieux conditionnez) pourquoy on n'achevoit pas leur Eglise, puisque les Fondemens en étoient faits, & qu'il y avoit même beaucoup de Bâtiment élevé ? *C'est*, répondit-il, *que nous ne trouvons point de Gruës.* Vous voyez, Monseigneur; que je mets en œuvre jusqu'à des Turlupinades plûtôt que de laisser le moindre petit morceau

de papier inutile. Il ne m'en échaperoit
jamais si je n'avois que Vôtre Grandeur
à contenter : mais je ne doute point
que vous n'ayïez des Diocéfains affez
Gruss pour trouver cet endroit le plus
joly de la Lettre. Si j'avois plus de place je chercherois une maniere plus a-
gréable de vous dire que je fuis avec
mon refpect accoûtumé,

MONSEIGNEUR,

De Vôtre Grandeur,

Trés-humble, & trés-
obeïffant ferviteur.

A MONSIEUR ***

Sur l'inutilité des Dédicaces de Livres.

JE ne vous le céle point, Monſieur, je ſuis las d'aider à Déïfier des Gens qui croiroient leur Argent mal employé s'ils payoient l'Apothéoſe qu'on leur donne. Il eſt vray que les Princes, les Ducs & les Miniſtres d'Etat ſont ſi élevez par deſſus le reſte des hommes, & par conſéquent ſi accoûtumez à recevoir de l'encens bon ou méchant, que s'ils vouloient payer toutes les Loüanges qu'on leur prodigue leur Revenu n'y ſuffiroit pas. Dés qu'un homme paſſe pour libéral, & qu'il a le moyen de le paroître (car qu'il ait du Mérite ou non, on n'y regarde pas de ſi prés : par la même raiſon que le Saint dont un Prédicateur fait le Panégirique eſt toûjours le plus grand Saint de Paradis, la derniére

Perſonne qu'un Auteur s'aviſe de loüer
eſt ordinairement celle qui a de plus
grandes Qualitez.) Dés qu'un homme, dis-je paſſe pour libéral, & qu'il
a le moyen de le paroître, il eſt ſûr
de ne pas manquer d'Eloges. A la verité rien n'eſt plus ſuſpect que ces ſor-
tes de Loüanges que l'on ne vend pas
directement; mais qu'on ne donneroit
peut-être pas ſi l'on n'eſpéroit en être
récompenſé. Je ſçay bien que l'on
prend d'autres prétextes, & que lors
qu'on adreſſe un Livre à une Perſonne
conſidérable, on dit toûjours que c'eſt
pour mettre ſon Ouvrage à l'abry de
la Médiſance ; comme ſi l'autorité du
plus grand Prince du Monde pouvoit
m'empêcher de dire mon ſentiment d'un
ſot Livre qu'on luy auroit dédié. Si
vous m'alléguez, Monſieur, que j'ay
pratiqué ce que je condamne, & que je
n'ay point fait de méchans Ouvrages
que je n'aye dédié à de grands Seigneurs, je vous répons que j'étois dans
une erreur, dont, graces au Ciel, j'ay
fait abjuration. De cinq ou ſix à qui
je me ſuis adreſſé je n'en ſçay que
deux qui me faſſent la grace de me
                                    ſouffrir ;

souffrir : les autres me fuyent avec autant de soin que si je ce que j'ay dit en leur faveur me rendoit coupable à leur égard ; & pour ne plus fatiguer ces Héros du premier Ordre, je veux m'en faire de tous les Amis que j'ay, & rendre justice à leur Mérite pour reconnoître l'Amitié dont ils m'honorent. Si l'Ouvrage qui m'occupe maintenant étoit capable de porter vôtre Nom aussi loin que je voudrois qu'il allât, ce seroit par vous, Monsieur, que je serois ravy de commencer ; & voicy de quelle maniére je vous loüerois. Je dirois que vous êtes Brave de vôtre Personne : que vous avez l'Ame belle, l'Esprit délicat, la Conversation galante, & que vous avez raison de vous piquer d'être fort honnête Homme, puisque vous l'êtes encore plus que vous ne vous en piquez. Dût-on m'accuser de parler trop modestement de vous, je me contenterois d'en dire simplement ce que j'en sçay ; & je prétendrois n'avoir pas si bien fait l'Eloge de ceux pour qui j'ay inventé des Vertus qu'on ne leur trouve pas, que je ferois le vôtre en ne disant que vos Véritez. Si j'avance au-

M

cune chofe que je ne croye , & dont
vous ne m'ayez convaincu, je confens
que vous ne me croyez pas vous - même ; & que vous doutiez de la proteftation que je fais d'être toute ma vie.

MONSIEUR,

Vôtre trés - humble & trés
obeïffant ferviteur.

A MONSIEUR
DU THIL,
Confeiller au Parlement de Dijon.

JE ne fçay, Monfieur, ce que vous pouvez trouver de fi horrible dans la Lettre que j'ay écrite à l'Abbé * * ❦ Si vous l'aviez vuë à loifir, & éxaminée fans prévention, je doute qu'avec autant de probité que vous en avez, vous l'euffiez condamnée fi facilement, puifque je n'y ay rien mis dont vous ne foyez mieux inftruit que moy. Tout ce que je vous puis dire, c'eft, Monfieur, que fi vous nommez celle là horrible, je ne puis deviner quel nom vous donnerez à celles qui luy fuccéderont; car vous vous imaginez bien que je n'en demeureray pas là, fur tout ayant l'équité pour moy, & trouvant une ma-

M ij.

tiére inépuisable. Que l'Abbé * * * ne présume pas que je l'aye si long-tems laisse jouïr de la stupidité de Monsieur le Président pour en vouloir être la dupe. Quelque soin qu'il ait pris de se cacher, je me suis quelquefois trouvé où il ne croyoit pas que je fusse ; & l'Appuy qu'il prétend s'être fait sera peut-être la premiére chose qui tombera sur luy quand j'auray dévoilé la Vérité qu'il a continuellement déguisée. L'Ennemi le plus foible n'est pas toûjours le moins dangereux ; & souvent une médiocre injustice, qu'on néglige de réparer, en fait découvrir de si grandes qu'elles sont irréparables. Enfin, Monsieur, j'ay de justes sujets de me plaindre de l'Abbé * * * & peut-être des moyens infaillibles de m'en vanger. Mon grand chagrin dans une occasion si fâcheuse, c'est de vous engager à devenir mon Ennemi : mais j'y suis malheureusement contraint par la même fatalité qui vous force à approuver l'injustice qu'on m'a faite, malgré l'intégrité que vous avez toûjours euë ; & malgré le respect sincére avec lequel j'ay toûjours été, Monsieur, Vôtre trés-humble, &c.

A UN GRAND MAISTRE
en Friponnerie.

LETTRE ET FABLE.

PUisque vous avez changé d'inclination vous ne vous étonnerez pas,
Monsieur, que je change de stile. Tant
que je vous ay crû honnête homme, je
vous ay écrit comme si effectivement
vous l'eussiez été ; & vous jouïriez toûjours de ma crédulité si vous n'aviez
cessé de vous contraindre. Je ne puis
concevoir comment on peut paroître ce
que vous paroissiez , & être véritablement ce que vous êtes. Combien ay-je
rendu de combats contre des Gens qui
vous connoissant à fond, avoient pitié
de l'erreur où ils me voyoient ; & combien de fois m'ont-ils dit que puisque
je ne voulois pas qu'ils me desabusas-
sent j'aurois le malheur d'être desabusé
par vous même ? Ils me parloient de

vous comme de plus méchant homme du
Monde : & ne me disoient pas la moitié
de ce que j'ay vû depuis. Est-il une plus
coupable route que celle que vous avez
prise pour tâcher d'arriver à la Fortune;
& le Bien que vous avez vaut-il toutes
les injustices que vous avez faites pour
l'acquérir ? Il n'est point de Crime, pour
peu qu'il vous ait été utile, que vous
ayez fait difficulté de commettre : point
de Parens que vous n'ayïez cherché à
détruire : point d'Amis que vous ayïez
refusé de trahir : point d'Innocens que
vous n'ayïez fait gloire de sacrifier.
Vous n'avez été fidele qu'à une Malheureuse qui, pour être plus tranquile
dans ses débauches, ayant plusieurs fois
attenté à la vie de son Mary, ne jouï-
roit plus de la sienne si la Faveur ne
l'eût dérobée à la Justice. Depuis que
j'ay connu vos commerces criminels je
n'ay plus été surpris de ce qu'il vous
en a coûté pour la retirer du péril où
elle étoit : vous ne l'y pouviez laisser
sans y être extrémement vous même ;
& vous êtes enchaînez l'un à l'autre
par des nœus si étroits que vôtre de-
stin est inséparable. Que d'Amis vous

pouviez faire, & que d'Ennemis vous
avez faits! Vôtre Nom est devenu l'exé-
cration publique; & l'on ne le prononc-
ce plus sans y joindre une malédiction.
Par tout où je vous rencontre je n'ay
pas besoin d'ouvrir la bouche pour vous
reprocher vôtre ingratitude : ma presence jette un desordre dans vôtre A-
me qui me fait pitié; & quelque résolution que je prenne de me vanger de
tout ce que vous m'avez fait, je trouve
que vous en êtes assez puni par la confusion que je vous cause. Vous voyez par
l'avantage que j'ay sur vous qu'il est
quelquefois plus doux de souffrir une
injustice que de la commettre. Vous
ne vous êtes applaudy qu'une fois de
m'avoir trompé; & je ne vous vois jamais que je ne m'applaudisse de l'inquiétude où vous êtes. Le Bien que
vous avez & celuy que je n'ay pas sont
deux crimes dont vous avez peur que
je ne vous accuse; & vous sçavez bien
que ce ne sont pas les plus grands dont
vous puissiez être convaincu. Je doute
que vous en jouïssiez paisiblement; &
que la force de vôtre Esprit vous dérobe aux reproches de vôtre Cœur. Peut-

être croyez-vous que la prospérité où
vous êtes, la santé dont elle est accompagnée, & sur tout le malheur que
vous avez évité soient autant de bénédictions du Ciel ; & vous vous trompez : il a ses raisons ; & vous devez
craindre qu'elles ne soient égales à celles qui obligérent autrefois Ésope à faire cette Fable.   *

THÉMIS ET LE BRIGAND.

FABLE.

CE ne font pas toûjours les plus honnêtes
          Gens
     Que ceux qu'épargne le Tonnerre ;
     Les Dieux feroient trop indulgens
De vouloir aux Méchans faire eux-mêmes la
          guerre ;
     Commiſſaires, Prevoſts, Sergens
     Sont leurs factotons ſur la Terre.
Je vais en peu de mots prouver ce que je dis.

     Certain Brigand dont le manége
                              Eſtoit

Eſtoit ſi dépravé que les plus noirs Bandits
Paroiſſoient prés de luy plus blancs que de la
  Neige ;
   Un ſoir qu'il faiſoit un grand Vent
S'endormit ſous le Toit d'une méchante Fer-
  me ,
   Où ſoudain Thémis arrivant
   Luy fit entrevoir en révant
Que ſa Vie en ce lieu n'auroit pas un long
  terme.
A peine en fût-il hors que le Vent redoubla ;
   Mais avec tant de violence
   Qu'en tombant le Toit accabla
Six Bœufs, qui du Fermier compoſoient l'o-
  pulence.
   Quelles graces, dit le Voleur,
Equitable Déeſſe ay-je lieu de vous rendre ?
Sans la part qu'à mon Sort vous avez voulu
  prendre
J'eſtois envelopé dans un ſi grand malheur.
Si tu crois, dit Thémis, que je ſois équitable,
   Ceſſe de me remercier :
   Tu ne m'es pas ſi redevable.
   Que je t'entens te récrier,
   Sous le Débris que tu contemples
       N

Je pouvois te laisser périr :
Mais faute de te secourir.
J'ostois à tes pareils un des plus grands exem-
  ples
Que pour les corriger je puisse leur offrir.
      Si je t'ay conservé la Vie
      Le fruit que j'en ay prétendu
Est que dans peu de jours elle te soit ravie
      Avec l'opprobre qui t'est dû.
Rien n'échape à Thémis qui ne soit un Oracle.
      Bientost les Prevosts, les Sergens,
De la juste Déesse ordinaires Agens,
Firent du Sélérat un lugubre Spectacle.
      C'est l'inévitable Destin
      De force Méchans qui prospérent :
Pour les trouver heureux attendons-en la fin ;
Ce n'est pas sans raison que les Dieux la diffé-
  rent.

  Quoi-que vous ayïez fait pour vous
déclarer mon Ennemy, vous voyez,
Monsieur, que je ne suis que médiocrement le vôtre, puisque je vous don-

ne avis du mal dont vous êtes menacé;
& que vous ne m'avez pas averti de
celuy que vous me vouliez faire. Je
vous prens à témoin, tout Méchant
que vous foyïez, que dans ce que je
vous écris il n'y a pas un mot qui puiffe être fufpect d'impofture. Et pour finir fans en être foupçonné je vous jure que j'ay eu pour vous un fi grand attachement qu'il ne faloit pas moins que
toutes vos perfidies pour me faire ceffer d'être, Vôtre très humble, &c.

A MONSEIGNEUR

(dont l'Auteur laisse à deviner le
Nom, de peur de se faire
six Ennemis)

MARE'CHAL DE FRANCE.

MONSEIGNEUR,

Quelque immense que soit l'inter-
vale qui est entre vous & moy, je ne
puis m'empêcher de joindre ma voix,
toute obscure qu'elle est, aux Acclamations de tout ce qu'il y a de Gens é-
quitables, & qui se font un plaisir de
voir le Mérite recompensé. Le Roy dont
la conduite s'attire tous les jours tant
de Bénédictions, les va faire redoubler
par la Justice qu'il vous a renduë : Et
comme il n'y a personne qui ne vous

foit redevable de quelque grace, il n'y
a perfonne aufli qui ne foit redevable
à Sa Majefté de l'eftime dont elle vous
honore. De Sept Maréchaux de France
qui ont été faits, voicy, Monfeigneur,
quel eft le jugement qu'il plaift à Paris
d'en faire. On dit que l'un doit cette
Dignité à fa Naiffance ; l'autre à fa Valeur ; un autre à fon Expérience ; celuy-
cy à fon Zele ; celuy-là à fa Vigilance ;
& cet autre à fa Sageffe : & que vous
avez vous feul ce que les fix autres ont
tous enfemble. En un mot, Monfeigneur, je ne puis mieux vous témoigner combien vous êtes aimé que par
la joye univerfelle que caufe le nouveau Titre que vous avez. Pour moy,
à qui le Ciel ne veut point donner de
joye parfaite, j'ay le malheur d'être retenu dans ma Chambre par une indif-
pofition qui me défole : non parce
qu'elle me fait fouffrir, mais par l'honneur qu'elle me dérobe de vous aller
dire de plus prés la part que je prens
à vôtre Gloire ; qui ne fera jamais
plus haute que vôtre Vertu, ni plus
véritable que la profonde & refpe-

&ueuse Reconnoissance avec laquelle
je seray jusqu'au dernier moment de
ma vie,

MONSEIGNEUR,

Vôtre trés-humble & trés-
obeïssant serviteur.

A SON ALTESSE SERENISSIME,

MONSEIGNEUR

LE PRINCE.

MONSEIGNEUR,

On cherche à me rendre suspect à
V. A. S. de peur qu'elle n'écoute favorablement tout ce que j'ay à luy apprendre ; & par cette derniére injustice on
croit se mettre à couvert de toutes les
autres. Pour mieux réüssir dans ce dessein on persuade à Mr de la Marie que
j'ay parlé & fait des Vers contre luy ;
& l'on ne veut pas perdre le fruit de
tant d'impostures, faute d'en citer une
de plus. J'ay affaire à des Gens si
habiles en méchanceté, & qui sont si
enflez du succez qu'ils y ont eu, qu'elle ne leur coûte plus rien à commettre ;

N iiij

& parce que je n'ay que la Verité pour
moy, dont il y a si long-tems qu'ils
abufent, ils s'imaginent qu'il leur fera
facile d'en abufer toûjours. Je jure à
V. A. S. (& j'ay trop de refpect pour
Elle pour vouloir luy impofer la moindre chofe,) que je n'ay jamais dit un
feul mot, ni fait un feul Vers contre
Mr de la Marie : je le connois fi peu
qu'à peine fçaurois-je s'il eft honnête
homme, fi je n'en jugeois par l'honneur qu'il a de vous appartenir. Auffi,
Monfeigneur, n'y a-t-il perfonne qui
ofe devant V. A. S. foûtenir un men-
fonge fi odieux : quelque effort que
faffe l'impofture pour tâcher à contre-
faire la Verité, elle n'eft pas mal-aifée
à reconnoître ; & s'il vous plaît d'en
avoir le divertiffement, je me vante de
confondre l'audace la plus afsûrée. J'en-
trevoy de quelle fource vient cette ca-
lomnie : ce n'eft pas d'aujourd'huy
qu'on y empoifonne les Actions les plus
innocentes ; & plût au Ciel qu'on n'y
eût jamais empoifonné que des Actions!
Enfin, Monfeigneur, quelques Vers que
ce foient où l'on trouve le nom de
Mr de la Marie, je protefte de nou-

veau qu'ils ne font point de moy, &
qu'ils n'en feront jamais : je n'ay point
de tems à perdre ; & c'eft m'expliquer
affez. Si j'avois autant de capacité que
j'ay d'ambition, tous le momens de ma
vie feroient occupez à publier les merveilles de la vôtre : c'eft à celà que le
Tems feroit glorieufement employé ;
puifqu'à la faveur de l'Augufte Nom de
CONDE' qui durera autant que le Monde, j'immortaliferois le profond refpect
avec lequel je fuis,

MONSEIGNEUR,

De V. A. S.

**Trés - humble & trés-
obeïffant ferviteur.**

A MONSEIGNEUR
L'EVESQUE D'AUTUN.

*Lettre affez courte pour ne pas
ennuyer beaucoup.*

MONSEIGNEUR,

Rien ne feroit fi beau que les Con-
feils que Vôtre Grandeur a eu la bonté
de m'envoyer pour la conduite que mon
Neveu doit tenir dans fon Bénéfice,
n'étoit que vôtre Exemple perfuade encore davantage. L'Eglife Gallicane qui
fe fait diftinguer de toutes les autres
par la Doctrine profonde & par l'éclatante Piété de fes Prélats , en a peu
d'une Capacité fi étenduë , & n'en a
point d'un Mérite plus approuvé. Mais,
Monfeigneur , quelque - grandes que
foient les Qualitez qui vous ont tant

de fois attiré l'Admiration d'un Roy, qui s'attire celle de tout l'Univers, vous n'en avez point qui surpasse la grandeur de vôtre Modestie : & comme c'est la plus délicate de toutes les Vertus, c'est celle que je dois le plus craindre d'offenser. Qu'elle est austére, Monseigneur, cette Vertu qui empêche de dire des Veritez qui vous sont si glorieuses! Mais si elle impose silence à mon Zéle, elle ne peut l'imposer à ma Reconnoissance, & les Bienfaits que vous avez répandus sur mon Neveu sont gravez si avant dans mon ame, que j'en conserveray la mémoire jusqu'au dernier soûpir, pour être à la vie & à la mort.

MONSEIGNEUR,

De V. G.

Trés-humble & trés-obeïssant serviteur.

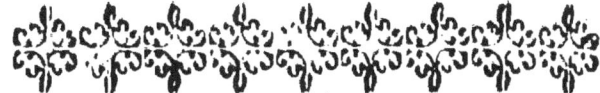

A MADAME VIESSE,

à qui l'Auteur avoit promis quelque chofe, que de fréquentes prifes de Vin d'Efpagne luy firent oublier.

VOus ne l'auriez jamais crû, Madame, que j'eufse été capable d'oublier la moindre chofe de tout ce qui peut m'être ordonné pour vôtre fervice ; & à vous dire vray, je ne l'aurois jamais crû non plus que vous. Cependant vous avez dû recevoir un Livre du Ballet d'Atis, deux Cravates de point de France ; & pour le Modéle qui m'étoit le plus recommandé, néant. N'en déplaife à vôtre cher Epoux, il prit mal fon tems pour me donner cette Commiffion ; & je vous fais Juge vous-même fi je ne fuis pas excufable de ne m'en être pas fouvenu. Nous en étions à la troifiéme Bouteille de Vin de la Bouche (Vin de la Bouche veut

dire de celuy que boit Sa Majesté) &
nous en avions encore une de Muscat
& deux d'Espagne, quand vôtre Santé
qui fut solennellement saluée, le fit
souvenir qu'il avoit à me prier de vôtre part de vous achetter je ne sçay
quoy : & ce je ne sçay quoy-là est justement ce que j'ay oublié de vous envoyer. Vous vous doutez bien, Madame, qu'ayant encore toute ma raison,
j'embrassay avec avidité cette occasion,
quelque misérable qu'elle fût, de vous
témoigner combien j'aurois de plaisir
à m'acquiter de vos bontez, s'il s'en
présentoit quelqu'une plus favorable ;
& tant que je seray aussi raisonable que
je l'étois alors je n'auray point d'autres sentimens. Mais ce misérable Vin
d'Espagne se vangea sur moy de la Guerre que nous faisons à ceux de sa Nation : & parce que j'étois à Saint Germain, il me prit pour quelque Teste
considérable, & crut, sans doute, rendre
un important service à son Païs s'il pouvoit me barboüiller la Cervelle. Il réüs-
sit : j'aime mieux vous l'avoüer de bonne foy que de me piquer de la glorieuse qualité de bon Yvrogne. Je m'endor-

mis en fuçant des Ramequins , & ne
m'éveillay que le lendemain ; mais avec
fi peu de mémoire, que fans le fecours
d'un furieux mal de tête, je ne me ferois pas fouvenu d'avoir fi bien bû la
veille. Voila mon excufe, Madame, que
vôtre Epoux eft obligé de garentir. Je
me loüe extrémement de fa magnificence ; mais je me plains fort de fon injuftice , & je le prîray de me faire la grace à l'avenir de m'enyvrer fans me donner des Commiffions , ou de me donner
des Commiffions fans m'enyvrer. S'il
vous plaifoit de m'honorer vous-même
de quelqu'une pendant qu'il fera le refte de fon Quartier, je vous en aurois
une étroite obligation , & ferois en forte de ne pas demeurer court lors qu'il
s'agiroit de vous donner des marques
de ma Reconnoiffance. Je vous conjure, Madame, d'en être fortement perfuadée , & de croire que c'eft avec toute l'eftime imaginable que je fuis Vôtre
trés-humble & trés-obeïffant ferviteur.

A MONSEIGNEUR
LE PRINCE DE SOUBIZE.

MONSEIGNEUR,

Parmi les Complimens que vous re-
cevez de tant de Personnes confidérables par leur Qualité & par leur Mérite, si l'inégalité qui est entre vous &
moy me laissoit la liberté de vous en
faire, je n'ose me flater qu'ils fussent
aussi polis que ceux qu'on fait à la Cour,
mais ils seroient pour le moins aussi
sincéres. Oüy, Monseigneur, c'est la
Verité pure qui parle par ma bouche
quand je vous proteste que j'ay pour
vous le zéle le plus respectueux que
l'on soit capable d'avoir : & je n'aurois pas attendu à vous le dire aujour-
d'huy si, depuis que j'ay l'honneur de
vous connoître, j'avois pû vous le per-

fuader par quelqu'une de mes Actions.
J'en ay cherché les occafions avec tout
l'empreffement imaginable ; mais enfin
celle qui fe prefente me confole de celles que je n'ay pû trouver ; & pour vous
exprimer, Monfeigneur , combien je
fuis fenfible à ce qui vous eft arrivé,
il me femble que fi le Roy m'avoit fait
quelque grace , je ne luy en ferois pas
plus redevable que de la Juftice qu'il
vous a renduë. La voix Publique, qui
a voulu faire l'Eloge de Sa Majefté , en
publiant qu'elle n'a jamais répandu fes
Bienfaits fur un plus honnête Homme,
ne pouvoit faire le vôtre d'une maniére
plus délicate, ni le placer dans un endroit plus glorieux ; & vôtre Nom mêlé avec celuy d'un fi grand Roy , eft
feur de l'Immortalité qu'il mérite. Souffrez, Monfeigneur, que dans vôtre nouvelle Dignité, je vous fuplie trés-humblement de mettre mon zéle à l'épreuve,
& de me croire avec un profond refpect.

MONSEIGNEUR,

Vôtre trés-humble & trés-
obeïffant ferviteur.

A

A MONSIEUR

DE CHANLOT,

Premier Sécretaire des Commandemens de S. A. S. Monseigneur le Prince.

Qui avoit envoyé à l'Auteur un Couplet de Chanson, fait par le Blanchisseur de l'Armée.

JE ne m'attendois pas, Monsieur, à recevoir dans la Solitude où nous sommes, une Lettre dattée du Camp de leurs Altesses Séréuissimes ; & à vous parler sans fard je n'ay pas été moins surpris de l'honneur que vous m'avez fait que des Vers que vous m'avez envoyez. On peut dire à la loüange de celuy qui en est l'Auteur, qu'il n'y a point de Blanchisseur en France qui fasse si bien des Vers, ni de Poëte qui entende si bien le Blanchissage. Quoique

O

d'ordinaire un second Couplet de Chan-
fon ne plaife guéres, quand le premier
a autant plû que le fien a fait, je m'aurois pas laiffé, pour contenter leurs
A. S. d'en hazarder un de ma façon fi
quelqu'un eût pû m'en apprendre l'Air.
En matiére de Chanfons, à moins que
les chofes ne foient dans la derniére ju-
fteffe, l'oreille eft un Juge qu'on ne
corrompt point, & qui ne feroit aucune
difficulté de condamner un Couplet entier pour une fyllabe longue où il en
faut une bréve, ou pour une bréve où
il en faut une longue. Je vous prie,
Monfieur, que cette raifon me ferve de
légitime excufe envers des Princes auffi
éclairez que le font les vôtres. Je voy
trop de rifque à obéïr aux Commandemens dont ils m'honorent, & trop peu
de Gloire a y acquérir. Quelque jour
quand j'écriray ce qu'ils fçavent faire,
ils verront ce que je fçay faire moy-même : & peut-être feront-ils contraints
d'avoüer, que fi leur grand Talent eft de
fçavoir bien battre les Ennemis, le mien
eft de le fçavoir affez bien dire, pour
obliger leurs Neveux à s'en entretenir
jufqu'à la veille du Jugement final. Vô-

tre zéle & vôtre fidelité vous ayant rendu le témoin de tous leurs Exploits,
vous ne devez pas douter qu'en parlant
d'eux, je ne vous rende toute la justice
qui vous est dûë, pour m'acquiter, Monsieur, de celle que vous me faites de
me croire, Vôtre trés-humble & trés-
obeïssant serviteur.

A MONSIEUR

LAMBERT,

Maréchal des Logis chez le . Roy.

ENfin, Monsieur, vous ne pouvez donc quitter vôtre Seigneurie de Maule; & vous avez résolu de laisser passer la meilleure partie de l'hiver, sans venir icy perdre vôtre Argent à l'Hombre. Le plaisir que vous avez de Régenter à ce Jeu dans le Païs où vous êtes, vous fait craindre de revenir être un Ecolier parmi nous ; & vous faites comme ces Officiers qui amassent de l'argent dans leur Garnison, pour le venir manger à Paris. Quelque gain que vous puissiez faire là, je gagerois bien que vous perdrez icy davantage : on vous y attend dans le dessein de vous y traiter de Turc à Maure ; & pour dire quelque chose de pis, de ne pas laisser

paſſer un jour ſans vous y faire faire la
Bête. Prenez vos meſures ſur ce que je
vous mande ; & réſolvez-vous à perdre
aſſez pour nous dédommager de ce que
nous avons manqué à gagner depuis
trois mois. Monſieur l'Abbé Duroydaut
vous attend auſſi pour vous remercier
des Bas que vous luy avez envoyez, dont
il eſt ſi content qu'il ne les changeroit
pas pour tout ce qu'il peut prétendre à
la Papauté. Bourſault s'offre à vous faire un Compliment en Latin pour s'acquiter de la grace que vous luy avez
faite ; & à la premiére Théſe qu'il ſoû-
tiendra, il vous en promet une de Sa-
tin. Pour moy, Monſieur, je ne ſçay
combien vous m'en apporterez de Paires : mais je ſçay bien que quand il y
en auroit quatre vous y gagneriez encore, & que ſi vous aviez été icy depuis trois mois, je me ſerois fait un
fonds pour achetter quatre Paires de Bas
de Soye, quand même j'aurois été aſſez
malheureux pour ne vous gagner réglé-
ment qu'un écu par ſemaine. C'eſt une
réfléxion que je vous prie de faire quand
vous paſſerez par vôtre Manufacture.
Meſdemoiſelles * * * avoient prié ma

Femme, de vous demander un Pâté de
Venaiſon ou de quelque Coq - d'Inde
biſayeul ; mais elle n'a pas cru être aſſez bien avec vous pour oſer prendre
cette liberté ; & quant à moy je leur
ay témoigné que je ne vous en parlerois
pas, & je ne vous en dis rien auſſi. Peut-
être croiriez vous que l'envie de le
partager avec elles m'auroit obligé à
vous en écrire ; & ce ſeroit un Jugement
téméraire que je ſuis bien aiſe de vous
épargner. Une occaſion où vous n'en
pouvez jamais faire, c'eſt , Monſieur,
quand vous me ferez la grace de me
croire, Vôtre trés-humble, &c.

A MADAME

LA PRESIDENTE S. * * *

qui vouloit marier Mademoiselle sa Fille en Portugal.

LETTRE ET FABLE.

J'Ay fait, Madame, tout ce que le zele que j'ay pour vous a été capable
de m'inspirer pour disposer Mademoiselle vôtre Fille à vous obeïr, mais tout
ce que j'ay pû faire, & tout ce que vous
ferez vous-même sera inutile ; & si je ne
me trompe vous vous donnerez bien de
la peine toutes deux. Il n'y a point
d'extremité où elle ne se porte plûtôt
que d'aller où vous la voulez envoyer :
& s'il m'est permis de vous parler avec
ma sincerité accoûtumée, tout ce que je
voy de personnes de bon sens entrent
plus dans ses raisons que dans les vôtres. Pour moy qui parle toûjours le

cœur sur les lévres , & qui suis trop
vieux pour jamais me corriger de ce
deffaut , je vous conjure de ne me point
faire Juge entre elle & vous : quelque
penchant que j'aye à vous croire l'une
des plus équitables Femmes du Monde,
il me semble que vous ne l'êtes point à
son égard ; & si vous pouviez pour
quelques momens mettre à part vôtre
qualité de Mére vous auriez plus d'indulgence pour elle que vous n'en avez,
Ce fut vous qui aprés la Bataille de
Fleurus, où Monsieur son Frére fut tué,
usâtes de toute vôtre autorité pour la
faire sortir du Convent où elle étoit ,
dans l'espoir de luy faire épouser un
des hommes de France qui promet le
plus ; & qui , à Vingt deux ans, a plus de
Mérite que les autres n'en ont à Cinquante. Vous avez vous & luy le même Nom & les mêmes Armes : je ne
puis mieux dire qu'il y a peu de Maisons dans le Parlement qui puisse dispu-
ter de Noblesse avec la sienne. Voila,
Madame , tout ce que peut souhaiter
dans un homme une Mére qui veut bien
pourvoir sa Fille ; & quand j'auray ajoû-
té qu'il est aussi beau , aussi bienfait &
        aussi.

auſſi riche qu'on le puiſſe être on ju-
gera aisément que ce ne ſont pas des
obſtacles à un Mariage. A l'égard de
Mademoiſelle vôtre Fille, elle vous reſſemble ; je n'ay rien à en dire de plus.
A peine fut elle hors de ſon Convent
qu'elle ſe fit des Adorateurs de tous
ceux qui la virent : mais ſon obeïſſance s'accommoda à vôtre inclination ; &
quoi-qu'elle fût aimée de tout le Monde ſon cœur n'oſa ſentir d'émotion que
pour l'Amant que vous luy aviez choiſi. S'ils ne ſont pas mariez c'eſt vous
uniquement qui ne l'avez pas voulu,
& qui avez ſouhaité qu'ils euſſent le
tems de s'accoûtumer enſemble avant
que de s'unir pour toûjours. Ils vous
ont ſi bien obéï qu'il leur eſt impoſſible de s'en déſaccoûtumer ; & leurs
Ames ont entre elles une union ſi é-
troite que, pour ainſi dire, elles ne peuvent ſe déprendre l'une de l'autre. Dans
cette conjonĉture une Succeſſion qu'il
s'agit de partager entre vous & le Pere
de cet Amant, & qui devroit vous u-
nir plus que jamais, eſt ce qui vous
broüille : & parce qu'il y a de la divi-
ſion entre vous, vous voulez qu'il y

P

cœur fur les lévres , & qui fuis trop
vieux pour jamais me corriger de ce
deffaut, je vous conjure de ne me point
faire Juge entre elle & vous : quelque
penchant que j'aye à vous croire l'une
des plus équitables Femmes du Monde,
il me femble que vous ne l'êtes point à
fon égard ; & fi vous pouviez pour
quelques momens mettre à part vôtre
qualité de Mére vous auriez plus d'indulgence pour elle que vous n'en avez.
Ce fut vous qui aprés la Bataille de
Fleurus, où Monfieur fon Frére fut tué,
ufâtes de toute vôtre autorité pour la
faire fortir du Convent où elle étoit,
dans l'efpoir de luy faire époufer un
des hommes de France qui promet le
plus ; & qui , à Vingt deux ans, a plus de
Mérite que les autres n'en ont à Cinquante. Vous avez vous & luy le même Nom & les mêmes Armes : je ne
puis mieux dire qu'il y a peu de Maifons dans le Parlement qui puiffe difputer de Nobleffe avec la fienne. Voila,
Madame, tout ce que peut fouhaiter
dans un homme une Mére qui veut bien
pourvoir fa Fille ; & quand j'auray ajoû-
té qu'il eft auffi beau, auffi bienfait &
auffi

aussi riche qu'on le puisse être on ju-
gera aisément que ce ne sont pas des
obstacles à un Mariage. A l'égard de
Mademoiselle vôtre Fille, elle vous ref-
semble ; je n'ay rien à en dire de plus.
A peine fut elle hors de son Convent
qu'elle se fit des Adorateurs de tous
ceux qui la virent : mais son obeïssan-
ce s'accommoda à vôtre inclination ; &
quoi-qu'elle fût aimée de tout le Monde son cœur n'osa sentir d'émotion que
pour l'Amant que vous luy aviez choisi. S'ils ne sont pas mariez c'est vous
uniquement qui ne l'avez pas voulu,
& qui avez souhaité qu'ils eussent le
tems de s'accoûtumer ensemble avant
que de s'unir pour toûjours. Ils vous
ont si bien obéï qu'il leur est impossible de s'en désaccoûtumer ; & leurs
Ames ont entre elles une union si é-
troite que, pour ainsi dire, elles ne peuvent se déprendre l'une de l'autre. Dans
cette conjoncture une Succession qu'il
s'agit de partager entre vous & le Pere
de cet Amant, & qui devroit vous u-
nir plus que jamais, est ce qui vous
broüille : & parce qu'il y a de la divi-
sion entre vous, vous voulez qu'il y

P

en ait entr'eux. On le pardonneroit à
une Perſonne qui auroit moins de lumieres, mais à vous, qui connoiſſez ſi
bien l'indépendance de l'Amour, peut-
on vous pardonner l'injuſtice que vous
voulez faire d'envoyer en Portugal un
des plus beaux Ornemens qu'ait la
France? Vous dites que Mademoiſelle
vôtre Fille y aura un Rang conſidera-
ble: eh Madame! celuy qu'on luy offre icy eſt-il mediocre; & hors le Ta-
bouret, y a-t-il rien de plus glorieux?
De Vingt Mariages que l'on fait par ambition ou par politique il n'y en a pas
trois qui ſoient heureux: Et s'il vous
ſouvient de m'avoir dit bien des fois
que vous trouviez plus de gouſt à mes
Fables qu'à celles de la Fontaine (ce
que j'ay toûjours crû plus honnête que
ſincere) ayez la bonté d'en voir encore une que je ne croy pas indigne de
vôtre attention.

LE COC ET LA POULETTE.

·F A B L E.

UN jeune Coc, des mieux huppez,
En rôdant par ſon Voiſinage,

D'une jeune Poulette aussi belle que sage,
Eut les yeux & le cœur également frappez.
Ce Coc étant fort beau, comme elle étoit fort
  belle,
Elle sentit pour luy ce qu'il sentoit pour elle ;
Leurs cœurs des mêmes traits furent tous deux
  blessez :
Et tous deux penetrez de la même tendresse
Du matin jusqu'au soir ils se voyoient sans cesse,
      Et ne se voyoient pas assez.
Pendant que l'un & l'autre à l'amour s'abandon-
  nent
        Et qu'ils jurent si tendrement
        De s'aimer éternellement ,
Leurs severes Parens autrement en ordonnent.
        Le Pere du Coc le contraint
        A quitter sa chére Poulette :
En vain de sa rigueur il gémit & se plaint ;
Il faut qu'il obeïsse ou qu'il fasse retraite.
        D'abord sur le Toit le plus haut
        Il se refugie & se guinde ;
Mais n'y pouvant trouver l'Aliment qu'il luy
  faut
Pour contenter son Pere il luy fallut bientôt
        Epouser une Poule-d'Inde.
                        P ij

Ces Epoux dés le premier jour
Empéchez de leur contenance ,
S'étant mariez fans amour
Se traiterent fans complaifance.
Outre qu'ils negligeoient le foin
De fe dire des yeux quelque chofe de tendre ,
Leur langage à tous deux étoit un Baragoüin
Qu'eux-mémes ne pouvoient entendre.
Quand le Coc chantoit ou parloit
La Dinde auroit juré que c'étoient des murmu-
res :
Et quand la Dinde l'appelloit
Il croyoit ouïr des injures.
En un mot , leur Deftin ne fit point d'envieux.
Il faut que pour bien vivre enfemble
L'Amour ait foin d'unir ce que l'Hymen af-
femble :
Il eft fûr qu'on s'entend bien mieux.

Trouvez bon , Madame , que je n'a-
joûte rien à une Fable qui en dit affez
pour vous faire connoître que je fuis,
avec autant de fincerité que de refpect,
Vôtre trés-humble & trés-obeïffant ferviteur.

APOSTILLE.

On ne peut être plus fenfible que je le fuis à la grace que vous m'avez voulu faire, pendant mon abfence, de me procurer la place qui étoit vaccante à l'Académie par la mort de Monfieur ***, & qui a été remplie par un homme qui en eft incomparablement plus digne que moy. L'honneur que vous me faites de me croire capable d'en être, me confole de n'en être pas.

S'il eft vray que fans fard vous foyiez mon Amie

D'aucun chagrin pour moy n'ayez le cœur faifi

De ce qu'on ne m'a point choifi

Pour être de l'Académie:

Il m'eft plus glorieux qu'un Objet plein d'appas

Me demande, comme vous faites,

D'où vient que vous n'en êtes pas ?

Qu'à ceux à qui l'on dit, d'où vient que vous en êtes.

A MONSEIGNEUR

LE DUC DE S. AIGNAN,

à qui le Roy avoit donné Dix Mille Livres de rente à prendre fur la Caffette de Sa Majefté.

MONSEIGNEUR,

Que j'aurois de joye fi la Juftice que le Roy vous a renduë égaloit le Mérite que vous avez ! Il n'y a perfonne en France qui fut auffi bien avec la Fortune que vous y feriez ; & perfonne auffi ne feroit capable d'en faire un fi bon ufage que vous. Sa Majefté eft pleinement récompenfée des Bienfaits qu'elle a répandus fur vous par les Bénédictions qu'on répand fur elle : on luy rend dans l'ame des actions de Gra-

ces de celles dont elle vous honore :
& les marques qu'elle vous donne de
son Estime luy attire celle de tout le
Monde. Je ne doute point, Monseigneur,
qu'étant aimé & respecté comme vous
l'êtes vous n'ayïez receu force Complimens sur ce sujet. Je laisse à qui voudra la gloire de vous en faire de plus
polis que le mien ; mais je suis sûr
qu'on ne vous en a point fait de plus
sincére. Rien ne manque à ma joye que
l'honneur de vous dire de bouche ce
que je prens la liberté de vous écrire ;
& depuis deux jours je cherche en vain
à macquiter de ce devoir. Je vous en
demande trés - humblement la permission ; & de peur que je ne vous dérobe
des momens utiles , je vous supplie ,
Monseigneur, de me faire dire à quelle
heure je vous incommoderay le moins.
Vous ne pouvez accorder cette grace à
personne qui soit avec plus de zéle &
de respect que moy,

MONSEIGNEUR,

Vôtre trés-humble & trés-
obeïssant serviteur.

P iiij

GRANDE LETTRE,
A SON ALTESSE SE'RE'NISSIME
MONSEIGNEUR
LE PRINCE.

Nouvelles de Paris.

Monseigneur,

Pour obeïr aux Ordres que j'ay receus de Vôtre Alteſſe Sérénissime de
luy mander toutes les Nouvelles que je
pourrois ſçavoir , je luy diray que le
Roy & la Reine allerent Dimanche
dernier au devant de la Reine d'Angleterre juſqu'à Pontoiſe. Sa Majeſté Britannique répondit ſi bien aux honnêtetez que luy firent les Majeſtez Françoiſes , que ce fut à qui s'en feroit le
plus ; & ſi le Neveu fut ravy de voir ſa

Tante, il est aisé de croire que la Tante ne le fut pas moins de voir son Neveu.

Depuis un honneur si sublime
On dit que Pontoise s'estime ;
Et qu'elle veut aller du pair
Avec les Villes du bel air.
On dit même que sa Riviere
Etoit ce jour-là toute fiere :
Et pour avoir plus de plaisir
Que ses flots couloient à loisir :
Qu'au lieu de poursuivre leur course
Les uns remontoient vers leur Source,
Pour passer encore une fois
Devant le plus juste des Rois :
Qu'en des endroits, l'Eau paresseuse
Faisoit tout exprés la dormeuse ;
Et pour voir LOUIS plus long-tems
Retardoit de quelques instans
Les hommages qu'elle doit rendre
Où Neptune a soin de l'attendre ;
Et qu'elle seroit encor là
N'étoit que le Roy s'en alla.

Ce qui redoubloit la joye de ces Teſtes Couronnées, c'eſt, Monſeigneur, que la Reine-Mere & le Roy d'Eſpagne, qui ont été tout deux à la porte du Trépas, en ſont heureuſement revenus; & ſuivant toutes les apparences on ne croit pas qu'ils y retournent ſi-tôt. On n'a jamais vû une conſternation plus grande que celle où étoit la Cour la ſemaine paſſée : le viſage des Médecins ſembloit annoncer au Roy que Sa Majeſté n'avoit plus de Mere ; & ſi je n'en manday rien à V. A. S. ce fut pour m'épargner le chagrin de luy en cauſer.

De quel air aurois-je pû dire
La Reine ſe meurt ? Elle expire ?
Ce qu'eût l'Univers de plus beau
Eſt prêt d'enrichir un Tombeau ?
Une perte ſi générale
Oſte au Pauvre une Libérale ;
La Veuve eſt reduite aux abois ;
L'Orphelin va l'être deux fois ;
A chaque pieux Monaſtere
La Mort va ravir une Mere ;
Et ſi rien n'arrête le cours
Du mal qui menace ſes jours,

Dieu même icy-bas perd un Temple,

Et toute la Terre un Exemple.

J'attendois que Sa Majesté

Reprit sa premiere santé

Pour vous apprendre une Nouvelle

Qui fût aussi bonne qne belle,

Enfin, cet heureux jour paroît :

Le Cancer qui la dévoroit

Ne sçauroit plus faire de niche

A nôtre Auguste Anne d'Autriche.

Dieu qui sçait bien ce qu'il nous faut

Luy garde sa place la-Haut :

Mais comme sa Vie exemplaire

A sa gloire est fort necessaire,

Luy-même a pour dix fois un An

Fait rétrograder le Quadran *

Au bout de dix ans, sans obstacle

Il peut faire encor un Miracle ;

Sinon au sortir de ces lieux

Il la conduira dans les Cieux.

---

* Le Prophéte Isaïe fit autrefois rétrograder un Quadran Solaire de dix heures, pour faire voir à Ezéchias Roy de Juda, qui étoit Malade, que Dieu luy prolongeoit la Vie. Liv. 4. des Rois.

Vous voulez bien , Monfeigneur , qu'aprés vous avoir affuré de la fanté de la Mere du Roy, je vous affure encore de celle du Pere de la Reine. Ce qui faifoit paroître Sa Majefté avec tous fes charmes c'étoit la joye d'avoir appris

Que fon Catholique Papa
Qui ces jours pafsez échapa
Aux cruelles mains de la Parque
Acharnée aprés ce Monarque ,
Maintenant fe porte fi bien
Qu'on n'en apprehende plus rien.
L'Anefse qui luy donne à boire
Eft toute brillante de gloire :
Sans qu'aucun luy fáfse de mal
Elle court dans l'Efcurial.
Mais elle a pourtant des foiblefses ;
Elle fuit les autres Anefses ;
Fiere du fuccés de fon Lait
Elle les méprife , les hait ;
Et depuis fa haute fortune
Elle n'en regarde pas une.
Il n'eft pas jufqu'à fes Anons
Qui méprifent leurs Compagnons ,

Depuis qu'en un lieu qu'on révére.
Ils suivent Madame leur Mére.
Par tout où je jette les yeux
Je vois bien des Arons comme eux :
Quoi-que ceux que le fort éléve
Ne soient que des Rois de la féve,
D'abord qu'on est plus qu'on ne naist
On croit être plus que l'on n'est.

Je suis sûr que V. A. S. ne s'attendoit pas à trouver de la morale dans ce
que je prens la liberté de luy écrire. Je
mets tout en œuvre pour luy faire ma
Cour le mieux que je puis : mais elle
est d'une si terrible délicatesse que la
peur de broncher devant elle fait presque à tous momens faire de faux pas.
C'est, Monseigneur, ce qui me fait au
plus viste recourir à une Nouvelle, afin
que le plaisir que vous aurez à l'apprendre vous fasse passer légérement sur le
reste.

Sur la Mer, qu'en tremblant je lorgne,
Où la Fortune, deux fois borgne, *a*

a Aveugle.

Plus fréquemment qu'en d'autres lieux
Montre bien qu'elle n'a point d'yeux ;
Un Duc, bien Duc puis qu'il est Prince, *
De qui la Valeur n'est pas mince,
A pris dans un Combat Naval
Admiral, & Vice-Admiral :
Et comme en rencontre pareille
Un Désespéré fait merveille,
Par hazard il s'en trouva deux
Qui méritent qu'on parle d'eux.

    Un More, obstiné comme quatre,
(Qui ne demandoit qu'à se battre
Quoi-qu'il fût tout couvert de coups)
L'œil étincelant de courroux
D'avoir laissé dans la Défaite
Le Bras gauche & la Jambe droite,
De son Bras unique & nerveux
Prend son Aversaire aux Cheveux
Le jette par terre, & luy fauche
Le Bras droit, & la Jambe gauche.

    Alors, n'ayant point d'autre but
Que de s'achever but-à-but,
Après deux minutes de tréve

  * Monsieur de Beaufort.

Chaque Champion se reléve,
Et plus animez de moitié
Recommencent à clochepié.

Le Chrétien qui void que le More
A qui le Bras droit reste encore,
Avec ce formidable appuy
A trop d'avantage sur luy ;
D'un coup qu'à l'instant il décharge
Sur sa Main horriblement large,
D'un officieux Coutelas
Il luy jette le Pouce à bas.

Le More, qui lors se courouce,
Pour vanger la mort de son Pouce
Sollicite de vive voix
Le secours de ses autres doigts :
Mais durant le tems que de terre
Il ramasse son Cimeterre
De son irrémissible fer
Le Chrétien l'envoye en Enfer.
Pour luy qui mourut le jour mesme
Avec un repentir extrême
Comme un des Enfans du vray Dieu
On le croit dans un autre lieu :
Et moy, qui sçais mal cette Carte,
De crainte que je ne m'écarte

Si je pénétre plus avant,
Je passe à l'Article suivant.

Je ne puis me resoudre à quiter la Mer sans vous dire, Monseigneur, qu'on travaille avec grand succés à joindre l'Ocean à la Mediterranée. On y trouve des Dispositions si favorables, & tant de Fleuves, de Rivieres & de Lacs concourent à faire réüssir ce grand dessein que l'évenement n'en est plus douteux.

Pour peu que le Ciel favorise
Une si loüable entreprise
Tant de Testes s'en méleront,
Tant de Bras y travailleront,
Qu'on pourra dans peu, ce me semble,
Marier ces deux Mers ensemble ;
Et sans commettre aucun délit
Les coucher dans un même Lit.

Dire à V. A. S. que dans un âge où l'on ne respire d'ordinaire que la joye & le divertissement, Monsieur le Duc
fait

fait des Actions pieuses, ce sera je croy
la surprendre assez. Il n'est rien de plus
vray, Monseigneur, qu'il en fit Mercre-
dy une dont bien du Monde fut édifié : & comme j'en fus témoin je vais
vous en rendre un compte fidelle.

Dans l'Eglise où gist une Vierge
Que l'on dépeint tenant un Cierge
Qu'un Diable aussi méchant que laid
Veut éteindre avec un soufflet,
Et qu'un Ange aussi Saint qu'aimable
R'allume en dépit de ce Diable ;
La veille du vingt de ce mois
Pour la Doüairiere de Foix
A qui le Seigneur soit propice
On fit un solemnel Service.
Se Supérieur Général
En Vestement Pontifical
Avec Diacre & Soûdiacre ,
Et d'une Voix qui n'est point âcre
Sans tousser & sans faire hem,
Dit la Messe de *Requiem*.
De plus d'un demiquart de lieuë
L'Illustrissime Duc sans Queuë,
(Vôtre Altesse se doute bien

Q

Que je parle du Duc d'Enguien,
Qui par son Augufte Naiffance
Eft le Duc le premier de France;
Et que tout Paris nomme exprés
Monfieur le Duc & rien aprés.)
Ce Duc, dis-je, que chacun prife
De vôtre Hôtel dans cette Eglife
(Quoi-que cette Eglife en foit loin)
Se rendit avec un grand foin:
Puis fa Séréniffime Alteffe
Dés-qu'on eût achevé la Meffe
Commençant à s'ennuyer là,
Trés-fubitement s'en alla.

La Nouvelle qui fuit n'eft peut-être
pas de trop bon Aloy; mais je vous la
donne, Monfeigneur, pour le prix qu'elle m'a coûté: & comme ceux qui me
l'ont apprife n'en ont pas voulu être les
Garens, je fupplie trés - humblement
V. A. S. de trouver bon que je la luy
apprenne auffi fans aucune garentie.

On m'a dit que dans la Calabre
Que le courroux du Ciel délabre,

Il est arrivé du fracas
Qui cause un étrange tracas.
La Terre, qu'on y croyoit bonne ,
A tremblé comme une Poltronne ;
Et sa Masse en tremblant ainsi
En a bien fait trembler aussi.
De quatorze ou quinze familles
Sept Vieillards, huit Garsons, neuf Filles,
Trois Coquettes qui s'habilloient ,
Quatre Vieilles qui babilloient ,
Un Mourant qu'exhortoit un Prêtre,
Un Laquais qui voloit son Maître ,
Tous ensemble écrasez d'abord
Eprouvèrent le même sort ;
Et voyant leur trame finie
S'en allèrent de compagnie
Afin de ne s'ennuyer pas ,
Peu là-haut, & beaucoup là-bas :
J'en juge par les Conjectures ;
Aucun n'ayant pris ses mesures
De la façon qu'on m'en parla ,
Pour faire ce Voyage-là.

Je croy, Monseigneur, ne pouvoir mieux dédommager V. A. S. d'une Nouvelle douteuse qu'en luy en disant une dont il est impossible de douter. Hier, jour de saint Bartelemi on fit une véritable saint Bartelemy du Lieutenant Criminel & de sa Femme : & c'est une chose assez extraordinaire pour devoir n'être pas récitée en langage commun.

> Hier, prés du Cheval de Bronze,
> Entre l'heure de dix & d'onze,
> On assassina (grace à Dieu)
> Feu Messire Jacques Tardieu.
> Ce grace à Dieu, par parentese,
> Ne dit pas que j'en sois bien aise :
> Mais quand un malheur nous avient
> Comme c'est de Dieu qu'on le tient,
> Et qu'il est la premiere Cause
> Qui fait arriver toute chose,
> Lors qu'il condamne ou qu'il absout
> On luy doit dès graces de tout.
> Ainsi, quoi-que chacun en pense,
> Soit châtiment, soit recompense,
> Soit qu'il ait souffert le trépas
> Pour aller là-haut ou là-bas,

Soit qu'il se chauffe en Purgatoire ;
Hier, si j'ay bonne mémoire,
On assassina (grace à Dieu)
Feu Messire Jacques Tardieu.
Pour Madame la Lieutenante
Si bien née, & si bienfaisante,
D'un seul coup de Barre de fer
On luy mit la Cervelle à l'air :
Et sa belle Ame à la même heure
Voyant démollir sa demeure
S'en alla par un si grand trou . . . .
Je n'ay pas besoin de dire où.

N'est-il pas vray, Monseigneur, que
c'est suffisamment ennuyer V. A. S. &
que je ne luy ferois pas plaisir de luy
écrire souvent de si longues Lettres ?
Souvenez-vous s'il vous plaît que c'est
vous qui l'avez absolument voulu ; &
qu'il n'y a personne qui ose vous resis-
ter qui ne s'en repente. Enfin, Monseigneur, si je n'ay la gloire de vous
plaire j'auray au moins celle de vous

obeïr; & de vous témoigner avec combien de respect & de soûmission je
suis,

MONSEIGNEUR,

De V. A. S.

Le trés - humble & trés-
obeïssant serviteur.

RÉPONSE

DE SON ALTESSE SÉRÉNISSIME,

A L'AUTEUR.

QUelque longue que vous paroisse la Lettre que vous m'avez écrite, je trouve qu'elle ne l'est pas assez. J'eus hier beaucoup de plaisir à la lire ; & vous m'en ferez toûjours quand vous m'en écrirez de semblables. Je la liray encore tantôt. Je ne puis mieux vous dire que j'en suis extrémement satisfait.

LOUIS DE BOURBON.

A MONSIEUR
DU PRE',
Récit d'un Voyage où l'Auteur
ne dit que deux Monoſyllabes,
encore y en eut-il un de trop.

C'Eſt me donner un terme un peu
long, Monſieur, que de me remettre à Noël pour vous aller joindre
à Romilly. S'il étoit encore permis de
parler Proverbe, je vous dirois que
c'eſt compter ſans ſon Hôte, & que je
ne puis attendre ſi long-tems à être le
vôtre. Si vous n'êtes en Champagne à
la ſaint Hubert, je ne prétens pas que
la ſaint Martin m'y trouve. A vous dire vray, Monſieur, il y auroit un peu
de cruauté de vôtre part ſi vous ſouffriez
que je m'en retournaſſe comme je ſuis
venu. Je fis cinquante lieuës avec des
Gens dont la converſation étoit ſi belle,
que

que pendant tout le chemin je ne dis
que deux Monoſyllabes , encore y en
eut-il un qui m'échappa ſans néceſſité.
Jamais homme n'a été ſi trompé que je
le fus à cette Voiture-là. Je me flatois
de faire un voyage fort agréable , parce que nous n'avions dans nôtre Caroſſe ni Femmes ni Moines , dont toutes
les Hôtelleries de la Route s'étonné-
rent; & en effet c'étoit une choſe ſans
éxemple : mais de ſix hommes que nous
étions , il eſt conſtant que j'étois le plus
raiſonnable ; & c'eſt aſſez décrier le reſte pour vous en faire avoir trés méchante opinion. Il n'y a guéres d'apparence que je ſois plus heureux en m'en
retournant , à moins que je n'aye l'a-
vantage de vous trouver à moitié chemin. Voicy à peu prés le tems que les
Ecoliers & les Plaideurs vont repeupler
les Chambres garnies de Paris ; & je
vous laiſſe à penſer quelle figure feroit
avec eux un homme qui n'a ni Etude
ni Procez. Au reſte , Monſieur , quelque
bonté que Monſieur le Préſident puiſſe
avoir pour moy , je doute qu'il s'apper-
çoive ſi bien de mon abſence que je
m'apperçois de la ſienne. Un Preſent
R

semblable à celuy qu'il me fit quand
je le quitay me seroit d'un grand secours pour l'aller revoir. S'il ne tient
qu'à vous offrir des occasions de parler
de moy, en voicy une qui semble s'offrir d'elle-même. On m'apporta hier
une Truite de si belle taille que depuis
trois mois que je suis en ce Païs-cy je
n'en ay vû qu'une de même grandeur
dont un Curé, accusé de n'avoir pas
toûjours couché avec son Bréviaire, fit
present à son Evêque : & ce Poisson-là
fut un puissant Intercesseur pour le faire absoudre de tous les péchez que la
Chair luy avoit fait commettre. Monsieur le Président qui préfére un Pasté
de Truite à tout ce qu'on luy peut donner, n'en a jamais vû un plus beau
que celuy que je vous conjure de luy
presenter Vendredy matin. Vous vous
doutez bien, Monsieur, que j'ay assez
bon sens pour ne rien prescrire à l'A-
mitié dont vous m'honorez : je sçay
jusqu'où elle a coûtume d'aller ; & je
ne voy que ma Reconnoissance qui soit
capable d'aller aussi loin qu'elle. Faites
moy la grace d'en être bien persuadé, &
de me croire avec passion, &c.

A

MONSIEUR RIEL,

Elû des Etats de Bourgogne, qui avoit fait present à l'Auteur de quatre Demi - Muids d'excellent Vin.

IL y a long - tems, Monsieur, que j'aurois fait Réponse à la derniere Lettre que vous m'avez fait l'honneur de m'écrire, si je n'avois égaré vôtre Adresse de Dijon. Quoi-que vôtre Nom y doive être assez connu par le Poste où vous y êtes, j'ay eu peur de faire quelque faux pas pour peu que je m'éloignasse de la Route que vous m'avez marquée. Maintenant que je vous croy de retour sur vôtre Paillier, souffrez, s'il vous plaît, que je me gendarme contre vous pour vous remercier de la derniere grace que vous m'avez faite. Si vous ne pouvez vous corriger de la

R ij

méchante habitude que vous avez con-
tractée, de m'accabler de Prefens que
ce foient au moins des Prefens qui ne
vous foient point étrangers, & ne faites rien achetter à Paris pour me l'envoyer à Paris même. L'envie que vous
avez euë de me faire boire du Vin
d'Arbois fi la Gelée n'y eût mis obftacle, m'affuroit affez que je ne fuis pas
hors de vôtre fouvenir; & il n'étoit pas
neceffaire de le convertir en Vin de
Beaune pour donner des marques de
vôtre Amitié à un homme qui n'a jamais douté de la foy de vos paroles.
Les ordres que vous aviez donnez é-
toient fi précis que le lendemain de la
reception de vôtre Lettre je trouvay
quatre Demi-Muids de Vin devant ma
Porte, fans que le Charetier qui l'amena voulût prendre quoy que ce foit pour
fa Voiture. Dans le deffein que j'avois
de vous quereller, (chofe qui ne m'ar-
rivera jamais tant que j'auray l'ufage de
la raifon libre) je l'ay fait percer ce
matin, réfolu de m'enyvrer avant que
de vous écrire, pour être en droit de
vous dire tout ce qui me viendroit dans
l'efprit : & fi vous voulez que je vous

parle *in Vino veritas*, je doute que ceux qui ont l'honneur d'en fournir au Roy puissent luy en choisir de meilleur. Plût au Ciel, que le Voyage que vous devez faire à Paris fût à mon choix ! Vous seriez bientôt témoin de ce que je viens de dire ; & je croirois ne vous pouvoir mieux témoigner ma reconnoissance qu'en vous en faisant boire le plus qu'il me seroit possible. Je vous suplie, Monsieur, puisque vous ne vous laissez point de m'obliger, de faire en sorte au moins que je vous sois bon à quelque chose : c'est vous acquérir trop d'avantage sur moy que de me faire de continuelles graces sans m'offrir aucune occasion de les mériter ; & je renonce au plaisir de toûjours recevoir, s'il faut que j'aye la confusion de ne jamais rendre. Donnez-y ordre, je vous en conjure ; & ne laissez pas plus long-tems inutile l'homme du monde qui est avec le plus de passion, Monsieur, Vôtre très-humble, &c.

R iij

A MONSEIGNEUR

LE DUC DE BOURGOGNE,

en luy prefentant une Carte Généalogique où il étoit habillé en HEROS.

MONSEIGNEUR,

Dans le Tableau que je prens la liberté de vous prefenter, le Peintre n'a pû attendre la lenteur de l'Age pour vous donner l'Habit d'un Héros : feut que la Nature n'attendra pas le fecours des Ans pour vous en accorder toutes les Vertus. Vous avez la Gloire d'être Né d'un Sang qui, du confentement de toutes les Nations, eft le Sang le plus Augufte du Monde : vous avez l'Honneur d'être petit-Fils d'un Monarque

dont le Régne fait l'Admiration de l'U-
nivers; & vous pouvez être plus Grand-
Homme que tous ceux dont parlent les
Hiſtoires Etrangeres, ſans avoir beſoin
de ſuivre des Exemples Etrangers. Qu'on
ne cite plus la Valeur d'Alexandre, la
Fermeté d'Annibal, la Sageſſe de Sci-
pion, l'Intrépidité de Céſar, la Probité
de Pompée, la Clémence d'Auguſte, &
la Bonté de Titus.   Les Siécles qui les
ont ſuivis ont été les Dépoſitaires de
leur Gloire tant qu'ils n'ont rien veu
de plus Grand qu'Eux : Mais le Régne
de LOUÏS LE GRAND a fait éva-
noüir tous ces faux Modeles de Vertu;
& la Renommée qui ne veut laiſſer
ignorer à la Terre aucune de ſes grandes Actions, a de l'occupation pour
tout le reſte des Tems. Oüy, MON-
SEIGNEUR, tant que le Soleil prê-
tera ſa Lumiére au Monde la Vie de Vôtre Invincible Ayeul ſera l'unique Etude de tous les Princes qui voudront Ré-
gner glorieuſement, & la Poſterité trouvera plus de Qualitez de Héros en luy
ſeul que dans tout ce que l'Antiquité
a eu de Héros enſemble. Combien de
fois ſa Valeur a-t-elle allarmé la Fran-

ce : & combien de fois ses Conquêtes
luy ont-elles fait hazarder quelque Chose de plus précieux que la Conquête de
tout l'Univers ? Quel Prince a jamais
sceu la Politique dans une si haute perfection ? Et dans quel Monarque trou-
ve-t-on tant d'Amour pour ses Sujets ?
tant de Zéle pour la Religion ? tant de
plaisir à recompenser ? tant de peine à
punir ? Sous quel Régne a-t-on veu gagner Onze Batailles ; réünir Cinq Provinces à la Couronne ; prendre plus de
Cent Villes ; & , pour tout dire, donner
la Paix à l'Europe dans un tems où il
luy étoit facile de la Conquerir ? Ah !
MONSEIGNEUR , que j'ay icy peu
d'espace ! & qu'il en faudroit pour dire
tout ce qu'a fait de grand le plus Grand
Roy qui sera jamais ! La gloire de vous
en instruire est reservée à des Personnes
nes dont le Mérite est aussi élevé que la
Naissance : & c'en est assez pour moy
que celle d'être avec autant de Zéle que
de Respect,

　　　MONSEIGNEUR,

　　　　　Vôtre trés-humble , trés-obeïs-
　　　　　sant, & trés-soûmis serviteur.

A MONSEIGNEUR

L'EVESQUE ET DUC
DE LANGRES,

PAIR DE FRANCE.

Remarques & bons Mots.

MONSEIGNEUR,

Je m'en doutois bien que vous aviez
des Diocefains Gruës, ('quels Evêques
n'en ont pas ?) & que la Turlupinade
de ma précédente Lettre ne feroit pas
l'endroit qui les toucheroit le moins.
Je vous fuis fenfiblement obligé de la
bonté que vous eûtes d'en effacer ce
qui leur pouvoit déplaire , & d'avoir
vous-même doré la Pillule pour la leur
faire prendre plus aifément. Puifque
vous avez la complaifance de vouloir

bien defcendre jufqu'à leur gouft , &
que vous m'ordonnez de m'y accommoder aufli , je vais, Monfeigneur, purement pour vous obeïr , commencer
cette Lettre à peu prés par où je finis
la derniére que j'eus l'honneur de vous
adreffer ; c'eft à dire par une Verité
qui a beaucoup d'air d'un Conte ; &
qu'ils goberont avec plus d'avidité
qu'une meilleure chofe. Et pour épargner à Vôtre Grandeur la peine d'effacer ce qu'elle ne voudra pas qu'ils
voyent je luy fais ce petit Compliment
à part, pour la fuplier trés-humblement
de me pardonner les impertinences
qu'elle me commande de luy écrire.

Henri de Bourbon, Prince de CONDE',
Grand-pére de Monfieur le Prince d'aujourd'huy, étoit bon fans foibleffe , &
fier fans orgueïl : ne fe fouvenant pas
de fon Rang , quand fon Divertiffement
vouloit qu'il l'oubliât; & ne l'oubliant
jamais , quand fa Gloire vouloit qu'il
s'en fouvint. Jamais Domeftique n'eft
forti d'avec luy fans avoir fait une Fortune proportionnée à la qualité qu'il y
avoit; & Monfieur le Préfident Petrault,
qui m'a dit ce que je vais réciter à Vô-

re Grandeur, en étoit luy-même une preuve inconteftable. Ce Prince, qui fe plaifoit extrémement dans fa belle Maifon de Saint Maur, y avoit un Jardinier, natif de Vandeuvre, petite Villette à trois lieuës de Barfuraube. Il s'appelloit Antoine Pion; étoit marié; & fon premier Enfant étant un Garçon il pria effrontément Monfieur le Prince d'en être le Parain. Monfieur le Prince, qui en étoit bien fervi, ne voulut pas luy refufer un honneur fi grand; mais pour le punir de l'audace qu'il avoit euë de faire fon Compére de fon Maître, au lieu de donner fon Nom à l'Enfant, il eût la malice de luy donner le Nom du Saint du Lieu : de forte que ce pauvre petit Garçon ayant été nommé MAUR, & fon Pere s'appellant Pion, on ne pouvoit prononcer le Nom de cet Enfant fans rire. Il y a encore à Vandeuvre de fes petits Fils, à qui l'on ne peut donner plus de chagrin que de leur parler du Filleul de Monfieur le Prince.

S'il faut de neceffité être humble pour être Saint, je doute qu'il y ait jamais de Gafcons canonifez. Je n'ay ja-

mais connu de Roturiers de Gascogne :
jusqu'aux Fraters Chirurgiens (dont il
semble que ce Païs soit la pepiniére)
tout y est Noble. Il y a quelque tems
qu'un de ces Gentilshommes vint à Paris, avec si peu d'Argent qu'il n'en eût
pas pour huit jours dans l'Auberge la
plus mince qu'il put trouver. Pour surcroît de chagrin il y tomba malheureusement Malade : & le Maître, aussi Nor-
mand que l'autre étoit Gascon, c'est à
dire, aussi résolu à ne point faire de
crédit que l'autre l'étoit à en demander, luy ayant refusé le secours dont
il avoit besoin, il fut contraint de se
faire porter à l'Hôtel-Dieu : où la douleur de voir sa fierté humiliée le re-
duisit bien-tôt à l'extrémité. Sept ou
huit jours après un autre Gascon, assez
mal en ordre, étant allé à cette hono-
rable Auberge demander Monsieur de
Castelnove (c'est le nom qu'il donna
au premier) & ayant appris où il étoit :
Cadedis ! s'écria-t-il, un homme de cette qualité à l'Hôtel-Dieu ! Quand vous
luy auriez fourni pour cinq cens Pistoles de Vitüailles, moy qui vous parle,
moy, j'en aurois bien été Caution. Au

sortir de là il courut chercher Monsieur
de Castelnove; & après l'avoir appellé
de lit en lit, l'ayant à la fin trouvé
presque Agonisant : Hé-doncques, mon
cher Enfant, luy dit-il, en quel état je
te trouve ! Courage, mon Ami, Courage. Pour du Courage, luy répondit-il,
les Gens de nôtre Païs n'en manquent
pas. Eh ! qui le sçait mieux que moy ?
luy dit celuy qui le visitoit. Au reste,
mon cher Enfant, ajouta-t-il, tu veux
bien que je te demande si tu es bien
avec Dieu ? *Apparamment*, luy repliqua
Monsieur de Castelnove, *je ne dois pas
y être mal, puis qu'il me donne un Ap-
partement dans son Hôtel.* Peut-on
pousser le Gasconisme plus loin ?

J'ay oüy dire à un homme d'une Qualité distinguée, & d'un Mérite encore
plus distingué, que le même Prince de
CONDE' que j'ay cité il n'y a pas long-
tems, & qui étoit Gouverneur de Berry,
avoit tant d'estime pour Monsieur le Ca-
mus, Evêque du Bellay, qu'il l'auroit fait
Archevêque de Bourges, s'il n'eut craint
de se faire autant d'Ennemis qu'il y
avoit de Moines au Monde. Il est vray
que jamais homme n'a été plus Anti-

Moine que Monſieur du Bellay. Il n'a
dit du bien uniquement que des Théa-
tins ; & l'on ne ſçait pourquoy. Il ful-
mine contre tous les autres : inſpire de
la deſfiance d'eux : avertit d'être en
garde contre leurs révérences intereſ-
ſées ; & dit entr'autre choſe : *Que les
Moines reſſemblent à des Cruches, qui
ne ſe baiſſent que pour s'emplir.*

Deux Huiſſiers nouvellement receus,
& qui n'avoient encore guéres fait de
Procés Verbaux, furent chargez d'une
Contrainte contre une Communauté,
pour le Reconvrement d'un reſte de
Taille qui étoit dû , depuis ſept ou
huit ans. Le malheur de la Guerre, la
Stérilité de la Récolte, & la nouvelle
Taille qu'il falloit payer avoient fait
oublier aux habitans cette vieille det-
te. Ces Huiſſiers les en firent ſouvenir;
& faute de payement ſe mirent en devoir d'executer les Meubles des Redevables : mais ils trouverent à qui parler ; & ne demandoient pas mieux. Cinq
ou ſix bonnes Rébellions font un Huiſ-
ſier haut & puiſſant Seigneur : & quand
Dieu le favoriſe aſſez pour luy procurer des coups de bâton d'une main o-

pulente, il regarde cela comme un Pé-
rou. Les deux qu'on avoit mis en befogne eurent pleine fatisfaction, & furent battus de la maniére du monde la
plus complette. Ils ne manquérent pas
d'en dreffer un grand Procés Verbal, &
d'exagérer les Exceds commis contre
des Membres de la Juftice. *Lefquels
Affaffins*, (difoient-ils) *en nous outra-
geant & excédant prenoient Dieu depuis la tefte jufqu'aux piéds ; & pro-
féroient tous les blafphémes imagina-
bles contre ledit Dieu : foûtenant que
nous étions des Coquins, des Fripons,
des Selerats & des Voleurs; ce que nous
affirmons véritable. En foy dequoy &c.*
Un Confeiller de la Cour des Aides,
plus recommandable par fon Efprit que
par cette Dignité, m'a dit, qu'il avoit
eu ce Procés Verbal entre les mains; &
que les Huiffiers avoient été Admo-
neftez pour leur ignorance.

L'Avocat d'une Veuve, qui avoit un
Procés de Famille qui duroit depuis
quatre-vingt ans, dit un jour en plaidant devant le Premier Préfident de
Verdun: Meffieurs, les Parties Averfes
qui jouïffent injuftement du Bien de

nos Pupilles , prétendent que la longueur de leur oppreſſion eſt pour eux
un titre légitime ; & que nous ayant
accoûtumez à nôtre miſére ils ſont en
droit de nous la faire toûjours ſouffrir.
Il y a prés d'un Siécle que nous avons
intenté Action contre eux : & vous n'en
douterez point quand je vous auray fait
voir par des Certificats inconteſtables
que mon Ayeul , mon Pere & moy nous
ſommes morts à la pourſuite de ce Procés. *Avocat*, luy dit le Premier Préſident : *Dieu vueille avoir vôtre Ame*;
& fit appeller une autre Cauſe.

Je me ſuis bien des fois étonné de
ce que vous autres Noſſeigneurs les
Prelats , vous ſouffrez que les Juges des
Officialitez ſoient des Prêtres ; ou de
ce qu'on n'y plaide pas à huis clos,
à cauſe des naïvetez qu'il y faut entendre , qui dégénérent preſque toutes en
obcénitez. Je n'ay jamais eu la curio-
ſité d'y aller ; mais j'en ay oüy parler
par tant de perſonnes différentes , &
tout ce qu'on m'en a dit m'a paru ſi
libre , qu'aparemment c'eſt un Tribunal
d'où l'on a exilé la Pudeur. Je n'en
veux point d'autre témoignage que la
matiere

matiere qui a donné lieu à ces Vers.

Dans une Officialité
Ces jours paffez une Soubrette
Paffablement belle & bien faite ,
Et d'une robufte Santé ;
Avec la Bienféance ayant fait plein divorce
Dit qu'un vieux Médecin l'avoit prife par force,
Qu'il falloit ou le pendre, ou qu'il fût fon Mary:
Et comment , dit le Juge, a-t-il pû vous y
      prendre ?
Vous êtes vigoureuse , il falloit vous deffen-
      dre ;
L'avoir égratigné, dévifagé , meurtry :
      J'ay, Monfieur, luy répondit-elle ,
      De la force quand je querelle ;
      Mais je n'en ay point quand je ry.

Cette Fille n'avoit-elle pas été bien
prife par force , puis qu'elle rioit ?
   Les Efpagnols qui ont fi fouvent une
ridicule fierté, en ont quelquefois une
fi noble qu'elle mérite d'être appellée
Générofité & Magnificence. Le Roy
                                   S

Charles, qui Régne aujourd'huy, étant fort jeune, & faisant à pied des Stations de Jubilé, trouva un pauvre homme sur son passage, à qui il jetta une Croix de Diamans qu'il avoit devant luy, sans que personne s'en apperceut. Quand il fut à l'Eglise ses Courtisans ayant pris garde qu'il n'avoit plus sa Croix, dirent qu'on avoit volé le Roy. Le Pauvre qui s'étoit douté du bruit que cette Action feroit, ayant suivi, dit à l'instant : voila la Croix du Roy, mais je ne l'ay point volée : c'est Sa Majesté, à qui j'ay demandé l'Aumône, qui me l'a donnée. On demanda au Roy s'il étoit vray? Oüy, répondit-il : je n'avois point d'Argent pour donner à ce pauvre homme; & sa misére m'a fait pitié. On ne jugea pas à propos de laisser au Pauvre cette Croix, qui étoit des Pierreries de la Couronne : mais il fut délibéré dans le Conseil que de quelque maniere qu'un Roy fist des Dons ils devoient être sacrez : de sorte que la Croix ayant été estimée Douze Mille Ecus, on donna Douze Mille Ecus au Pauvre. Quoique l'Action du Roy soit belle, & qu'elle marque un Prince bienfaisant, la

grandeur des fentimens de fon Confeil
mérite de plus dignes Loüanges ; &
l'on void peu d'Hiftoires où les Miniftres des Rois ayent rien fait de plus
glorieux.

Voicy encore un exemple de fierté
Efpagnole à qui je croy que le nom de
belle hardieffe convient mieux. Un Ambaffadeur d'Efpagne en France, foûtenoit les interefts de fon Maître contre
Henri I V. & les foûtenoit en homme
digne du Caractére qu'il avoit. Henri
I V. incomparablement plus grand Roy
que Philippes I I I. le traitoit avec hauteur : ce que l'Ambaffadeur ne pouvoit
fouffrir.. Enfin, dans la chaleur de la
difpute, Henri I V. ayant dit : *Ventre
faint gris*, qui étoit fa maniére de jurer, *fi le Roy d'Efpagne me fâche je
l'iray relancer jufques dans Madrid;*
Sire, luy répondit gravement l'Ambaffadeur : *Vous ne feriez pas le premier
Roy de France qui y auroit été.* Henri I V. piqué, mais qui n'en témoigna
rien, parce qu'il s'étoit attiré cette réponfe, luy dit fur un ton moins ferieux;
*Monfieur l'Ambaffadeur, vous êtes
Efpagnol & moy Gafcon : fi nous nous*

mettons sur la Rodomontade la chose ira loin. Il me semble que la fierté de l'Ambassadeur n'étoit point blâmable; & qu'il étoit obligé de soûtenir les interêts qui luy étoient confiez : mais l'adresse d'Henri IV. à se tirer du mauvais pas où il s'étoit mis est un endroit aussi délicatement tourné qu'on en puisse voir; & digne de luy, c'est tout dire.

L'Hiver passé un Moine qui prêchoit l'Avent dans une des petites Paroisses qui sont autour du Palais, & qui étoit ravy quand il trouvoit une occasion de faire des exagérations outrées; disoit un jour en parlant contre l'impureté : Autant de coups de Pinceau qu'un Peintre en donne à une Nudité, autant de péchez mortels : autant de coups de Ciseau qu'il en faut pour construire une Statuë impure, autant de péchez mortels : autant de Syllabes qu'un Poëte en fait entrer dans un Vers licencieux, autant de péchez mortels. Je ne sçay s'il y avoit des Peintres & des Sculpteurs à ce Sermon : mais apparemment il y avoit quelque Poëte. Le lendemain dans le tems que le Pré-

dicateur montoit en Chaire on luy donna un papier plié : & croyant que c'é-
toit quelque pauvre Famille à recommander aux charitez de son Auditoire,
ou quelque Devotion à annoncer, d'a-
bord qu'il eut achevé *l'Ave Maria*, il
l'ouvrit. Comme il sçavoit le stile,
Messieurs, dit-il par avance, vous êtes
avertis que.... que.... il ne voulut
pas dire le reste, & fit bien. Au lieu
de ce qu'il croyoit trouver dans ce papier il y avoit ces quatre petits Vers.

> Mon Pere, vous êtes sçavant,
> Mais vous ne prêchez pas de même :
> Nous nous contentons de l'Avent ;
> Ne revenez pas le Carême.

Je vais, Monseigneur, vous dire une
bagatelle que vous trouverez sans doute indigne de vous : mais ce qui ne
vous accommodera pas fera, peut-être,
plaisir à d'autres ; & de petits Prêtres
feroient souvent grand'-chére de ce que
leur Evêque ne trouve pas bon. Nous
fusmes il y a six semaines, trois de mes

Amis & moy à Chantilly, où nous vî-
mes les plus belles Eaux du Monde ; &
qui vont (comme a dit une fois le Roy,
qui parle toujours si juste) aussi bien
pour le Jardinier que pour le Maître.
De là nous allâmes à Senlis, où le Re-
ceveur des Fermes du Roy nous avoit
conviez à dîner. Pendant que nous dî-
nions il y vint dans son Bureau de ces
Gens qu'on appelle Saltinbanques &
Danseurs de Corde, qui avoient avec
eux deux Singes qui faisoient des choses
si surprenantes que pendant une demi-
heure nous eûmes un Divertissement
aussi agréable qu'on en puisse avoir,
sans qu'il en coutât rien à personne.
J'appris même une chose que je ne
sçavois pas. Par toutes les Villes où il
y a des endroits établis pour recevoir
les Droits du Roy, cette sorte de Gens
qui vont de Foire en Foire, & qui ont
l'art de donner, si j'ose me servir de
ce terme, de l'éducation aux Singes,
sont obligez, sur peine de confiscation
d'aller faire leur soûmission au Bureau,
& de demander un Pásseport, que le
Commis leur donne *gratis* : en reconnoissance de quoy le Maître des Singes

est tenu de les faire sauter & danser devant les Commis; & c'est de là qu'est venu ce Proverbe : *payer en Monnoye de Singe, en Gambades.* Bien des Gens ont mis ce Proverbe en œuvre, & moy peut-être plus souvent qu'un autre, sans en sçavoir l'origine.

Si je ne craignois d'allarmer Vôtre Grandeur par la bonté dont je sçay qu'elle m'honore, je luy dirois que dernierement je fus volé : croiriez vous, Monseigneur, que je fusse un homme volable ? Jeudy dernier au sortir d'une Signature de Contrat de Mariage, qui fut suivie d'un magnifique Repas m'en retournant tout seul entre Minuit & une heure, un homme tout seul aussi, sort du coin d'un Pavillon du Collége des quatre Nations, me presente un Pistolet bandé vis-à-vis le cœur, & me demande la bourse. Quoi-que surpris d'un compliment à quoy je ne m'attendois pas, je ne perdis point la tramontane ; & je luy dis mon Nom le plus vîte que je pûs, pour luy faire connoître que je ne pouvois gueres avoir d'argent. Je tiray deux Ecus, luy dis que c'étoit tout ce que j'avois, & que s'il me trouvoit

davantage je confentois qu'il me don-
nât de fon Piftolet dans la tête. Je ne
fçay s'il me connoifloit, ou s'il fut touché de ma bonne foy ; mais me ferrant
la main avec une efpéce de rage : *Mort*
bieu, me dit-il, *je n'en veux qu'un : il*
y a trois jours que je n'ay mangé ; &
s'en alla. Je vous jure, Monfeigneur,
que je fus fi pénétré de ce qu'il me dit,
que fi j'avois crû qu'il eût voulu fe fier
à moy je l'aurois appellé , & l'aurois
mené manger l'Ecu qu'il m'avoit laiflé.
Ce n'étoit point un Voleur que cet
homme-là : c'étoit un Malheureux, né
quelque chofe, qui dans fon befoin ne
pouvant s'abbaiffer jufqu'à demander
l'Aumône, avoit été forcé par le defefpoir & par la faim à l'indigne Action
qu'il venoit de faire. Cependant fi le
Guet que je trouvay à vingt pas de là,
l'eut furpris , *in flagranti delitto*, c'é-
toit un homme perdu : tant il eft vray
que le Gibet eft plus pour les malheureux que pour les coupables. Quelques
réflexions fur ce qui m'étoit arrivé, &
fur les dangers où l'on eft expofé par
la Mifére, me firent le lendemain faire
cette Fable.

L'ARAIGNE'E

L'ARAIGNE'E, LA MOUCHE ET LE MOINEAU.

FABLE.

AU tems jadis une Araignée affreufe,
  Pour attraper des Infectes volans,
Fit une Toile à replis tortillans,
    Où la Mouche malheureufe
    Paffoit affez mal le tems.
Mais un Moineau robufte, & dont le moindre
  crime
Etoit de violer & fa Mére & fes Sœurs ;
    Enfin, un Sélératiffime
    Souïllé des plus noires horreurs ;
    Loin d'appréhender ce piége
Paffe au travers, le brife, & l'emporte avec
  luy.
    Que de Moineaux aujourd'huy
    Ont le même Privilége !
Tel qui dans le befoin n'a volé qu'un Ecu
    Sert d'exemple à toute une Ville ;
Et l'on vit en repos quand on eft convaincu,
    D'en avoir volé Cent Mille.

T

L'Amour de la Vie fait bien faire &
bien dire des choses inutiles ; & souvent même indignes de ceux qui les
font ou qui les disent. Au Dîné d'un
Prince, fameux par beaucoup de grandes Actions, & qui commençoit à être
sur le penchant de l'âge, quelqu'un
ayant agité cette question : *si une Mort
glorieuse étoit préférable à une Vie pénible & languissante*, les sentimens furent partagez. Les uns furent pour la
Mort glorieuse, & les autres pour la Vie,
de quelques traverses qu'elle fust accompagnée. Le Prince fut un de ceux
qui se déclarérent pour la Vie ; jusqu'à
dire qu'il souhaiteroit d'être pendu à
cent Ans : ce qui, à mon sens, n'est pas
une belle chose à un Prince de souhaiter d'être pendu, à quelque âge que ce
soit. Un Gentilhomme, au moins aussi
vieux que luy, qui avoit l'honneur d'être à sa Table, ayant pris la liberté de
luy demander s'il pensoit bien à ce
qu'il disoit ? *Je vous l'ay dit, & je vous
le repete*, répondit le Prince ; *je souhaiterois être pendu à Cent Ans. Et
moy, Monseigneur*, répliqua le Gentilhomme, *je souhaiterois y être pour chan-*

ter le Salve. Il avoit raison : il auroit
eu le plaisir de vivre aussi long-tems ;
& n'auroit pas eu la honte d'être pendu.

Quelqu'un ayant dit à Monsieur de
Montal que les Ennemis qu'il alloit
chercher, étoient Supérieurs en nombre :
Allons, dit-il, *allons ; nous les compterons
quand nous les aurons défaits.*

Le même Monsieur de Montal étant
allé la semaine passée voir Monsieur
l'Archevêque, il le trouva qui reconduisoit un homme de Qualité, qui le
pria de ne pas passer outre, & luy mit
Monsieur de Montal entre les mains.
Monsieur l'Archevêque qui parle avec
la délicatesse que tout le Monde sçait,
dit à celuy qu'il reconduisoit : *il est
vray, Monsieur, que voicy un homme
qui arrête également Amis & Ennemis.*
Que de politesse & de presence d'esprit !

Une de plus belles Femmes de la Cour,
qui n'avoit point d'Enfans, & qui ne
croyoit pas que ce fust sa faute, ayant
un jour un beau Diamant au doigt : *Voila,* luy dit son Mary, *un Diamant mer-
veilleux, mais fort mal mis en œuvre.
Il n'est pas tout seul,* répondit-elle.

Monfieur * * * l'un des plus riches Fermiers Generaux, quoi-qu'il ne foit pas des plus habiles, avoit à fon Caroffe deux Chevaux pommelez les plus égaux & les mieux choifis que l'on pût voir. Par malheur il y en eut un qui mourut de gras fondu. Il commanda à fon Cocher d'aller chez tous les Maquignons de Paris, & de luy en trouver un femblable, à quelque prix que ce fuft. Le Cocher de retour : hé bien, luy dit fon Maître, auffi-tôt qu'il l'apperceut, as-tu fait quelque chofe ? *Oüy Monfieur*, luy répondit le Cocher ; *j'ay trouvé vôtre pareil.*

Vôtre Grandeur me demande tant de Remarques qu'à force de vouloir luy obeïr, il ne me refte plus de place pour l'affurer que je fuis à mon ordinaire, c'eft à dire avec tout le refpect poffible,

MONSEIGNEUR,

De Vôtre Grandeur,

Trés - humble & trés-obeïffant ferviteur.

A MONSIEUR

TALLEMANT,

Maître des Requêtes : qui méritoit d'être beaucoup plus.

MONSIEUR,

Un de mes Amis, pourvû d'une Charge dont on ne luy laisse pas la joüissance, est obligé d'implorer la justice du Conseil pour être maintenu dans les droits qui luy sont attribuez. Comme je sçay qu'il n'y a personne au monde qui soûtienne le parti de l'Equité avec plus d'ardeur que vous ; je n'hésite point à vous adresser un homme qui a besoin d'un Juge dont on ne puisse corrompre l'Intégrité. Je ne vous suplie, Monsieur, d'en vouloir être l'Appuy que dans la certitude où je suis qu'il ne vous demandera rien que de juste; & si je prens la liberté de vous écrire en sa faveur, c'est pour obtenir de vous la grace de vous en convaincre vous-même, & de voir par vos propres yeux les piéces qui décident de la bonté de sa Cause. Je n'ay point voulu emprunter le secours de Monsieur le Duc de Saint Aignan auprés de vous, parceque je ne l'y ay pas crû nécessaire : si ma priére est équitable je suis sûr que vous m'en accorderez l'effet sans sollicitation ; & si elle ne l'est pas je consens que vous ne m'accordiez rien. En un mot, Monsieur, je ne vous demande que Justice; & sur tout celle de me croire avec beaucoup de respect.

MONSIEUR,

Vôtre trés-humble & trésobeïssant serviteur.

A L'UN DES MEILLEURS
Amis de l'Auteur.

HE'bien, Monfieur, la volonté du Seigneur foit faite. Il veut fans doute me punir de quelque Péché dont je n'ay pas fait une valable pénitence, puis qu'il ne luy plaît pas que j'aye l'honneur de vous voir fi-tôt que je le fouhaiterois ; & peu s'en faut que je ne m'écrie comme feu David, *neque in ira tua corripias me.* Je me vois à la veille d'être châtié auffi rigoureufement que luy, quoique ma confcience ne me reproche rien de femblable à ce que Nathan luy fut conter lors qu'il y penfoit le moins : & il n'y a qu'un Fléau à dire que je n'en aye autant devant les yeux que fi j'avois fait tuer Urie pour baifer fa Femme plus à mon aife. La Guerre eft fi prés de nous, que les Ennemis n'ont qu'une Bataille à gagner pour venir boire tout le vin nou-

T iiij

veau de Champagne ; & si vous me
laissez encore long-tems icy, j'ay bien
peur que la Famine ne m'y surprenne.
N'étoit, Monsieur, que vous m'honorez de vôtre Amitié, qui est un bien
qui balance tous les maux que je puis
avoir, je ne demeurerois pas si long-
tems dans l'équilibre, & le chagrin
me feroit bientôt pencher de son côté ; mais tant que vous m'aimerez comme vous fàites, la Fortune peut aller
son train ordinaire ; & si elle croit me
faire enrager, elle est prise pour dupe. Ce qu'elle vient de faire à la Du-
pin est un des plus méchans tours qu'elle me pût joüer. Il faut de nécessité
que les Juges qui luy ont fait perdre
son Procez ne luy ayent jamais vû re-
présenter la Comédie ; ou que ce soient
de vieux Sénateurs incapables d'être
touchez, qui l'ont punie de ce qu'elle
sçait si bien toucher les autres. Obli-
gez-moy de luy dire que Germanicus
est appellant de ce Jugement ; & que
tout ce qu'il y a d'honnêtes Gens à
Paris luy aideront à fournir des Griefs.
Quelques bons offices que vous puissiez me rendre auprés d'elle, je suis

sûr que vous ne réparerez jamais le tort que vous m'y avez fait ; & cependant, Monsieur, je n'en suis pas avec moins de passion, Vôtre très-humble & très-obeïssant serviteur.

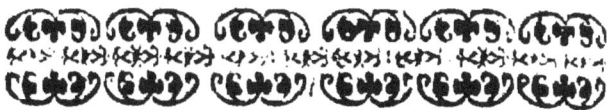

A MONSIEUR P. ******

Où l'on void combien la Femme de l'Auteur est à plaindre.

MOn malheureux Rhûme est beaucoup plus grand qu'il ne l'étoit quand j'eus l'honneur & le chagrin tout ensemble de prendre congé de vous : & le pis que j'y trouve ce n'est pas ce que vous penſez qui l'a augmenté. J'en impute plus de la moitié à la fracaſſante Voiture dont je fus obligé de me ſervir : & tout le reſte à un eſpéce d'hiver qui a duré tant que j'ay été ſur le chemin , & contre lequel je n'avois point pris de précaution , ne croyant pas que je dûſſe être ſurpris par le froid dans un tems où je m'imaginois n'avoir que la Canicule à craindre. Ajoutez à tout cela, Monſieur, que j'étois accoûtumé à boire d'un Vin que l'on

ne rencontre ni fur la Route que j'ay
tenuë, ni fur aucune autre que l'on
puiſſe tenir : & vous trouverez ſans
douté que voila aſſez de maux pour
donner la mort à un plus honnête homme que moy, ſans que ſa Femme doive être ſoupçonnée d'en être complice. Je dois cette juſtification à la mienne, afin que s'il vient faute de moy
vous luy faſſiez la grace de la plaindre, d'avoir paſſé ſes plus beaux ans
ou ſans Mary, ou avec un qui n'en oſe
faire les fonctions pendant ſon Rhûme ; & qui, par malheur pour elle, eſt
enrhûmé plus de dix mois de l'année.
Ne me faites pas l'injuſtice de croire
que je faſſe le malade pour avoir une
excuſe non ſeulement envers ma Femme, mais encore envers ceux à qui j'ay
promis Eſope. Je me ſuis contraint
juſqu'à vous quiter pour mettre un obſtacle au penchant qui m'entraîne naturellement vers vous : & ſi aprés un
ſi grand ſacrifice j'étois capable de perdre le tems que je dérobe aux charmes de vos converſations, je vous a-
voüe que loin de chercher des prétextes pour me faire pardonner ma négli-

gence, je ne me la pardonnerois pas
moy-même. Cependant, je n'ay encore
rien fait : mais je commence aujour-
d'huy à invoquer les Muses ; & demain je me mettray en train si elles
veullent m'être favorables. Durant que
je seray icy abîmé dans le travail, &
que je me proméneray dans les endroits
les moins fréquentez, de peur qu'on ne
voye les contorsions que je fais quand
je suis dans la fureur de l'entousiasme,
ayez la bonté, si vous n'avez rien de
meilleur à faire, de vous souvenir
quelquefois de moy; & faites, s'il se
peut, que Monsieur le Duc de Saint
Aignan s'en souvienne quelquefois aussi. Tâchez même à me justifier auprés
de Madame la Marquise de Montloüet,
de ce que je n'eus pas l'honneur de
luy dire adieu. Ses Gens sont témoins
que je n'ay rien à me reprocher là-dessus. Elle eut la dureté de ne pas vouloir s'éveiller à dix heures sonnées :
plus je m'obstinay à attendre, plus elle
s'obstina à dormir; & dans la crainte
où j'étois que le Carosse ne partît sans
moy, je puis dire que le repos d'autruy ne m'a jamais causé tant d'in-

quiétude. Je vous conjure, Monsieur, de me rendre blanc comme neige dans son esprit ; j'aurois un regret sensible d'être mal avec une personne qui est si bien auprés de Dieu ; & j'imputerois tous les malheurs qui pourroient m'arriver à celuy que j'eus de ne pas prendre congé d'elle. Je n'ay plus qu'une grace à vous demander : c'est d'être persuadé que j'ay le cœur au bout de ma plûme quand je vous proteste que je suis Vôtre trés-humble & trés-obeïssant serviteur.

A MONSEIGNEUR

LE MARQUIS

DE SEIGNELAY,

Secretaire & Miniftre d'Etat,
à qui l'Auteur vouloit prolon-
ger la Vie.

MONSEIGNEUR,

J'ay appris, avec beaucoup de douleur, l'état où vous êtes; & je n'ignore pas ce que la France perdroit fi mal-
heureufement, il venoit faute d'un auffi honnête Homme que vous. Je croirois luy rendre un fervice bien confidérable, fi j'étois affez heureux pour
contribuer à luy conferver un Miniftre
fi utile : & je vous protefte, Monfeigneur, que je n'ay jamais rien fait avec

tant d'inclination & tant de zéle. Je ne
fuis ni Médecin ni rien d'approchant :
mais j'ay été plus mal que vous ne l'ê-
tes, de la même maladie que vous avez;
& fans un Boüillon que l'on enfeigna à
ma Femme, il n'y avoit aucun efpoir
pour ma Vie. J'en pris foir & matin
pendant quinze jours , & dés le quatriéme Boüillon je fentis le bien qu'il
me faifoit ; de forte qu'au bout de quinze jours je me trouvay la Poitrine entiérement rétablie.   Elle l'a donné à
beaucoup de Monde atteint du même
mal, & jamais il n'a manqué de faire
le même effet. Je fouhaite , Monfeigneur, qu'il opére plus favorablement
pour vous qu'il n'a encore fait pour perfonne ; & qu'il vous faffe recouvrer la
fanté que vous avez perduë , & que
j'achetterois de la mienne propre. Ne
perdez point de tems à vous fervir d'un
reméde qni vous peut faire beaucoup
de bien , & qui ne peut jamais vous
faire de mal : & n'attendez pas à le
prendre que la foibleffe où vous ferez
vous le rende inutile. Je vous parle ,
Monfeigneur, en homme qui a une re-
fpectueufe inclination pour vôtre Mé-

tite , & qui fe reprocheroit toute fa
vie d'avoir pû contribuer à la confer-
vation de la vôtre , & de ne l'avoir pas
fait. Vingt expériences me promettent
que mon zéle aura un fuccez heureux :
& je vous fupplie , par l'interêt de vôtre fanté , & par la confidération d'une
Famille à qui elle eft fi précieufe de le
vouloir mettre à l'épreuve. Quelque
tems qu'il faffe , & à quelque heure que
ce puiffe être , vos ordres me feront
toûjours facrez : fans autre veuë que de
vous témoigner avec combien d'empreffement & de refpeét je fuis ,

MONSEIGNEUR,

Vôtre trés-humible & trés-
obeïffant ferviteur.

A

A MONSEIGNEUR

LE DUC DE S. AIGNAN.

MONSEIGNEUR,

Je n'ay point voulu me broüiller avec vôtre Modestie : elle m'a prescrit des Régles que par respect je n'ay osé violer ; & quoy qu'il n'y ait personne en France à qui l'on puisse donner des loüanges plus légitimes qu'à vous, j'ay mieux aimé contraindre mon inclination que de m'éloigner de la vôtre. Le refus que vous faites d'être loüé est une Vertu qui vous rend plus digne de l'être ; & je ne sçay que vous, Monseigneur, qui puisse se faire un nouveau Mérite en refusant ce qu'on a si bien mérité. Vous connoîtrez facilement par l'Epître que je prens la liberté de vous

y

envoyer, que jamais vous n'avez été
mieux obéï ; & j'efpére que vous me
tiendrez compte de la violence que je
me fuis faite de donner des bornes à
ma reconnoiffance, veu que pour m'obliger vous n'en avez point donné à vos
bontez. Je vous fuplie, Monfeigneur,
de corriger tout ce qui ne vous y plaira pas, & de me faire la grace de me la
renvoyer enfuite, pour la mettre au devant de MARIE STUARD que j'ay fait
écrire le plus correctement que j'ay pû,
& que j'auray l'honneur de vous pré-
fenter le plûtôt qu'il me fera poffible.
Je n'ay que cette voye pour vous remercier de tout ce que vous avez fait
pour moy ; & pour vous protefter que
je feray toute ma vie, avec un zélé fincére & un refpect inviolable,

MONSEIGNEUR,

Vôtre trés-humble & trés-
obeïffant ferviteur.

AU REVEREND PERE

BELLANGER,

de la Compagnie de JESUS.

IL doit m'être bien honteux, mon
Révérend Pére, de vous avoir tant
d'obligation, & d'avoir attendu si tard
à vous témoigner combien j'y suis sensible. Des affaires, des maladies, & je
ne sçay combien de conjonctures qui
succédent l'une à l'autre, me laissent
si peu de loisir, que je suis obligé de
quiter un devoir pour un autre devoir;
& souvent même je suis contraint de
manquer à celuy qui me seroit le plus
agréable. Jugez-en, s'il vous plaît, mon
Révérend Pére par le plaisir que je me
serois fait de m'en acquiter auprés de
vous, & de vous marquer combien je
vous suis redevable des bontez que
vous avez pour mon Fils, & des soins
que vous prenez pour tâcher d'en fai-

V ij.

re un honnête homme. Pour peu qu'il ait d'inclination à le devenir, il est presque impossible qu'il n'y réüssisse par l'avantage qu'il a, non seulement de recevoir vos Leçons, mais encore de pouvoir profiter de vos Exemples. Je souhaite de tout mon cœur, qu'il réponde à toutes les graces que vous luy faites; & qu'il travaille à se rendre d'autant plus habile, qu'il n'y aura point d'excuse pour luy quand on sçaura qu'il a eu l'honneur d'étudier soûs vous. Parmi les méchantes qualitez qu'il peut avoir, je suis seur au moins qu'il en a une fort bonne : c'est, mon Révérend Pére, qu'il connoît ce que vous faites pour luy; & qu'il me parle de vous avec une effusion de cœur pleine de tendresse, de respect, & de reconnoissance. Je sçay bien qu'il n'en peut trop avoir; & que l'excez, qui est presque toûjours un Vice, devient en de pareilles occasions une Vertu. Je n'ose dire que ce soient des sentimens que je luy aye inspirez : il est mal-aisé de vous connoître, & de ne les pas avoir; mais quelque redevable qu'il vous puisse être, je n'hé-

fite point à vous afsûrer qu'il ne fera
jamais avec plus d'eftime & de reconnoiffance que moy, mon Révérend Pére, Vôtre trés humble, &c.

A MONSEIGNEUR

LE DUC D'AUMONT,

Premier Gentilhomme de la Chambre du Roy;

Sur une difficulté que faisoient les Comédiens.

MONSEIGNEUR,

A la veille de representer une Piéce de Théatre que j'ay faite pour le divertissement de la Cour & du Public, les Comédiens font difficulté de dire une Fable receuë & applaudie de toute l'Antiquité, & qu'autrefois Agripa-Menénius dit si à propos au Peuple Romain qu'il l'obligea à se reconcilier avec les Nobles. C'est, Monseigneur, la Fable de l'Estomach & des Membres.

où Efope a pretendu faire voir la foûmiffion que les Sujets doivent avoir
pour le Souverain, & l'indifpenfable ne-
neffité où ils font de le fecourir pour ne
pas fe faire tort à eux-mêmes. La Matiére paroît fi délicate à ces Meffieurs
qu'ils n'ofent s'expofer à la mettre au
jour fans permiffion : & comme vôtre
Qualité vous donne fur eux tout le pouvoir que vous y voulez prendre, & que
vous fçavez mieux que perfonne ce qui
eft permis & ce qui eft défendu, je me
fais un devoir & un honneut de vous
envoyer la Scene dont il s'agit, & de
la foûmettre à ce qu'il vous plaira d'en
ordonner quand vous l'aurez veuë. Je
croy, Monfeigneur, que vous me rendrez affez de juftice pour voir que mon
unique but a été d'infinuer agréablement dans les cœurs les efforts que de
bons Sujets font obligez de faire pour
contribuer au fuccés des deffeins du
plus grand Roy que la France ait eu : &
peut-être que la voye que j'ay prife de
faire entrevoir la Verité au travers des
Fables, n'eft pas celle qui perfuade le
moins. Voicy mot pour mot la Scene que
les Comédiens craignent de reprefenter.

SCENE CINQUIE'ME
du fecond Acte de la Co-médie d'Esope.

ESOPE ET DEUX VIEILLARDS.

LE PREMIER VIEILLARD.

Monfeigneur . . . . . .
ESOPE.

Tout d'abord j'interromps cette phrafe.

Le mot de Monfeigneur traîne un peu trop

d'emphafe.

Pour Gens faits comme moy je l'abroge.

LE SECOND VIEILLARD.

Monfieur :

Nôtre Ville demande un nouveau Gouverneur.

ESOPE.

Hé, la raifon ?

LE SECOND VIEILLARD.

Le nôtre eft devenu trop Riche.

On ne peut tant gagner à moins que l'on ne

triche.

Quand il vint s'inftaller dans fon Gouverne-

ment   Il

Il avoit pour tout train un Laquais seulement,
Et pour toute monture une méchante Rosse :
Maintenant six Chevaux font roûler son Ca-
   rosse.
Il serre le bouton quand on s'adresse à luy ......

ESOPE.

Passons. Tous ses pareils font de même aujourd'huy.
Menace-t-il ? Bat-il, sans relâche ni tréve ?

LE PREMIER VIEILLARD.

Non , Monsieur , mais . . . . .

ESOPE.

Quoy , mais ?

LE PREMIER VIEILLARD.

               Il est si gras qu'il créve.
A s'engraisser encor il applique ses soins.

ESOPE.

Un autre qui viendra s'engraissera-t-il moins ?
Pour courir à la Proye il sera plus alaigre.
Rien n'incommode tant qu'un nouveau Seigneur
   maigre :
A chaque heure du jour vous l'avez sur les
   bras :
Il le faut engraisser, & le vôtre est tout gras ;
Et c'est pour le Public une chose moins aigre

                           X

D'entretenir un Gras que d'engraisser un Maigre.

Qu'avez-vous à répondre à cela ?

LE SECOND VIEILLARD.

Nous , Monsieur ?

Que nous ne voulons plus de nouveau Gouverneur.

Fût-il encor plus gras nous garderons le nôtre.

LE PREMIER VIEILLARD.

Monsieur , à cette grace ajoutez-en une autre.

Le Peuple , pour son Prince, est tout zele , tout
feu :

Obtenez de Créfus qu'il le soulage un peu.

Si sa main ne l'appuye il faudra qu'il succombe :

Dès qu'il s'offre un fardeau c'est sur luy seul
qu'il tombe :

Auprés d'un si grand Roy prenez nos interêts.

ESOPE.

Voicy, pour vous répondre , un Apologue exprés.

L'ESTOMACH ET LES MEMBRES.

FABLE.

LEs Membres , tentez par le Diable,

Refuſèrent jadis de nourir l'Eſtomac :

C'eſt, diſoient-ils entr'eux, un importun Biſ-
  ſac,

Un Abîme ſans fond, un Gouffre inſatiable ;
    Qu'il travaille, s'il veut manger.

Chacun à ſon devoir ne veut plus ſe ranger :

Les Pieds ceſſent d'aller ; les Mains ceſſent de
  prendre ;

Et lors que l'Eſtomac voulut les avertir

Qu'ils ſe repentiroient de le laiſſer pâtir ;
    Aucun d'eux ne voulut l'entendre.
    Pendant que l'on s'applaudiſſoit
    D'avoir fait un ſi beau divorce,
    Plus l'Eſtomac s'affoibliſſoit
    Moins les Membres avoient de force.

Enfin, quand de gronder les Membres furent
  las

    Voulant prendre un air moins farouche,
    Les Pieds ne pûrent faire un pas,

Ni les débiles Mains aller juſqu'à la Bouche :

Et manque de ſecours l'Eſtomac rétrecy

Eſtant mort, par leur faute, ils moururent auſſi.

A peſer comme il faut, le ſens de cette Fable

De bonne foy, la plainte eſt-elle raiſonnable ?

                  X ij

En donnant de vos biens une légére part
Le reste en sûreté ne court aucun hazard :
Vous joüissez sans peur de vos fertiles Terres ;
Elles sont à l'abry du ravage des Guerres ;
Et sans les Feux de joye & les heureux succés
On croiroit cet Etat dans une pleine Paix.
La Guerre en quatre jours au pied de vos Mu-
    railles
Feroit plus de degât que cinquante ans de Tail-
    les ;
Et de vôtre bonheur vos Ennemis jaloux
S'ils ne l'avoient chez eux, l'apporteroient chez
    vous.
A redoubler vos soins ces raisons vous invi-
    tent :
Plus l'Estomac est bon plus les Membres pro-
    fitent :
Quand il a de la force ils sont forts ; agissans ;
Et quand il est débile ils sont tous languissans.
C'est une vérité qu'on ne peut mettre en doute.

LE SECOND VIEILLARD.

Monsieur, on est charmé pour peu qu'on vous
    écoute, &c.

Je ne sçay si j'en juge par l'intention que j'ay euë; mais il me semble qu'il n'y a rien là dont on puisse équitablement se plaindre : & qu'au contraire dans la situation où sont les choses mon zele dôit plus trouver d'Approbateurs que de Critiques. Cependant, je ne veux point m'en rapporter à moy, qui puis me tromper ; mais à vous, Monseigneur, qui ne vous trompez jamais, & qui avez assez de bonté pour me marquer la route que je dois tenir. Vous verrez par ma soûmission à vos Ordres avec combien de zele & de respect j'ay l'honneur d'être,

MONSEIGNEUR,

Vôtre trés-humble & trés-obeïssant serviteur.

de Paris ce 14. Janvier 1690.

X iij

RÉPONSE
DE MONSEIGNEUR
LE DUC D'AUMONT,

A L'AUTEUR.

J'Ay receu, Monsieur, la Scène que vous m'avez envoyée touchant la Piéce nouvelle que vous voulez mettre au jour. Je l'ay leuë avec plaisir, & n'y ay rien trouvé qui ne soit dans l'ordre. Je souhaite qu'elle ait tout le succés que vous en pouvez espérer. Je n'en doute point, puis qu'elle est de vous ; & ce que j'en ay vû est assez beau pour me faire juger favorablement du reste. Je voudrois avoir d'autres occasions de vous rendre service, & de vous faire voir que je suis entiérement à vous.

LE DUC D'AUMONT.

A Versailles ce 15. Janvier
1690.

A MONSIEUR CHARPENTIER.

VOus m'avez, Monsieur, si bien accoûtumé à vous avoir obligation
que tout ce que vous avez la bonté de
faire pour moy ne me surprend plus.
Vous êtes cause que jamais on n'a rêvé plus raisonnablement que je faisois
pendant ma derniére Maladie : toutes
les fois que le transport au Cerveau
me faisoit parler comme il luy plaisoit,
on dit que je n'étois occupé que de
vous seul : & que ma plus grande peur
étoit de mourir sans reconnoissance. Je
ne puis vous répondre que ce soit véritablement ce que je disois dans le
tems que je n'avois point de raison ;
mais tant que j'en auray je vous réponds
bien que je ne penseray jamais autre
chose. S'il ne m'arrive point d'accident
nouveau, je me flate d'avoir bien-tôt

X iiij

l'honneur de vous rejoindre, & de vous
marquer combien je suis sensible à tous
les soins que vous vous êtes donnez en
ma faveur. Je voudrois avoir le bras
aussi libre que la langue, je ne pren-
drois point de terme pour vous rendre
de trés-humbles graces de toutes les
preuves que je reçois de vôtre Amitié:
mais j'ay autant de peine à écrire que
vous en avez peu à m'obliger : une de
mes mains est occupée à soûtenir l'autre ; & sans le plaisir que je trouve à
vous remercier chaque mot me coûteroit une douleur. Ajoutez s'il vous
plaît, à tant de bontez dont je vous
suis redevable, celle de vous dire tout
ce que je ne vous dis pas, & tout ce
que vous sçavez que je pense : aussi bien
me seroit-il impossible de vous exprimer avec combien de passion & de reconnoissance je suis, Monsieur, Vôtre
trés-humble, &c.

AU RE'VE'REND PE'RE
DU BUC,
PRE'DICATEUR DU ROY.

Pendant un Voyage qu'il fit à l'Abbaye de la Trappe.

JE viens, mon Révérend Pére, d'apprendre une nouvelle dont j'ay une véritable douleur, & qui vous en doit causer une des plus sensibles que vous ayïez jamais euë. La R. Mere Agnés aprés avoir vécu l'Age des Patriarches, & fait pour le moins autant de bonnes Actions qu'eux, en est allé recevoir la récompense. Les sentimens de tendresse & d'estime que je vous ay veu pour elle me font apprehender les premiers mouvemens de vôtre douleur; mais quand ils seront passez, & que vous ferez reflexion sur la sainteté de sa Vie, sa Mort vous paroîtra le comble de sa felicité; & vous rendrez grace à Dieu

de luy avoir accordé plûtôt que vous
ne le souhaitiez la Couronne que ses
Vertus ont si legitimement meritée. Il
ne faut pas toûjours aimer nos Amis
par rapport à nous, il les faut aimer
par rapport à eux-mêmes ; & s'il est
vray que vous ayiez aimé cette Sainte
Fille purement pour l'Amour d'elle,
quels biens luy pouviez vous desirer
qui soient comparables à ceux dont elle joüit ? Je ne fais que vous répéter
ce que vous dites tous les jours pour
consoler ceux qui perdent leurs Parens
& leurs Amis : l'avantage que j'ay sur
vous, c'est, mon Révérend Pére, que
vous ne l'avez peut-être jamais dit dans
une si juste occasion, & qu'il y a peu
de Personnes sur la Terre d'une Sainteté si grande que celle que le Ciel luy
vient de ravir. Consolez-vous donc
s''il vous plaît, de la perte que vous en
venez de faire par la consideration de
la gloire qu'elle s'est acquise ; & que
le souvenir des graces que vous en avez
receuës vous fasse espérer qu'elle vous
en fera encore de plus grandes, puisque
n'y ayant plus rien qui la sépare de
Dieu, les priéres qu'elle luy fera pour

vous feront plus facilement exaucées. Je ne prens pas garde que je parle à un grand Théologien & à un grand Prédicateur, qui se dira luy-même, non seulement ce que je luy dis, mais ce qu'il m'est impossible de luy dire; & qui est dans un lieu qui ne prêche que l'Austerité, la Pénitence & la Mort. Pardon, je vous prie, mon Révérend Pére, de la liberté que je prens de vous consoler. Vous êtes trop resigné à la Volonté de Dieu pour ne pas recevoir ses Decrets avec toute la soûmission qui leur est dûë; & vous avez été trop bon Amy de la R. Mere Agnés pour arroser ses Palmes de vos pleurs. Je ne vous écris que pour vous marquer la part que je prens à tout ce qui vous touche; & la passion sincére avec laquelle je suis, mon Révérend Pére, Vôtre trés-humble, &c.

A MON FILS
Religieux Théatin.

JE ne puis, mon Fils, & j'en ay un chagrin qu'il m'eſt impoſſible de vous exprimer, aller à Paris faire les honneurs de vôtre Théſe. Quoique la langue que vous parlerez me ſoit inconnuë, le déſir que j'aurois de vous entendre dire de bonnes choſes me la rendroit ſans doute intelligible ; ou du moins mon Amitié pour vous ſeroit aſſez ingénieuſe pour tâcher à découvrir dans les yeux des Auditeurs tout ce qui ſeroit à vôtre avantage. Je ne doute point que ma préſence ne vous animât à bien faire : mais je ſuis ſeur auſſi que vous ne laiſſerez pas de faire bien, quoy que je n'y ſois pas. Juſqu'icy il ne s'eſt préſenté aucune Action d'éclat dont vous ne ſoyez ſorti avec honneur. Sur tout, mon Fils, ſi vous avez envie de bien réüſſir, ſoyez le premier

à vous perſuader que cette Etude, toute dégoutante qu'elle eſt, vous eſt néceſſaire pour aller à d'autres qui ſont
d'une plus grande utilité, & que tout
ce qu'il y a de Docteurs au Monde ont
commencé par apprendre à connoître
les Lettres de l'Alphabet. Quelques
heureuſes diſpoſitions qu'on ait à devenir habile homme, ce n'eſt pas l'ouvrage d'un Jour ni d'une Année : il en
coûte de la peine & des veilles; &
l'aſſiduité que vous y avez apportée
pendant vôtre Enfance me répond que
dans un âge plus raiſonnable vous y
donnerez des ſoins plus importans.
Quoy que ce ſoit pour vous ſeul que
vous travaillerez, & que l'Erudition
que vous aurez ſoit un bien attaché à
vôtre ſeule perſonne, je regarderay
comme une marque de reconnoiſſance
du peu que j'ay fait pour vous, l'application que vous apporterez à me rendre le Pére d'un Fils habile & vertueux : & pour vous exciter par quelque choſe de plus preſſant, je vous
aſſûre que je vous en auray obligation. Tâchez donc de faire en ſorte

que vôtre Pére soit vôtre Redevable;
& forcez moy à être autant par estime
& par équité que je suis par inclination & par tendresse, Vôtre Pére trés
affçctionné.

A MA FEMME.

LETTRE ET FABLE.

IL me semble que je t'ay suffisamment parlé d'Affaires dans les deux
précédens feüillets de cette Lettre. Il
est tems que je te rende compte de ce
que tu as tant d'envie de sçavoir, &
que je te dise ingénûment comment la
Comédie d'Esope a été receuë. C'est
une Piéce d'un caractére si nouveau
que jamais homme n'a eu tant de peur
que j'en eus pendant les trois premie-
res Representations : les Fables qui en
font la beauté (supposé qu'il y en ait
dans cet Ouvrage) ne furent pas du
goût de bien du Monde ; & quoi-que
Raisin, qui fait toûjours bien, fist mieux
Esope qu'Esope ne l'auroit pû faire luy-
même, je n'osois me flater que son
mérite fust capable d'en donner assez
à ma Comédie pour la faire réüssir. Je
dois cette justice aux Auditeurs sans pré-

vention, qui vont à la Comédie pour y prendre du plaisir quand ils y en trouvent, & qui applaudissent de bonne foy ce qui leur paroît digne d'être applaudy ; je leur dois, dis-je, cette justice qu'ils me la rendoient autant qu'il leur étoit possible, & que les murmures de quelques beaux Esprits, qui sont des Gens sans miséricorde, ne faisoient aucune impression sur eux. Dans une conjoncture si embarrassante, pour essayer de faire cesser le murmure des uns, & m'attirer encore plus la bienveillance des autres, je fis cette Fable, que le lendemain, à la quatriéme Representation, Raisin entre le second & le troisiéme Acte, devoit venir dire aux Auditeurs.

LE DOGUE, ET LE BOEUF.

FABLE.

UN Dogue envieux, superbe,
Etant couché dans un Champ,
Fut assez lâche & méchant
Pour empécher le Boeuf d'y brouter un peu
  d'herbe.   Le

Le Bœuf, en mugissant, portant ailleurs ses pas,
Maudit sois-tu, dit-il, & que malheur t'arrive !

    Ta méchanceté me prive

    De ce que tu ne veux pas.

Il devoit ensuite apostropher ceux qui se déchaînoient contre les Fables, & leur dire

Messieurs les beaux Esprits que la Fable ré-
    volte ,

    Parlez sans dissimuler :

    Dans quel Champ peut-on aller

    Pour faire plus de récolte ?

A tant d'honnêtes Gens , qui sont devant vos

    yeux ,

Laissez la liberté d'applaudir ce mélange ;

Et ne ressemblez pas à ce Dogue envieux

Qui ne veut ni manger, ni souffrir que l'on

    mange.

On ne fut, grace au Ciel, obligé de dire ni l'Apostrophe ni la Fable : il y eut tant de Monde à cette quatriéme

V

Representation, & l'Applaudiffement fut
fi général que nous fûmes au moins
auffi contens des Auditeurs qu'ils le furent de nous; & ce jour là la Piéce s'af-
fermit fi bien qu'elle n'a point chancelé
depuis. Quelques-uns difent qu'on n'a
rien veu de fi bon depuis Moliere; &
ceux qui veulent me flater difent qu'il
n'a rien fait de meilleur : mais je luy
rends juftice, & je me la rends auffi;
c'eft affez dire que je ne me laiffe pas
aller à la flaterie. Par malheur il n'y a
plus que fix Reprefentations à en donner de ce Carême; & je ne doute point
que trois femaines d'interruption, & les
beaux jours d'aprés Pâques ne luy faf-
fent perdre les trois quarts de fon mérite. Il n'y a que cinq Piftoles à dire
que mes deux parts ne montent déja à
Mille Ecus; & fi le Carême eût été une
fois plus long je fuis feur qu'elles auroient encore monté à plus de cinq
Cens. A veuë de païs elles iront à prés
de quatre Mille livres, fans l'Impreffion;
& qui feroit affuré de faire deux Piéces
par an avec le même fuccés, n'auroit
guéres befoin d'autre Employ. J'en don-
nay hier une Demi-douzaine d'Exem-

plaires au jeune Avocat Bertet, qui part
demain ; & pour l'obliger à te les rendre fidellement je luy fis prefent d'un
pour le port. Quelque peu que je t'en
envoye fais en forte, je te prie, d'en
garder au moins un pour toy : & fois
perfuadée que le plus grand plaifir que
m'ait caufé cet heureux fuccés, a été
par rapport à la part que tu voudrois
bien y prendre. Je voudrois, ma chere
Michelon, qu'il y eût moins d'efpace entre toy & moy, pour te donner de plus
fenfibles marques de la tendreffe avec
laquelle tu fçais que je fuis, Tout à
Toy.

A MONSIEUR ****

Président à Mortier au Parlement de Dijon.

Monsieur,

Je ne pouvois recevoir aucune nouvelle plus satisfaisante pour moy que celle que vous m'avez fait l'honneur de m'apprendre du Mariage de Monsieur vôtre Fils. J'entre assez avant dans vos interêts, & dans les siens pour me faire un sensible plaisir de tout ce qui est capable de vous en causer : & ce grand dessein me donne d'autant plus de joye que je ne vois aucun lieu de douter que la suite n'en soit extrémement heureuse. J'espére, Monsieur, que les marques de bonté & de tendresse que vous luy donnerez dans une occasion si importante seront suivies de la reconnoissance qui est si naturelle aux Personnes de sa qualité & de son merite; & que la satisfaction que vous aurez de luy faire un établissement ne sera pas plus grande que celle qu'il aura de vous le devoir. Je souhaite, Monsieur, que vous ayez toûjours de justes sujets de vous en loüer; & qu'à la grace que vous m'avez faite de m'apprendre une si bonne nouvelle, vous ajoûtiez celle de me croire avec beaucoup d'estime & de respect,

MONSIEUR,

Vôtre trés-humble & trés-obeïssant serviteur.

LETTRE,

DE MONSIEUR RAISIN,

A L'AUTEUR.

JE dois ce soir, moy indigne, souper avec Messieurs de Vandôme, de la Fare, l'Abbé de Chaulieu, & quelques autres de ce Mérite, ou approchant, à qui j'ay dit que le vôtre ne paroissoit petit qu'à ceux qui ne le connoissoient pas. Je leur ay soûtenu que Moliere, dont les Ouvrages ont tant de réputation, & si justement, ne faisoit pas mieux des Vers que vous; & je me suis offert à les en faire convenir s'ils vouloient avoir autant d'équité qu'ils ont d'esprit. A vous dire vray, je croy m'être un peu trop avancé, mais cela vous regarde plus que moy; & si je ne sors pas de cette Affaire à mon honneur ce sera encore moins au vôtre. Aidez-moy, je vous prie, à me faire tenir la

parole qui m'eſt échapée ; & ne manquez pas, toute choſe ceſſante, de m'envoyer la Scéne que Momus & Phaéton
font enſemble, où j'ay trouvé d'auſſi
beaux Vers qu'on en puiſſe faire, ſans
en excepter qui que ce ſoit. Je l'étu-
dieray avec tant de ſoin, & la réciteray
avec tant de feu que je me trompe fort
ſi je ne la leur fais trouver bonne. Sur
tout ; un peu plus de diligence que
vous n'avez coûtume d'en avoir. Je n'ay
pas trop de tems pour la beſogne que
j'ay à faire ; & pour peu que nous
fuyïons je vous laiſſe à penſer de qui
l'on ſe moquera le plus. Ne perdez pas
un moment à me donner la ſatisfaction
que j'attens de vous ; & je me flate
que vous en recevrez de moy une entiére. Je vous donne le bon jour.

R A I S I N.

RÉPONSE

DE L'AUTEUR

A MONSIEUR RAISIN.

A Quoy, Diable, vous êtes-vous engagé : & que pouviez-vous faire de
pis contre moy que d'expofer mes Vers
à une Critique fi délicate ? Je fçay bien
qu'il n'y a point d'Approbation plus
glorieufe ; & que le plus grand honneur que je pûffe avoir feroit de la mériter : mais vous me parlez de Gens
trop accoûtumez à voir de belles chofes pour en applaudir de médiocres ; &
quelque deffein que vous ayïez eu
quand vous avez dit que Moliére ne
faifoit pas mieux des Vers que moy, c'eft
une héréfie dont je ferois au defefpoir
d'être foupçonné. Je vais tranfcrire la
Scéne que vous me demandez , non
dans la penfée de lutter avec un auffi
habile homme que celúy avec qui vous
avez eu l'imprudence de me comparer :
il y

il y a trop d'inégalité de mes forces
aux fiennes ; & le chemin qu'il a pris
pour aller à la gloire y conduit fi droit
que je me contenterois de l'y fuivre de
bien loin. Quant au refte, démêlez-
vous en comme vous pourrez. Comme
je n'ay point de part à l'entreprife, je
confens à n'en point avoir au fuccés,
perfuadé que fi vous réüffiffez il y aura
plus de vôtre mérite que du mien; &
que ce ne fera pas la premiére méchante chofe que vous ayiez fait valoir. Je
m'impofe filence pour écrire ce que
vous me demandez.

S C E N E.

PHAE'TON, MOMUS.

PHAE'TON.

NOn, Momus, vos difcours ne font point
de faifon ;
Je prétens me vanger de ce mortel outrage.

MOMUS.

Il a tort? Vous avez raifon :
Que diable voulez-vous qu'on dife davantage ?

Z

Quoi-qu'on fçache là-haut, auſſi bien qu'icy-
bas
Que vous êtes le Fils du Dieu de la Lumière
Je vous ay déja dit que je ne voudrois pas
Approfondir cette matiére.

PHAE'TON.

Non , vous dis-je , il eſt beau que j'en faſſe du
bruit :
Ma naiſſance eſt-elle incertaine ?
L'Univers n'eſt-il pas inſtruit
De ce que le Soleil a ſenti pour Climene ?

MOMUS.

Ouy , ſans doute , tout l'Univers
A ſceu que le Soleil a ſoupiré pour elle :
Mais qui ſçait ſi toûjours elle luy fut fidelle ;
Et ſi rien de ſa part n'eſt allé de travers ?
Vous m'allez alléguer qu'il ſeroit dificile
Qu'elle eût pour un Mortel voulu quitter un
Dieu :
Si cette raiſon a lieu
C'eſt une fois entre mille.
Il faut avec les Dieux être toûjours guindé ;
En prenant de l'amour, concevoir de la crainte ;
D'un reſpect importun avoir l'eſprit bridé ;
Et la tendreſſe eſt foible où regne la contrainte.

Il est certain plaisir que je ne nomme pas

Quoi - qu'il soit le plus grand de tous ceux
qu'on renomme,

Où plus on fait voir qu'on est homme

Plus on y fait trouver d'appas.

Pour combien de Mortels, sçavans en l'art de
plaire,

Les Maîtresses des Dieux leur font-elles faux-
bon ?

J'en connois quelqués - uns, bastis d'une maniere

A ne dire jamais non ;

Et Madame vôtre Mere

A toûjours eu le goust bon.

PHAETON.

Hé que prétendez-vous par là me faire entendre ?

MOMUS.

Rien : je veux seulement par maniére d'aquit,

Tâcher à vous faire comprendre

Qu'il n'est pas toûjours sûr qu'on ait l'heur de
descendre

Du Pére que la Mére dit.

PHAETON.

Je sçay que de Momus la langue médisante

Z. ij

En quelque rang qu'on soit pousse chacun à
   bout :
Mais, eût-elle à médire une plus forte pente,
    Elle n'a rien qui m'épouvante ;
Le Soleil est mon Père, & le Soleil void tout.
Ma Mére de tout tems fut sensible à la gloire :
    Mais quand elle l'eût moins été
    Elle n'en pouvoit faire accroire
    Au Dieu qui donne la clarté.

M O M U S.

Que je plains vos raisons si c'est là la meil-
   leure !
Quelque précaution qu'on prenne en cas pareil
    L'Amour, plus fin que le Soleil ,
    Fait bien du chemin dans une heure.
Il trompe le plus simple, & le plus défiant :
Et quelque opinion que puisse être la vôtre,
    Le Dieu le plus clair-voyant
    N'y void pas plus clair qu'un autre.
    Croyez-moy , Seigneur Phaëton ,
C'est en Dieu de bon sens qu'avec vous je m'ex-
   plique :
    Ne prenez point un si haut ton
    En chose si problématique.
Vous pouvez me répondre, & vous aurez raison,

Qu'il vous importe peu qui vous ait donné l'ê-
tre ;

 Que le Soleil soit vôtre Pére ou non,

 Il vous suffit qu'il s'imagine l'être :

Aussi-bien, entre nous, à parler tout de bon,

Lors qu'on dit qu'un Enfant nous doit son origine

  A moins qu'on ne se l'imagine

  Quelle certitude en a-t-on ? &c.

Vous devez, je croy être satisfait de ma diligence. Il étoit huit heures lors que j'ay receu vôtre Billet ; & il n'en sera pas dix quand vous recevrez ma Réponse. J'ay bien peur que nous n'ayïons été trop viste l'un & l'autre, & que nous n'en soyïons contens ni vous ni moy. L'enjoûment où vous ê-tes de cette Scéne vous persuade que tout le monde y doit prendre autant de plaisir que vous : & vous ne faites pas réflexion que l'Amitié que vous a-vez pour moy vous y fait trouver des beautez que ceux à qui je suis indiffé-rent n'y trouveront pas. Je ne vous re-

    Z iij

commande point de bien faire : il y va
plus de vôtre interêt que du mien ; &
fans doute il vous feroit honteux (aprés
ce que vous avez avancé à des Altef-
fes) que des Vers qui vous ont paru
bons dans ma bouche, fuffent trouvez
mauvais dans celle d'un Comédien plus
habile que feu Rofcius. Je me trouveray demain au favoureux repas que
vôtre gros & bon Ami Dubois vous pré-
pare ; où vous me direz le fuccés que
vous aurez eu. Puiffiez-vous, pour le
bon jour que vous m'avez donné, avoir
un auffi bon foir que je vous le fouhaite.

A MONSIEUR ✳✳✳

Capitaine de Dragons, qui avoit prié l'Auteur de mettre une Piece de Théatre fous fon Nom, pour avoir la faculté d'entrer à la Comédie *gratis*. Avec une Apoftille fur PE'-FOURNIER.

LETTRE ET FABLE.

Vous croyez, Monfieur, & vous ne pouvez me faire une plus grande injuftice, que c'eft manque de confidération pour vous que je vous refufe ce que vous me demandez. Puis-je vous montrer une eftime plus fincére que de ne pas vouloir faire d'un bon Officier un méchant Auteur ? On ne trouve en vous aucun des deffauts qui font les bonnes qualitez des Gens de vôtre âge, & de vôtre profeffion. Vous ne joüez

Z iiij

point ; vous ne buvez point ; & pour
tout dire vous êtes plus estimé par ce
que vous ne faites point, que vos Ca-
marades ne le font par ce qu'ils font de
plus estimable. Qui le croiroit que tout
jeune & tout Capitaine que vous êtes
la Comédie soit la plus grande de vos
débauches ! Vous m'avez juré que depuis la Touffaints jusqu'à la fin du Carême il vous en avoit coûté dix Pistoles pour la voir ; & je demeure d'accord que c'est beaucoup pour un jeune
Gentilhomme à qui son Pere n'accorde
que Cent Ecus par an, & à qui le Roy
ne donne pas grand-chose : mais que
c'est peu en comparaison de ce qu'il
vous en coûteroit si vous étiez obligé
d'aller vous-même lire une Piece aux
Comédiens ! Je n'ay jamais été plus véritablement vôtre Amy qu'en vous re-
fufant ce que vous souhaitiez de moy :
ma complaisance m'auroit fait perdre
vôtre estime ; & quelques bonnes in-
tentions que vous ayïez vous n'auriez
pû vous empêcher de me vouloir mal
des chagrins où je vous aurois exposé.
Pour vous defabufer de l'opinion où
vous êtes que je ne vous ay pas voulu

rendre un bon office, voyez, je vous prie, par le détail de ce que vous auriez eu à souffrir, si le plus grand de vos Ennemis auroit pû vous en rendre un plus mauvais. Les Comédiens, persuadez que la premiere Piece d'un Auteur est toûjours méchante , (plût au Ciel qu'ils n'eussent jamais plus de tort) ne vous donneroient audience que parce qu'ils ne pourroient vous la refuser : mais à peine vous en laisseroient-ils lire un Acte entier sans vous faire je ne sçay combien d'objections, à quoy il vous seroit impossible de répondre ; & qui vous dégouteroient pour toûjours de l'envie dépravée de vouloir paroître Auteur. Je suis obligé de rendre justice à la Verité , & d'avoüer qu'il y en a quelques-uns dont le discernement est trés juste , & qui sont capables de donner de bons Avis ; mais on dit qu'ils les vendent un peu cher ; & que ceux qui en ont pris une fois n'y retournent plus.

> S'il est vray ce que l'on raconte
> Qu'ils prétendent trouver leur compte
> En donnant aux Auteurs des Avis bien ou mal ;

Pour les juſtifier je ne ſçay point d'excuſes:
    Mettre des impoſts ſur les Muſes
    C'eſt dérober à l'Hôpital.

D'ailleurs, Monſieur, quoi-que vous
ſçachiez tout ce qu'un galant homme
peut ſçavoir, & que vous parliez de
Contreſcarpes, de Demi-Lunes & de
Baſtions auſſi bien que les Vaubans &
les Marignis ; qui vous demanderoit
combien un Vers a de pieds, & ce
que c'eſt qu'un Hémiſtiche, un Hiatus
& une Cacophonie, quel jargon, bon
Dieu! ſeroit-ce pour vous ? Si la Comédie dont vous vous diriez l'Auteur
étoit méchante, (comme apparemment
elle ne ſeroit pas fort bonne ſi je la faiſois) vous auriez beau la déſavoüer,
on ne vous feroit pas la juſtice de vous
croire ; & cela vous donneroit un ridicule qu'en Amy ſincére je vous con-
ſeille de vous épargner. Si au contraire elle n'étoit pas mauvaiſe, ou même
que ſans mérite elle eût un heureux
ſuccés, comme beaucoup d'autres, le
peu de connoiſſance que vous avez des

Régles du Théatre trahiroit infailliblement vôtre fecret : & je vous laiffe à
penfer quel autre ridicule ce feroit, je
ne dis pas fi l'on étoit fûr, mais fi l'on
foupçonnoit feulement qu'elle ne fût
pas de vous. Pefez fans prévention ce
que je vous écris, & vous m'aurez obligation de mon refus. Je vois trop à
perdre & trop peu à gagner pour vous
dans la priere que vous me faites : &
fi la Comédie eft un plaifir dont vous
ne puiffiez abfolument vous paffer, il
vaut mieux qu'il vous en coûte vôtre
argent que vôtre réputation. Vous ne
pourriez échaper à cent railleries piquantes qui vous defefpéreroient : ma
prefence même vous fembleroit un reproche ; & quoi-que cette Fable ait été
faite plus de deux mille ans avant que
vous fuffiez au monde, vous ne la li-
riez jamais fans vous imaginer que je
l'aurois renouvellée exprés pour vous.

LES PAONS ET LE GEAY.

F A B L E.

Quelques Pâns ayant müé

Un Geay de leur dépoüille à l'inftant s'accommode :

Et d'un fi beau plumage étant infatué
  Il s'en bigarre à fa mode,
  Aprés avoir quelque tems
  Admiré fa braverie,
  Il fe mêle aux autres Pâns,
Et foûtient la gageure avec effronterie.
D'abord un plein fuccés feconde fon efpoir :
  On le flate, on le careffe ;
  Et l'on eft ravy de voir
  Ce Pân de nouvelle efpéce.
Mais s'étant fait connoître à fon jargon fuf-
 pect ,
(Car jafer fotement fut toûjours fa coûtume)
Loin de garder pour luy ni bonté ni refpect
On fuit de ce Brigand l'injurieux afpect :
  Et pour comble d'amertume
  Chacun luy tire une plume,
  Et luy donne un coup de bec.

Croyez-moy, Monfieur ; voyez la Comédie comme vous avez fait jufques-
icy, & payez-là de même : c'eft le meil-

leur parti qu'un homme de vôtre mérite & de vôtre qualité puisse prendre.
Les Actions que vous avez faites à Namur vous ont acquis un commencement
de gloire qu'il faut faire aller le plus
loin qu'il vous sera possible : & si malheureusement on venoit à sçavoir que
vous eussiez eu la foiblesse de vous dire l'Auteur d'un Ouvrage que vous n'auriez pas fait, ce seroit une tache que
vous n'effaceriez de vôtre vie. Je ne
biaise point pour vous dire la verité ;
& si vous en voulez sçavoir la raison,
c'est, mon cher Monsieur, que je suis
veritablement, Vôtre trés-humble, &c.

APOSTILLE.

Quand vous écrirez à Monsieur vôtre Pére ayez la bonté de l'assurer de
mes respects : & si vous croyez luy faire plaisir, mandez-luy un incident qui
arriva la semaine passée à Pé-Fournier,
son Procureur, en plaidant contre un
jeune Avocat à la Tournelle-Civile. Le
Barreau éclata de rire ; & la Cour, toute serieuse qu'elle est, eut beaucoup de
peine à garder sa gravité. L'Epigram-

me que je mets icy, & que vous luy envoirez, luy expliquera affez cet incident.

PE'-FOURNIER, méchant Borgne, & Procureur fubtil,

Contre un jeune Avocat déployant fon babil

Dit qu'au lieu de raifons il contoit des fornettes :

Des inutilitez d'un Orateur tranfy.

Mes raifons, répondit l'Avocat, font fort nettes ;

  Et rien n'eft inutile icy

  Qu'un des côtez de vos Lunettes.

A MONSEIGNEUR
FLECHIER,
DE L'ACADE'MIE FRANCOISE.

EVESQUE DE NISMES;
Sur une Gageure.

Pour sçavoir s'il faut dire au pre-sent : perds-je *mon Argent,* ou perdé-je *mon Argent.*

MONSEIGNEUR,

Est-il possible que ce que je viens d'apprendre soit véritable, & que vous vous soyiez déclaré pour une façon de parler que condamne la Raison, & que n'autorise point l'Usage ? Quand je par-

le de l'Ufage j'entens ce que difent les
honnêtes Gens , & non ce que dit le
Peuple , qui feroit bientôt dégénérer
nôtre Langue en jargon fi l'on faifoit
un Ufage de fes fotifes. Une preuve
que *perdé-je* mon Argent n'eft point du
bel Ufage, c'eft, Monfeigneur, que vous
n'oferiez vous en fervir : & comme vous
êtes le Modele le plus parfait que ceux
qui veulent fçavoir la pureté de la Langue Françoife tâchent de fuivre , vous
jugez bien qu'on ne croira jamais du
bel Ufage une façon de parler dont
vous ne vous fervirez pas. Je fçay , &
toute la France le fçait comme moy ,
que fur nôtre Langue , & fur beaucoup
d'autres , tout ce que vous prononcez
font des Arrêts , & que s'il y a quelque
Juge Souverain fur cette matiere ce
doit être vous : mais peu de Perfonnes
perdent leur procés fans s'imaginer
qu'on leur fait une injuftice ; & ne doutant point que vous n'ayiez autant d'é-
quité que de politeffe (c'eft affez dire
que vous en avez beaucoup) tout ce
que je puis faire, pour conferver le refpect que je vous dois , c'eft de croire
que vous avez décidé la chofe avec un
peu

peu de précipitation. Vaugelas, qui eſt le plus habile homme que nous ayïons eu, avant vous, pour la délicateſſe de nôtre Langue, eſt formellement pour moy : & voicy mot pour mot comme il s'explique dans les judicieuſes Remarques qui luy ont acquis une ſi grande réputation. Aprés avoir condamné certaines façons de parler dont on ſe ſert dans les Provinces, il dit :

« Il y a encore une remarque à faire, » même pour ceux qui ſont de Paris & de » la Cour, dont pluſieurs diſent, *menté-* » *je*, pour dire *ments-je*, *perdé-je*, pour » dire, *perds-je*; *rompé-je*, pour dire » *romps-je*. Nous n'avons pas un ſeul Au- » teur, ni en Proſe ni en Vers, je dis » des plus médiocres, qui ait jamais é- » crit, *menté-je*, ni *perdé-je*, ni rien de » ſemblable. »

A quoy il ne ſert de rien, ajou- » te-t-il plus bas, d'oppoſer que *ments-je*, » *perds-je*, *romps-je*, font un fort mauvais » ſon; car ceux qui diſent qu'il faut par- » ler ainſi, n'en demeurent pas d'accord, » & trouvent au contraire, que c'eſt *men-* » *té-je*, *perdé-je*, *rompé-je*, qui ſont inſup- » portables à l'oreille, auſſi-bien qu'à la » raiſon, &c.

Je veux qu'il y ait des façons de parler qui ayent vieilly depuis Vauge-las, & qui ne foient plus du bel Ufage : le pis qu'on puiffe faire contre moy, c'eft de confulter ceux qui ont écrit a-prés luy fur la même matiere, comme Monfieur Corneille, Monfieur Ménage, & le R. P. Bouhours : & fi quelqu'un d'eux dit pofitivement que *perdé-je* foit du bel Ufage, je foufcris avec beaucoup de foumiffion à leur fentiment, parce qu'apparemment ils ne l'ont pas mis fans faire auparavant toutes les reflexions neceffaires.

Il eft vray qu'une des plus délicates Plumes qui ayent jamais été (c'eft de la Célébre Mademoifelle de Scudery dont je parle) a mis quelquefois dans les Ouvrages inimitables qu'elle a donnez au Public : *Auffi ne prétendé-je pas*, pour dire, *auffi ne prétens-je pas* ; & que ce qu'elle écrit devroit être une loy pour les autres : Cependant tout Illuftre qu'elle eft, elle n'a été fuivie en cette occafion de qui que ce foit ; & vous ne doutez pas, Monfeigneur, que fi cette façon de parler eût pû s'introduire, elle venoit d'affez bonne part pour être favorablement receuë.

Malgré ce que Vaugelas a dit en faveur de *perds-je*, je ne prétens pas soûtenir que cette maniere de parler soit
du bel Usage : je soûtiens au contraire
que ceux qui parlent bien doivent l'é-
viter ; & lors que j'ay parié trois Louïs
d'or ç'a été seulement que dans une ab-
soluë & indispensable nécessité de dire
perds-je ou *perdé-je*, *perds-je* est préférable à l'autre.

Tout ce qu'il y a d'Avocats fameux
disent toûjours *perds-je* mon Droit,
perds-je mon Hypotéque, *perds-je* ma
Cause ; & jamais le mot de *perdé-je* ne
leur échape. Pour ne pas être de l'Académie ce n'est pas une conséquence
qu'il n'y en ait beaucoup qui seroient
trés dignes d'en être ; & l'on en void
qui manient les termes du Droit avec
tant de délicatesse qu'ils en ôtent toute
la barbarie.

Si l'Eloquence du Barreau ne vous
paroît pas une autorité d'assez grand
poids, Monsieur de Langres, que j'ay eu
l'honneur de voir ce matin , qui non
seulement est de la Cour, mais qui demeure d'accord luy-même qu'il est grand
Joüeur ; & qui par conséquent doit être

A a iij

bon Juge des termes dont il s'agit,
m'a dit que tous les Joüeurs de diſtin-
&tion diſent *perds-je* mon Argent, &
non pas *perdé-je* : Et ſi j'oſois prendre
la liberté de me ſervir d'une Autorité
au deſſus de toutes les autres, je vous
dirois, Monſeigneur, qu'il m'a aſſuré
que le Roy, qui parle mieux que l'A-
cadémie dont il eſt le Prote&teur, diſoit ces jours paſſez : *Depuis ſix Ans*
que j'ay tant d'Ennemis ſur les bras,
perds-je *un ſeul pouce de Terre ?*

Quoi-que je ne dûſſe plus rien citer
aprés un ſi grand Exemple, ſouffrez
s'il vous plaît, que je vous demande
encore ſi jamais vous avez oüy dire à
Monſieur de Périgueux, à Monſieur d'A-
gen, à Monſieur de Meaux, au Pere Bour-
daloüe ; & pour tout dire, vous-même,
Monſeigneur, vous-même, avez-vous jamais dit le mot de *perdé-je,* en tant
d'occaſions où vous avez parlé avec un
ſi grand ſuccés ?

Corneille, Racine, Deſpréaux, Moliere, & tout ce qu'il y a eu, & qu'il
y a encore de Gens Celebres pour la
Poéſie, ont-ils jamais uſé de cette façon de parler dans aucun endroit de

tant d'Ouvrages qui ont immortalisé leur Nom ; & si les Avocats, les Predicateurs, les Poëtes, les Courtisans, le Roy même, ne s'en servent pas, comment *perdé-je* peut-il être du bel Usage ?

La lie du Peuple, secondé de quelques Laquais de la Cour, qui joüent ordinairement au Lansquenet ou au Brelan en attendant leurs Maîtres, sont les premiers qui ont introduit le mot de *perdé je* ; & qui faute de connoissance ont crû que *mangé-je*, & *bûvé-je* étoient aussi bien dits l'un que l'autre. Si ce qui est usité parmi eux devenoit un Usage général, on diroit bientôt, *Voyé-je* clair, *croyé-je* un mensonge, *fuyé-je* les coups, & une infinité d'autres mauvais termes dont ils se servent, qui leur semblent meilleurs que *crois-je*, *vois-je*, *fuis-je*, qui sont ceux dont il se faut servir.

De quelle utilité est la plus Illustre Compagnie de l'Europe, je veux dire l'Académie Françoise, si elle souffre que nôtre Langue se corrompe sans s'y opposer ? Ne devroit-elle pas, quand elle void quelque mauvais mot qu'on s'efforce d'introduire, s'efforcer de son côté, d'en empefcher le cours : & puifqu'elle eft, pour ainfi dire, la Dépositaire de nôtre Langue, & que le Roy luy en a confié le foin, n'eft-il pas de fon devoir de travailler à la faire paffer aux Siécles à venir dans toute fa pureté ? La premiere fois que *perdé-je*, a été à fes oreilles, fi elle l'avoit profcrit, comme elle y étoit obligée, il n'auroit pas paffé de la Canaille à la petite Bourgeoifie, & de là aux Procureurs & aux Marchands, à qui le fon d'un écu fait plus de plaifir que celuy de la plus délicate periode qu'on puiffe faire. Y avoit-il rien de plus aifé que de dire : *Aujourd'huy l'Académie Françoife affemblée, ayant appris que de petites Gens, fans connoiffance & fans érudition prononcent* perdé-je, *au lieu de dire* perds-je, *a déclaré que le terme de* perdé-je *eft déteftable ; & qu'il n'y a Perfonne de diftinction & de mérite qui s'en puiffe raifonnablement fervir;* Et croyez-vous, Monfeigneur, qu'aprés une pareille Décifion quelqu'un eût ofé le prononcer ? C'eft ce que l'Académie devroit encore faire à tous les mauvais mots & à toutes les méchantes phrafes qui vont jufqu'à elle. Elle monttreroit par là fon autorité : rendroit un grand fervice au Public ; & conferveroit toutes fes graces à une Langue qui luy en doit la meilleure partie.

Je ne doute point, Monfeigneur, que vous, qui en êtes un Membre fi confidérable, & qui faites des Ouvrages qui ne périront que par la diffolution des Siécles, je ne doute point, dis-je, que ce que vous voudrez faire paffer ne paffe ; & que tout méchant qu'eft le terme de *perdé-je* il ne foit déformais du bel Ufage, s'il vous plaît de le faire trouver bon : mais jufqu'à ce que vous l'ayïez écrit, ou que je vous l'aye entendu dire, permettez-moy d'appeller de vous à vous même ; & de vous demander au moins , avec un peu de reflexion, la confirmation d'un jugement que vrai-femblablement vous avez rendu fans en faire. Sur tout, Monfeigneur, fi vous me faites perdre ma gageure que ce foit fans perdre vôtre bienveïllance : il s'en faut beaucoup

que l'une ne me touche tant que l'autre. Quand vous vous déclarerez une
seconde fois pour *perdé-je* ; que *perds-je*
en comparaison de l'honneur d'être ?

MONSEIGNEUR,

Vôtre trés-humble, & trés-
obeïssant serviteur.

A

A MONSIEUR

DE QUANTE'AL,

Docteur en Médecine, à qui l'Auteur recommande un Apoticaire.

UN Apoticaire , qui se donne au Diable qu'il est de mes parens, (je me donne au Diable si je sçay par où) ne jugeant pas les Gens de sa Patrie dignes de ses Génuflexions, & ayant dessein de s'établir en vôtre Ville, m'a prié de vous le recommander ; & je vous le recommande. C'est un homme, qui charmé de sa Profession s'y est appliqué uniquement ; & de crainte d'être dissipé n'a jamais voulu sçavoir autre chose. Sa phisionomie suffit pour justifier qu'il n'a point de méchans desseins ; & que s'il luy arrive de donner de l'Arsenic pour du Sucre ce sera de la meilleure foy du monde. Il a fait

B b

cinq ou six Campagnes pendant ces der-
nieres Guerres, en qualité d'Apoticaire
des Suisses & Grisons, & je dois ce té-
moignâge à la Vérité que dans toutes
les Gazettes que j'ay luës on n'a fait
mention d'aucun *qui pro quo* qu'on luy
puisse reprocher. A l'égard de la bonté de ses Drogues, il m'a dit en confidence qu'il emportoit d'icy dequoy
faire des Lavemens, bouche que veux-
tu. Il n'est point de teint, quelque
broüillé qu'il puisse être, que par la
Vertu de sa Seringue il ne rende uni
comme une glace; & quand on a le secret d'infuser des Attraits aux Dames,
vous ne doutez pas qu'on ne soit bien
venu par tout. Enfin, Monsieur, il ne
vous en coutera qu'un coup d'œil pour
voir tout le mérite que Dieu luy a donné. Il n'est pas de ces Gens journaliers
qui aujourd'huy font paroître un grand
Esprit & demain un médiocre : celuy
qu'il vous montrera d'abord est le même qu'il aura toute sa vie ; & s'il ne vous
paroît pas d'une grandeur surprenante
vous le trouverez au moins d'une raisonnable grosseur. Sur le Portrait que
je vous en fais, & que je vous garen-

tis reſſemblant , vous jugez bien que
pour le faire paſſer pour habile homme il faut que vous le ſoyïez extrémement vous même; & que voicy une
occaſion à ne rien oublier de tout vôtre ſçavoir-faire. Une choſe plus aiſée
me ſembleroit moins digne de vous :
& peut-être ſuis-je le ſeul homme
au Monde qui ait aſſez de Foy en un
Médecin pour en attendre une eſpéce
de miracle. Je ſçay bien que vous a-
vez ſouvent arraché d'entre les bras de
la Mort des Perſonnes dont elle avoit
juré de faire ſa proye ; & que vous ê-
tes celuy de toute la Faculté à qui elle craint le plus d'avoir affaire : mais
au moins y a-t-il encore quelque ſi-
gne de Vie dans les Malades que vous
guériſſez ; & le Couſin que je vous
prie de faire paſſer pour habile homme , n'en a jamais montré aucun ſi-
gne. Eſſayez pourtant de luy être utile, quelques difficultez que vous y trouviez : c'eſt moy qui vous en conjure ;
& je ne ſçay point d'obſtacle que je
ne ſois capable de ſurmonter quand il
s'agira de vous aſſurer que je ſuis, Monſieur, Vôtre trés-humble, &c.

Bb ij

A MONSIEUR

BAUDRAND,

Docteur de Sorbonne, Ancien Curé de Saint Sulpice ; qui auroit bien fait de l'être toûjours.

LETTRE ET FABLE.

JE vous ay dit bien des fois, Monfieur, & je ne me lasseray jamais de vous le redire, que rien n'est plus instructif que les Fables ; & qu'Esope a été l'un des plus droits & des plus judicieux hommes du Monde. Ce n'est pas de la droiture de son Corps dont j'entens parler ; il n'y en a jamais eu de moins droit que le sien : c'est de la droiture de son Cœur & de son Esprit. Jamais homme n'a fait en si peu de mots de si grandes Leçons : & s'il étoit né sept ou huit cens ans plus tard, je ne doute point que nôtre Religion n'en eût fait un Saint. Il nous marque le chemin qu'il faut suivre pour aller au bien ; & nous détourne de celuy qui conduit au mal : qu'y a-t-il à souhaiter de plus ? Je croy qu'on ne peut faire un faux pas dans le sentier qu'il nous trace ; & qu'il est impossible d'en sortir sans s'égarer. Comme il ne veut pas que nous nous flations d'avoir plus de probité que d'autres, qui en ont peut-être plus que nous, il ne veut pas aussi que nous remettions à d'autres les bonnes Actions que nous pouvons faire nous-mêmes : & si vous l'aviez crû assez vôtre Amy pour le consulter sur ce que vous venez de faire, je suis persuadé que la Fable que vous allez lire vous y auroit fait penser plus d'une fois.

LE PÉLICAN,

FABLE.

Dans un Canton fertile un Pélican régnoit,
Qui soir & matin se saignoit
Par tendresse pour sa Couvée ;

B b iij

Aux Oiseaux d'alentour il se montroit si doux
   Que généralement de tous
   Sa conduite étoit approuvée.
Maître d'un Pâturage, absolument à luy,
Dont il se nourissoit, & soulageoit Autruy,
Son plaisir le plus grand étoit d'en pouvoir
   faire :
Quand, par un accident dificile à prévoir,
Se croyant hors d'état de remplir son devoir
Du Bien qu'il possedoit il voulut se deffaire.
Plus d'un Amy sincére eut soin de l'avertir
Qu'il pourroit par la suite avoir du repentir
   D'abandonner son Pâturage :
Mais bien loin de changer de résolution
Il soûtint que celuy qui ne fait point l'Ou-
   vrage,
N'en devoit point avoir la Rétribution.
Que pour être d'un Bien le légitime Maître,
Il faloit le devoir au Travail précédent :
Ce sentiment est beau ; mais tout beau qu'il
   puisse être
      Je doute qu'il soit bien prudent.
      Il jetta les yeux sur un Cigne
      Pour qui son estime éclatoit ;
      Et qui luy parut le plus digne

De posséder ce qu'il quitoit.
Il se peut que le Cigne ait un Mérite extrême,
Et que le Pélican ne pouvoit mieux choisir :
  Mais le plus sensible plaisir
Est de pouvoir toûjours faire bien par soy-
  même.

Je sçay, Monsieur, que tout ce qu'il
y a eu de Siécles depuis Esope jusqu'à
nous, l'ont tous estimé grand Philosophe : mais je ne sçavois pas qu'il fût
Prophéte, & qu'il vous eût apperçû à travers l'espace de plus de deux Mille ans
qui étoient entre vous & luy. Je vous
reconnois d'un bout à l'autre dans le
Pélican ; & quand le bon Phrigien vous
auroit dessigné d'aprés Nature il ne vous
auroit pas fait plus ressemblant. Combien de fois avez-vous tiré du Sang de
vos Veines, & retranché de ce qui vous
étoit absolument necessaire pour en assister les Pauvres de vôtre Paroisse, pour
qui vous aviez plus de tendresse que
jamais le Pélican n'en a eu pour ses petits? Je ne parle point par oüy dire. Je
vous ay vû vous refuser une Soutane,
              B b iiij

pour avoir la satisfaction de donner la préférence à un Pauvre, qui vous parut avoir plus besoin d'un habit que vous ; & quand Dieu ne vous tiendroit pas compte de cette Action je vous en trou-vay affez recompenfé par le plaifir que vous y preniez. Je prévoy que vous me voudrez mal de ce que j'ay la Mémoi-re fi bonne. Vôtre Modeftie eft fi défo-bligeante qu'elle ne veut pas qu'on pro-fite des bons exemples que prêtent vos autres Vertus : mais je n'ay plus de me-fures à garder avec vous : pour peu que vous me chagriniez je diray tout ce que je vous ay vû faire ; & je vous couvri-ray de confufion à force de citer de bonnes Oeuvres. Je ne puis mieux me vanger de ce que vous nous avez qui-té qu'en faifant voir tout ce que vous nous faites perdre : ni mieux vous faire connoître avec combien de fincérité & d'eftime j'ay toûjours été, Monfieur, Vôtre trés-humble & trés-obeïffant fer-viteur.

A MADAME
LA COMTESSE
DE LA RIVIE'RE,
qui fit entendre deux Sermons à l'Auteur, dans un même jour.

J'Entendis avant-hier deux Sermons, & vous en porterez le péché : ce fut vous, Madame, qui en fustes la cause. Il est vray que l'animosité que Monsieur l'Abbé * * * & le Révérend Pére * * * ont l'un pour l'autre y contribua un peu. Je voulus voir qui médisoit le plus justement ; & aprés avoir tout pesé le plus équitablement que je pûs, je trouvay que les choses étoient bien égales. Monsieur l'Abbé prêcha le matin à Saint * * * & le R. P. aprés dîné à son Convent. Heureusement c'é-

toit le pardon des Ennemis : & je vous
avoüe que ce ne fut pas un médiocre
plaisir pour moy de leur entendre prononcer tant d'Anathémes contre ceux
qui ne se pardonnent pas ; eux qui ont
si peu de disposition à se pardonner,
& qui se déchirent avec un déchaîne-
ment qui va jusqu'à la fureur. Ne me
demandez point qui prêche le mieux ;
en vérité, Madame, j'aurois de la peine à vous répondre : mieux, suppose
un bien que je ne trouvay ni dans l'Abbé ni dans le Moine ; & je fus si peu
édifié de tous les deux qu'en passant
aux Tuilleries pour aller à l'Hôtel de ***
où j'étois prié de me trouver, pour entendre un Panegyrique du Roy, je ne
pûs m'empêcher de faire cette Epigramme sur la justice que ces Prédicateurs se rendent réciproquement.

Il n'est point d'équité que n'efface la vôtre ;
    Elle est hors de comparaison :
Que de mépris vous avez l'un pour l'autre,
    Et que vous avez de raison !

Peut-être croyez-vous que la beauté
du Panégyrique me dédommagea de la
médiocrité des Sermons : & si vous le
croyez, c'est (sans peut-être) le plus
franc jugement téméraire que vous
ayïez fait de vôtre vie. Ce Panégyrique étoit en Vers , prétendus héroï-
ques , mais qui de bonne foy ne l'é-
toient guéres : & si nous étions encore dans le tems où le jeu de mots é-
toit permis , je vous dirois que jamais
Héros ne fut loüé moins héroïque-
ment. Je ne me souviens pas d'avoir
jamais veu une Assemblée de Gens
mieux choisis. Il me semble que je
vous voy rire sous cape , & que je
vous entends malicieusement dire en
vous même qu'il faloit que je n'en fusse donc pas. J'en étois, pour ainsi dire , sans en être : je m'étois rangé à
un petit coin d'où je voyois tout , &
(qui pis est) d'où j'entendois tout ,
sans être vû de personne. Le plaisir
qu'on prend à entendre l'Eloge du Roy
étoit peint sur le Visage des Auditeurs :
& je puis vous assurer , sans exagéra-
tion , qu'on voyoit dans leurs yeux
d'heureuses dispositions à bien applau-

dir : mais plus ils avoient de bons deffeins , plus l'Auteur fut mortifié de
leur filence ; & je ne fçay comment il
fe feroit tiré de cet embarras, fi par
bonheur pour luy , & pour nous, la Mémoire ne luy eût manqué. Vous jugez
bien , Madame , qu'ayant été auffi mal
fatisfait du Poëte que des Prédicateurs
je luy devois une reconnoiffance égale.
Je m'en acquitay avant que de fortir du
coin où j'étois ; & fis la feconde Epigramme que vous allez voir.

Lors que P. ✱ ✱ ✱ s'embarqua
A célébrer du Roy la Valeur, la Juftice ,
Sa Mémoire qui luy manqua
Luy rendit un fort bon office.

Le refte du jour me fut plus favorable. Je foupay & joüay au Trictrac
avec vôtre Amy Raifin, qui feroit trop
fier s'il fçavoit l'aveu que vous m'avez
fait que vous l'aimez de tout vôtre
cœur. Il me fit boire de parfaitement
bon Vin , & perdit un Louïs-d'or : peut-
on mieux faire les honneurs de chez-

foy ? Sa femme, qui n'eft pas moins
agréable que luy, vous enchantera dans
un Rôlle qu'elle doit joüer aprés-de-
main dans la Tragédie de Tiridate.
Quand elle feroit effectivement la Princeffe qu'elle reprefente il feroit mal-
aisé de la faire plus naturellement. Venez la voir, & vous en ferez auffi perfuadée que vous devez l'être du refpect
fincére avec lequel je fuis, Madame,
Vôtre trés-humble & trés-obeïffant ferviteur.

A MADAME

LA MARQUISE DE B.......
Sur l'Indigence du Théa-
tre.

D'Où vient, Madame, que vous me faites l'honneur de vous adreſſer à moy, pour vous gendarmer contre la Comédie ? Eſt-ce ma faute ſi Monſieur Racine ſe donne à des occupations plus ſérieuſes ; ſi Baron ſe retire ; & ſi Raiſin meurt ? Rendez-moy ces trois hommes, inimitables chacun dans leur genre, & je vous garentis le Théatre auſſi floriſſant que jamais il ait été. Vous dîtes qu'on les remplace : eſt-ce une choſe facile ; & dans quelque profeſſion que ce ſoit, croyez-vous que les excellens hommes ſoient communs ? Pour moy, qui ne croy pas qu'un certain nombre de mots & une rime au bout, ſoient des Vers, je ne croy pas

auffi que tous ceux qui parlent à la
Comédie foient Comédiens : Pour bien
faire des Vers il faut les fçavoir tourner comme fait Racine ; & pour être
ce qu'on appelle des Comédiens, l'être
comme Baron & Raifin. En un mot,
Madame, pour avoir un plaifir parfait
à la Comédie, il y faut de bonnes Piéces , & qu'elles foient bien repréfen-
tées : & c'eft ce que vous n'y trouvez
plus. A vous dire vray la jeuneffe de
la Châmeflé, la grace de Baron, & les
fréquentes nouveautez que donnoit Racine faifoient un parfaitement bel effet
fur le Théatre. Je n'ay rien vû depuis
dont on puiffe faire une jufte compa-
raifon. Racine difoit des chofes , au
lieu que ceux qui tâchent à l'imiter
fe contentent de dire des paroles ; &
fi quelques Piéces ont réüffi , il y a eu
plus de Conftellation que de mérite.
Remarquez, s'il vous plaît, Madame,
que je ne vous parle que de vôtre
tems. Si je remontois un peu plus haut,
je trouverois Corneille & Moliére qui
font au deffus de tous les éloges qu'on
leur peut donner ; l'un á qui Racine
auroit cédé pour le férieux ; & l'autre à

qui tout le Monde doit céder pour le Comique. J'ay assez d'estime pour leur Mémoire pour ne rien dire de plus : j'aime mieux laisser parler leurs Ouvrages. Je sçay que ce n'est pas vous faire ma Cour de donner la préférence à Corneille sur Racine , & qu'étant son Amie comme vous l'êtes , il vous est aisé de croire ce que vous souhaiteriez qui fût : mais quelque déférence que j'aye pour vos sentimens, j'ay le malheur de ne pouvoir déguiser les miens ; & supposé entr'eux une égalité de mérite , Corneille étant venu le premier, & ayant purgé le Théatre de la Barbarie qui s'y étoit introduite , je croy que le premier Rang luy est légitimement dû. Non que je m'arrête à ces Paralelles que l'on fait courir, où la passion dérobe toûjours quelque chose à la Justice : si Corneille trouve moins de Gens qui l'imitent que Racine , c'est peut-être qu'on s'y attache avec moins de soin ; & si j'avois l'Eloge de Racine à faire , les efforts que l'on fait pour l'imiter, ne seroit pas le plus méchant endroit que j'y pûsse mettre. Pour revenir au Théatre , je conviens avec vous

vous qu'il a un peu dégénéré de ce qu'il étoit, & que dans toutes les Piéces nouvelles qui ont été faites depuis dix ans, il y a eu peu de nouveauté. Soit que les Sujets soient épuisez, ou que ceux que l'on traite fournissent dequoy tomber naturellement dans des Scénes qu'on a déja vûës, il me semble que je ne voy rien qui n'ait du rapport à ce que j'ay vû : & je ne puis m'empêcher de dire à la gloire de Racine, que tout ce qu'il a fait a toûjours été nouveau, & que loin de ressembler à qui que ce soit, il a été assez Maître de son Génie pour ne faire aucune Piéce où il ait voulu se ressembler luy-même. Quant à l'objection que vous me fistes Samedy dernier, & que vous renouvellez dans la Lettre que vous m'avez fait la grace de m'écrire, je n'ay autre chose à y répondre que ce que je pris la liberté de vous dire à Saint Clou. Toutes les fois que vous allez à la premiére Représentation d'une Piéce sérieuse, vous croyez, dites-vous, aller à Athénes ou à Rome : vous ne trouvez en vôtre chemin que Grecs & Romains, encore sont-ils tout défigu-

C c

rez depuis que Corneille & Racine ne
les font plus parler. Il vous semble que
les Auteurs qui ne peuvent faire tenir
le même langage à leurs Héros, feroient mieux de les choisir dans un
Païs où l'on ne les ait pas tant mis en
œuvre; & vous dites qu'un Grand-homme de nôtre France dont la Vie seroit
pleine de belles Actions, & qu'on feroit parler comme naturellement les
honnêtes Gens y parlent, feroit pour le
moins autant de plaisir à voir, que des
Héros dont les Noms paroissent tout
usez à force de les entendre répéter.
Trouvez bon, Madame, que je vous
guérisse d'une erreur que j'ay euë avant
vous, & dont je ne fis abjuration qu'a-
prés en avoir fait pénitence. Je ne voy
rien dans nôtre Langue de plus agréable que le petit Roman de la Princesse
de Cléves: les Noms des Personnages
qui le composent sont doux à l'oreille
& faciles à mettre en Vers: l'intrigue
intéresse le Lecteur depuis le commencement jusqu'à la fin; & le cœur prend
part à tous les événemens qui succédent
l'un à l'autre. J'en fis une Piéce de Théatre dont j'espérois un si grand succez,

que c'étoit le fonds le plus liquide
que j'eusse pour le payement de mes
Créanciers, qui tombérent de leur haut
quand ils apprirent la chûte de mon
Ouvrage. Faites-moy la grace, Madame, de ne point trembler pour eux : je
les satisfis l'Année suivante ; & comme
la Princesse de Cléves n'avoit paru que
deux ou trois fois on s'en souvint si
peu un an aprés que sous le nom de
Germanicus elle eut un succez considérable. J'avois pris cependant toutes les
précautions possibles pour faire réüssir
la Princesse de Cléves ; & persuadé qu'il
est dangereux d'exposer de trop grandes nouveautez, je croyois qu'un Prologue que je fis pour préparer les Auditeurs à ce qu'ils alloient voir me les
rendroit favorables ; mais leurs oreilles
ne pûrent s'accommoder de ce qu'elles
n'avoient pas coûtume d'entendre ; &
le Prologue attira plus d'Applaudissemens que la Piéce. Comme le Théatre
commençoit déja à montrer son indigence, & que la mort de Moliére l'a-
voit privé d'un Ornement qu'il ne re-
couvrera jamais, peut-être ne serez vous
pas fâchée de voir un fragment de ce

C c ij

Prologue. Je feins que la Renommée
rencontre Melpoméne, la Mufe de la
Tragédie, qui réve dans une Solitude,
à qui elle dit:

LA RENOMME'E.

D Equoy dans ces beaux lieux s'entretient
    Melpoméne ?

Quel Ouvrage nouveau va briller fur la Scéne?

A quel grave fujet s'occupe fon loifir ?

MELPOME'NE.

Ah ! Déeffe , autrefois j'en avois à choifir :

Et ta bruyante Voix , illuftre Renommée ,

A répandre ma gloire étoit lors animée.

Maintenant, je l'avoüe, on ne void rien de moy

Qui paroifle à mes yeux digne de ton employ.

Le Théatre François où mes heureufes Veilles

Ont de tant d'Auditeurs enchanté les Oreilles ;

Tant de fois étalé des fpectacles Pompeux ;

Et de mes Nourriffons rendu les Noms fameux ;

Par fa ftérilité me reproche la mienne ,

Et n'a plus aujourd'huy d'Appuy qui le foû-
    tienne.

LA RENOMME'E.

Et quoy ! sous un Héros qui remet les beaux Arts

Dans un éclat plus grand que du Tems des Césars ;

Sous un Roy si puissant, si glorieux, si juste,

Dont la superbe Cour ternit celle d'Auguste ;

Sous un Roy qui sans cesse occupe mes cent Voix,

Et qui n'a point d'égaux, quoy qu'il soit tant de Rois ;

Est-il quelque Talent qui doive être inutile ?

Aux Muses dans son Louvre il accorde un Azile ;

De ces Filles du Ciel se déclare l'Appuy ;

Veut que pendant son Régne elles régnent sous luy ;

Et par une bonté qui jamais ne le quite

Du haut de sa Grandeur tend la Main au Mérite.

Sensible à ses Bienfaits, sors de cette langueur :

Redonne à ses plaisirs ta premiére vigueur ;

Et promets de ma part une gloire immortelle

A qui, pour ce Héros fera voir plus de zéle.

MELPOME'NE.

Si le zéle suffit pour charmer ce grand Roy,

Qui poura s'en flater plus justement que moy ?

En eſt-il un pareil à celuy qui m'anime ?

Apprens de ma langueur la cauſe légitime.

L'Hiſtoire , où tant de fois pour remplir mes
projets

J'ay trouvé de grands Noms , & pris d'heureux
Sujets ,

Comme Andromaque , Oédipe, Iphigenie, Ho-
race ,

Où chaque Paſſion parle avec tant de grace :

L'Hiſtoire , où des Héros les Exploits éclattans

Sçavent ſe garentir des Inſultes du Tems ,

Si ſouvent dépoüillée en faveur de la Scéne

N'offre plus à mes yeux d'Action qui ſurpren-
ne.

On a vû par mes ſoins en Vers doux & pompeux

Ce que Rome & la Gréce ont eu de plus fameux :

Et j'ay même emprunté chez un Peuple Barbare

Un des beaux Ornemens dont la Scéne ſe pare :

Mais quoi-que Bajazet juſtifie un tel choix

Ce ſont des libertez qu'on ne prend qu'une fois;

Et de quelques Talens dont le Ciel m'ait pourvû

J'ignore en quel endroit je dois fixer ma Vûë.
Toy, qui vois d'un même œil toutes les Nations,

Qui rens par tout justice aux grandes Actions,
Et tires de l'Oubly dont la Mort est suivie
Ceux de qui les Vertus ont signalé la Vie :
Marque moy le Climat où je dois m'arrêter,
Voy, quel Illustre Nom tu veux réssusciter.
Parle.

LA RENOMME'E.

Pour t'occuper n'est-il point de Grand homme
Si tu ne le choisis dans Athéne ou dans Rome ?
Et depuis si long-tems que la France a des Rois
Ne s'en trouve-t-il point qui mérite ton choix ?
Est-il de la Vertu de plus fameux Modelles ?
Trouves - tu chez les Grecs des Actions plus
belles ?
Ou plûtôt dans la France un monstrueux Re-
pas
A-t-il vû le Soleil retourner sur ses pas ?
Y voit-on une Fille, en proye à la colére,
Faire passer son Char sur le Corps de son Pére ;
Et d'un geste inhumain dans cet horrible Em-
ploy,
Animer ses Chevaux qui reculoient d'effroy ?

A-t-on vû dans la France, au fort de fa mifere,

Par un excez de Rage une barbare Mère

Aprés mille baifers & donnez & rendus,

Egorger fon Enfant pour vivre un jour de plus:

Ces crimes dont jadis a frémi la Nature

Ne foüillérent jamais une Terre fi pure :

Si quelques Paffions y régnent tour à tour,

C'eft celle de la Gloire , & celle de l'Amour

Quite la rufe Greeque , & la fierté Romaine ,

Choifis quelque grand Nom fur les bords de la
　　Seine.

Si ton but eft d'inftruire, où r'encontreras-tu

Une plus éclatante & plus haute Vertu ?

C'eft-là que tu verras un Héros véritable

Surpaffer en Valeur ceux qu'inventa la Fable.

C'eft - là qu'un jeune Aiglon qui n'a point de
　　pareil

D'un regard affûré voit l'éclat du Soleil :

Montre une Ardeur pour luy , que rien ne peut
　　éteindre ;

Et tout-haut qu'il puiffe être efpére de l'attein-
　　dre

M E L P O M E'N E.

Je n'ay pas attendu le fecours de ta Voix

Pour tourner tous mes Vœux du côté des François (

Mais me répondras - tu qu'on permette à ma
  Veine

D'étaler en public leurs grands Noms sur la
  Scène ?

Le Respect qu'on leur doit . . . .

LA RENOMME'E.

          Leur en manqueras-tu
De faire à tout le Monde admirer leur Vertu ?
Lors que tu fis Cinna, ce Poëme si juste,
Donnas-tu quelque atteinte à la gloire d'Au-
  guste ?
Et Pompée au Théatre est-il moins respecté
Que quand l'Aigle Romaine alloit à son côté ?
D'un scrupule si vain léve le foible obstacle.
Quand les Grecs autrefois se donnoient un spe-
  ctacle,
Contens de leurs Vertus, trouvoient-ils à pro-
  pos
D'aller chez leurs voisins emprunter des Hé-
  ros ?
Quoy qu'on fasse de beau ; la lenteur de l'Hi-
  stoire
Ne promet aux grands Noms qu'une tardive
  gloire ;   D d

Au lieu que le Théatre a des éffets préfens,
Plus connus en dix jours que l'Hiftoire en dix
    ans.

Retrouve en fa faveur une Plume pareille
A celle dont le Ciel fit prefent à Corneille ;
Et pour luy faire un fort auffi beau que le fien
Prête luy ton fecours, & répons-luy du mien.
Comme j'ay de Racine afsûré la Mémoire,
Et placé fon Génie au Temple de la Gloire ,
J'offre les mêmes foins aux efprits délicats
Qui dans la même Route iront d'un même pas.
Voy, qui tu veux choifir pour marcher fur leurs
    traces.

MELPOME'NE.

Le Ciel à peu de Gens fait de pareilles graces.
A peine en tout un Siécle en voit-on deux ou
    trois
Dignes de ton fuffrage , & dignes de mon
    choix.
Depuis combien de tems la fidéle Thalie
Dans un Habit lugubre eft-elle enfevelie,
Le front ceint de Cyprés , les yeux baignez
    de pleurs ,
Sans qu'un autre Moliére appaife fes douleurs ?

Dans les Siécles paſſez comme au Siécle où
   nous ſommes

La Nature étoit lente à faire de Grands Hommes ;

Et l'aimable Thalie a long-tems à pleurer

Avant que ſon malheur ſe puiſſe réparer, &c.

Voi'a, Madame, tout ce que j'en
ay retrouvé, & c'en eſt aſſez pour vous
faire connoître combien je voyois de
difficulté à mettre de pareils Noms ſur
le Théatre. Quoique la Seine ſoit plus
abondante, & roule une plus belle Eau
que le Tybre, elle n'a pas tant de grace dans la Poëſie ; & vous m'avoüerez
qu'Amiens, Abbeville, Roüen, Auxerre, Dijon & Grenoble n'ont rien de ſi
héroïque que Rome, Albe, Cartage,
Numante, Athéne & Corinthe. Pardon,
Madame, ſi je vous méne ſi loin pour
vous y laiſſer : deux de mes Amis, que
vous n'aurez pas de peine à reconnoître quand vous ſçaurez qu'ils me vien-
nent prendre pour aller à Berny, m'ar-
rachent la plume des mains ; & ne me

laiſſent que la liberté de vous aſſûrer
qu'on ne peut être avec plus de reſpect que je le ſuis, Madame, Vôtre
trés-humble & trés-obeïſſant ſerviteur.

LETTRE SOLIDE,
d'un Beaupere à sa Bru.

QUoy, vous ne me voulez jamais
croire, & tout ce que je vous dis
& rien est la même chose! Qui m'oblige à vous parler comme je fais que l'interêt que je prens dans ce qui vous regarde; & si vous me touchiez de moins
prés que m'importeroit que vous fussiez raisonnable ou que vous ne le fussiez pas ? Vous avez plus d'esprit qu'on
n'a coûtume d'en avoir à vôtre âge;
& je ne sçay point d'âge où l'on ait
moins de raison que vous en avez. Un
de mes étonnemens est qu'on puisse ê-
tre sage & folle tout à la fois : & qu'il
y ait tant de travers dans vos maniéres,
res , & tant de droiture dans vôtre
cœur. Je sçay bien que la jeunesse est
le tems de la joye & des plaisirs , &
qu'il y auroit de l'injustice à vous empêcher d'en prendre , sur tout quand

ils font auffi innocens que ceux que
vous prenez : mais vous ne fçavez pas
que les plus innocens ceffent de l'être
quand on en fait un continuel ufage ;
& qu'il vaudroit mieux en avoir un peu
moins, & vous affurer la fatisfaction
d'en avoir toûjours. Pendant que la
Fortune vous eft favorable ménagez-
la fi bien qu'elle ne vous quite jamais;
& ne prodiguez point les graces qu'elle vous fait, de peur qu'elle ne vous
les retire. Il faut fi peu de chofe pour
l'irriter, & fa colere dure fi long-tems
qu'il feroit quelquefois plus avantageux
de ne l'avoir jamais connuë que de s'expofer à être mal avec elle. Quelque
jeune que vous puiffiez être, vous ne l'ê-
tes plus affez pour ne fonger uniquement qu'à vous divertir : vous devez
une partie de vos momens aux foins de
vôtre ménage ; & quand on eft Mére
il eft tems de commencer à être raifonnable. Eft-ce l'être que de ne s'inquietter de rien, comme vous faites :
& fe peut-il qu'avec tout l'efprit que
vous avez, on ne puiffe vous mettre
dans la tête que les Enfans & les foucis
des Péres & des Méres font ordinaire-

ment de même âge ? Ayez-en donc un
peu je vous prie. Grand-pére (à ce que
je crois) de l'aimable petite Fille à qui
vous avez donné le jour, je suis obligé en conscience de vous dire ce que
je vous dis : & d'ajouter même que si
elle est élevée auprés de vous , rien
n'est plus contagieux que l'exemple. Je
suis trés persuadé que sur le chapitre de
la Pudeur vous ne pouvez luy en donner que de bons : mais, à voir les dif-
positions où vous êtes, j'ay bien peur
que vous ne soyïez pas revenuë des
divertissemens quand elle sera en âge
d'en prendre ; & peut-être serez-vous
la premiére à trouver mauvais qu'elle
suive une route que vous luy aurez tra-
cée. Pour luy donner des Armes contre
vous, si quelque jour vous la querel-
lez d'être sensible aux plaisirs, & vous
faire voir que ce sera moins sa faute
que la vôtre ; à peine commencera-
t-elle à bégayer que je luy apprendray
la Fable que vous avez ouïe dans la
Comédie d'Esope, & qu'une Mére ne
sçauroit entendre trop de fois.

L'ECRE'VISSE ET SA FILLE.

FABLE.

L'Ecrévisse une fois s'étant mis dans la
    tefte

Que sa Fille avoit tort d'aller à reculons,

Elle en eut sur le champ cette réponse hon-

    nête,

    Ma Mére, nous nous reffemblons :

    J'ay pris pour façon de vivre

    La façon dont vous vivez ;

    Allez droit si vous pouvez,

    Je tâcheray de vous suivre.

RÉPONSE GALANTE
de la Bru à son Beau-père.

QUoy, ne me rendrez-vous jamais justice, & croirez - vous toûjours que vos Leçons me sont indiférentes ? Je ne sçay personne qui les suive plus exactement que moy, & qui s'en fasse un plaisir plus grand. Il est vray que je ne les suy pas toutes à la fois ; & cela me siéroit mal aussi. Vous en donnez de galantes pour l'âge galant : si je n'en profitois à dix - huit ans en quel tems les pourrois-je mettre en usage ? J'aurois bonne grace de songer à amasser de l'Argent dans un âge où je ne souhaite en avoir que pour en dépenser ; & il me feroit beau voir , pour assurer à ma Fille une vie heureuse, avoir l'impertinente Sagesse de luy sacrifier les momens les plus agréables de la mienne. Je vous suis redevable des bons sentimens que vous avez pour elle. Vous

parlez en Grand-pére bien intentionné :
& si Dieu me fait la grace de vivre affez long-tems pour être Grand-Mére je
ne manqueray pas de dire à mon Gen-
dre ce que vous dites à vôtre Bru. Jufques-là vous me permettrez de ne laiffer échaper aucun des plaifirs que je
pourray prendre avec bienféance ; & de
remettre la morale de vôtre Fable de
l'Ecréviffe à une autre fois. Avant que
ma Fille puiffe entendre ce que c'eft
qu'aller à reculons fa Mére ira si droit
qu'elle ne s'égarera jamais à la fuivre.
Je demeure d'accord que si je vous touchois moins il vous importeroit peu que
je fuffe plus raifonnable ; & pour répondre à vôtre honnêteté je vous diray de bonne foy que si je ne la fuis
pas davantage, c'eft par la confidération que j'ay pour vous. N'eft-ce pas
vous qui m'avez appris que le chagrin
étoit inféparable de la raifon : & non
content de me le perfuader en Profe,
pouvez-vous difconvenir que vous
n'ayïez mis ces Vers dans la bouche
d'une Fille de mon âge ?

Dans les heureux momens que m'offre le de-
stin,
Je vous l'ay déja dit , & je vous le repete,
Je ne veux point aller au devant du chagrin ;
Il vient toûjours plûtôt que l'on ne le sou-
haite.

Ne me dites point ce que vous faites dire à une vieille Confidente ; que

    Souvent quand on sçait le prévoir
    On l'évite par sa prudence.

Ou trouvez bon que je vous réponde ce que vous faites répondre vous-
même à la jeune Personne à qui vous
donnez tant d'enjoûment & d'esprit,

N'est-ce pas un chagrin que cette prévoyance,
Et même un des plus grands que nous puissions
    avoir ?
    Ne se mettre rien dans la teste
    Et prendre le Tems comme il vient,
C'est , si l'on vous en croit , vivre comme une
    beste ;

Et la plûpart du Monde avec vous le soûtient :

  Trop heûreux qui pourroit l'être

  En bien des occasions !

  On ne sçauroit qu'aimer, & paistre,

Et l'on ignoreroit les autres passions.

La raison qu'on nous vante, & qu'on trouve si

 belle,

Loin d'être un si grand bien est le plus grand

 des maux :

  Le pur instinc des Animaux

  Est bien plus raisonnable qu'elle.

Guerre, procés, vieillesse, infirmité, trépas,

  N'ont rien qu'un Animal redoute :

  S'il luy vient du bien il le goûte ;

Et s'il luy vient du mal il ne le connoit pas.

La Nature envers l'homme est beaucoup plus

 avare,

Le bien qu'elle luy fait est trop proche du mal :

En le faisant Sçavant elle le rend bizarre ;

En le faisant Vaillant elle le rend brutal.

L'Animal au contraire a toûjours l'ame égale ;

De tout ce qu'il rencontre il se fait des plai-

 sirs :

Et s'il a de l'Amour il remplit ses desirs

Sans blesser la pudeur ni la foy conjugale.

La joye eſt le vray bien; tous les autres ſont
faux ;

Où je ne la vois point rien ne ſçauroit me
plaire :

Si l'on met cette pente au rang de mes deffauts

Je ne vous promets pas de ſi-tôt m'en dé-
faire.

Vous m'avez mandé que vous étiez
obligé en conſcience de me dire tout
ce que vous m'avez dit : Parlez - moy
encore en conſcience ; & dites-moy ſi
à mon âge il y a rien de moins raiſonnable que de chercher à avoir de la
raiſon, puiſqu'elle & le chagrin ne vont
jamais l'un ſans l'autre ? Laiſſez-moy,
je vous prie, jouïr de l'avantage que
j'ay de n'en avoir guéres : & ne me donnez rien qui ſoit d'un moindre prix que
ce que vous m'ôteriez. Si la raiſon eſt
ennemie de la joye je conſens de tout
mon cœur à être ennemie de la raiſon.
Quand même il devroit m'arriver quelque diſgrace j'aimerois mieux en être
ſurpriſe que de la prévoir. C'eſt un des

motifs qui m'a empêché de faire tirer
mon horoscope : je ne Veux rien apprendre qui m'inquiette ; & je m'imagine que c'est moy que vous avez voulu faire parler dans les Vers que je vais
mettre icy, tant ce caractere & le mien
sont ressemblans.

Il m'est avantageux qu'on ne me dise rien
De ce qui m'est nuisible, ou qui m'est favora-
   ble :
Je ne veux point languir dans l'attente d'un
   bien ;
Ni souffrir par avance un mal inévitable.
Je vois toûjours le Sort aller son même train :
      Ordinairement il envoye
      A la Jeunesse de la joye,
      A la Vieillesse du chagrin,
Jouïssons des plaisirs que l'âge nous presente
Sans nous inquietter de ce qui vient aprés :
La Folie à vingt ans a pour moy plus d'at-
   trais
      Que la Sagesse à soixante.
Voila, mon cher Beaupére, où je veux m'en
   tenir :
Je conviens avec vous qu'il est beau d'être Sage ;

Mais comme d'ordinaire on ne l'est qu'avec
  l'âge
Je ne veux pas encor si-tôt le devenir.

J'ay crû ne vous pouvoir opposer de
meilleures raisons que les vôtres, ni
vous mieux faire connoître combien
vos Vers me font de plaisir que par celuy que je prens à vous les redire.

A MONSEIGNEUR
LE MARQUIS
DE LOUVOIS,
Secretaire & Miniſtre
d'Etat.

LETTRE ET VAUDEVILLE.

MONSEIGNEUR,

Il n'y a pas un Poëte qui ne ſoit
monté ſur le Parnaſſe pour féliciter en
Langage des Dieux un Roy qui les vaut
bien, & même quelque choſe de plus.
Mons qui paſſoit pour une Ville impre-
nable, & qui le ſeroit effectivement à
tout autre qu'à luy, ne tient plus, à ce
que nous a dit la Renommée, que par
bienſéance ;

bienséance ; & comme elle se vantoit
d'être Pucelle elle croit devoir encore
faire quelques petites simagrées avant
que de se rendre. Je ne sçay, Monseigneur, quel nom l'on vous donnera
quand son Pucelage sera perdu : c'est
vous qui, pour ainsi dire, en avez ma-
quignonné la prise ; & vous aviez donné de si bons Ordres pour empêcher
qu'elle ne fust secourue, que si elle est
forcée c'est moins à elle qu'elle s'en
doit prendre qu'à vous. Toute l'Europe va garder ses Places à veuë : vous
n'en muguettez aucune dont l'honneur
ne soit bien avanturé ; & puisque les
Pucelles tiennent si peu, quand vous
vous en mêlez, je laisse à penser combien
résisteront celles qui ne le sont pas. Il est
vray, Monseigneur, que vous travaillez
pour un Maître-Sire : il n'y a rien à
quoy LOUÏS LE GRAND, dise non :
Pallissades, Fossez, Ramparts, Bastions,
Citadelles, rien ne luy fait peur ; &
quand il auroit envie d'être Maréchal
de France je ne croy pas qu'il pût être
plus grand Capitaine. Que de loüanges il va recevoir ; & que de Gens dans
cinq ou six jours luy diront en Vers &

E e

en Profe que la Pucelle dont il eft venu à bout vaut mieux que les Cinquante qui ont immortalifé la Valeur d'Hercule! Ce ne fera qu'Odes, Epigrammes, Stances, Madrigaux, Sonnets : & je ne doute point que s'il étoit obligé de lire tous les Eloges qu'on luy donnera, ou de prendre une feconde Ville l'un ne luy fuft plus aisé que l'autre. Pour moy, Monfeigneur, qui crains d'être écrafé parmi la foule, & de qui les Vers ne feroient peut-être pas regardez quand on en verroit de meilleurs, je prens les devans : & au lieu de vous envoyer des Vers pompeux fur la prife de Mons je vous envoye un fimple Vaudeville fur ce qu'on ne l'ofe fecourir. Vous croyez, peut-être, que je vais trés-humblement vous fuplier de le faire voir au Roy; point du tout : l'unique grace que je vous demande c'eft d'avoir la bonté d'en envoyer une Copie aux Grivois de l'Armée ; & Sa Majefté les fçaura bientôt fans qu'elle ait la peine de les lire. Jamais elle n'a été loüée plus naïvement : mais, Monfeigneur, à la Guerre comme à la Guerre.

VAUDEVILLE.

Le Statouder de Hollande
Et tant d'autres Rodomons,
Difent tous, quand on leur mande
D'aller au fecours de Mons ;
  Je ne fçaurois :
Louïs le Grand y commande
  J'en mourrois.

C'eft à vous à le deffendre
Monfieur de Gáftanaga , *a*
Ou bien l'Alpha de la Flandre
En deviendroit l'Omega ;
  Je ne fçaurois
Me refoudre à l'entreprendre :
  J'en mourrois.

Avant que l'on Capitule
Songez à vôtre devoir ;
Louïs fe fait un fcrupule
De s'en aller fans vous voir :

a Gouverneur des Païs-bas.

    E e ij

Je ne sçaurois
Avaler cette pilulle,
J'en mourrois.

Si l'on n'oppose une Digue
Au Torrent de ses Exploits,
Son Bras, que rien ne fatigue,
Va tout ranger sous ses loix :
Je ne sçaurois ;
Répond l'Impuissante Ligue,
J'en mourrois.

C'est ainsi que voulant mettre
Un Grelot au cou du Chat,
Eh, qui voudroit s'y soûmettre ?
Pour moy, dit un maître Rat,
Je ne sçaurois :
Ce seroit trop me commettre,
J'en mourrois.

Voila, Monseigneur, une véritable
Chanson à être chantée par des Drilles;
& si vous trouvez à propos de la leur
abandonner jamais les Cent Voix de la

Renommée n'ont fait tant de bruit. Peut-être même seroit-il aſſez grand pour retirer le Prince d'Orange de ſa létargie ; & s'il étoit homme à tenter le ſecours de cette Place, nous aurions bientôt à la priſe d'une Ville ajouté le gain d'une Bataille. Vous en ferez ce qu'il vous plaira : mais quoi-que vous en faſſiez ſouvenez-vous de l'endroit où je vous aſſure avec tant de verité & de reſpect que je ſuis.

MONSEIGNEUR,

Vôtre trés-humble & trés-obeïſſant ſerviteur.

A MONSEIGNEUR

DE BOUCHERAT,

Chancelier de France.

MONSEIGNEUR,

Un aussi grand Chancelier de France que vous l'êtes, dont le Mérite est encore plus haut que la Dignité, a plus de plaisir à faire toûjours des graces qu'à révoquer celles qu'il a faites. Il vous a plû, Monseigneur, m'accorder un Privilége pour faire imprimer toutes les semaines la Muse Enjoüe'e, & comme je ne doute point que Vôtre Grandeur, n'ait de la peine à reprendre ce qu'elle a une fois donné, j'aime mieux retrancher de ma Lettre ce que vôtre Modestie n'y sçauroit souffrir que de renoncer à l'honneur de jouïr de vos bontez. Je vous la renvoye, Monſeigneur, mais avec proteſtation, pour me vanger de la violence que vous me faites, de chercher un endroit plus favorable à dire tout ce que je ſçay de vous. Au lieu de cinq ou ſix lignes que vous me forcez de rayer, je vais, malgré vous, me faire un plaiſir de ramaſſer toutes les beautez de vôtre Vie : & quelque affront que mon Nom puiſſe faire au vôtre, l'Avenir qui reſpectera vôtre Mémoire, ſera témoin du zele ardent & reſpectueux avec lequel je ſuis,

MONSEIGNEUR,

Vôtre trés-humble & trés-obeïſſant ſerviteur.

GRANDE LETTRE,

DE DIFFÉRENTES NOUVELLES,

A MADAME

LA DUCHESSE

D'ANGOULESME.

MADAME,

Je me ferois fait un grand honneur
& un grand plaifir d'envoyer toutes les
femaines à Vôtre Alteffe dans fa Solitude de Marcüil LA MUSE ENJOÜÉE
que je luy avois promife : mais, Monfieur le Chancelier qui m'en avoit accordé le Privilége me l'a repris, & m'a
ordonné de luy demander autre chofe.
Apparemment que les Difcurs de nouvelles

velles ont eu peur que je n'en diffe de meilleures qu'eux, ou tout au moins que je ne les débitaffe plus agréablement. Vous voulez bien, Madame, puifque Monfieur le Chancelier reprend ce qu'il donne, que je ne tienne pas ce que je promets : & comme je ne doute point qu'il n'ait eu de parfaitement bonnes raifons, quoi-qu'il ne les ait pas dites, je n'en ay point d'autres à employer au-prés de vous pour excufes. Il n'y avoit rien dont la plus fcrupuleufe Vertu pût fe formalifer ; non pas même la vôtre qui eft la plus auftére qui fera jamais : & pour juftifier ce que je dis j'en envoye des Lambeaux à V. A. où je la défie de trouver la moindre chofe à reprendre. J'entens, Madame, du côté des mœurs ; car du côté de l'efprit, je ne fuis pas affez fou pour me croire à l'abry de la cenfure. Je crois vous avoir dit que je la dédiois à Monfeigneur le Duc de Bourgogne : ofe-t-on dire quelque cho-fe à un fi grand Prince qui ne foit ac-compagné de tout le refpect qu'infpire fa Naiffance ; & ne fçay je pas que c'eft un Dépôt précieux qui, pour ainfi dire, eft gardé à vûë par toutes les Vertus en-

F f

semble ? Voicy, Madame, le petit Compliment que je luy faisois. Si vous y trouvez quelque chose qui vous blesse, c'est sans doute qu'il vous paroîtra trop modeste : mais j'ay été contraint de m'accommoder à la Vertu qui a le plus de pouvoir sur luy; & j'ay mieux aimé ne pas dire la moitié de ce que je sçay que de faire entrevoir que je connoissois tout son Mérite.

PRINCE, autant aimable qu'aimé,
Beau, sage, honnête, enfin vers qui nôtre cœur vole,
De ce que tu promets tout le Monde est charmé :
Il ne tiendra qu'à toy de bien tenir parole.
Les sublimes Esprits qui te donnent leurs soins,
Te montrent tous les jours les beautez de l'Histoire :
Mais le Régne fameux, dont tes yeux sont témoins,
Est le plus droit chemin pour aller à la Gloire.
C'est celuy que ton Pére a pris,
Et que vont désormais prendre tous les grands Hommes.

Toute l'Antiquité n'a rien d'un si haut prix
Que ce que nous voyons dans le Tems où nous
  sommes.

Loüis, ce Roy si Grand, si craint, si respecté,
Qui surprend l'Univers par l'éclat de sa Vie,
        Et ne pouvant être imité
De tous les autres Rois s'est attiré l'envie ;
Loüis est justement la Leçon qu'il te faut.
C'est le plus glorieux, le plus beau des Modéles,
Il en coûte des soins pour s'élever si haut ;
Mais qui déscend d'une Aigle en doit avoir les
  Aîles.

De moindres Actions ne te suffisoient pas.
        Animé d'une illustre audace
        Le plus grand Héros de ta Race
A ta Valeur naissante offre le plus d'appas.
        Déja, l'ame émüe, allarmée,
De voir sans ton secours tant de Peuples vain-
  cus
        Tu t'es plaint que Germanicus
        A ton âge étoit à l'Armée.
Modére un feu si beau qui nous paroît trop
  prompt.
        Le Sang, dont le Ciel t'a fait naître

Ff ij

De Lauriers immortels doit te couvrir le front ;
  Mais donne leur le tems de croître.
Si tu veux cependant employer ton loisir
A quelque amusement qui te soit profitable,
Ma Muse va mêler l'utile à l'agréable
  Pour te donner plus de plaisir.

Mon Compliment fait, je montrois le plus respectueusement qu'il m'étoit possible que mon zéle pour ce jeune Prince n'étoit pas un zéle de fraîche datte : & pour ne rien dérober à V. A. je vais luy répéter mot à mot ce que je disois.

  Peut-être crois-tu que mon zéle
  Soit de création nouvelle :
Je suis prêt à prouver par des témoins de foy
  Qu'il est de même âge que toy.
  Le jour que tu vis la Lumiére
  Tout le Parnasse eut de l'Employ ;
  Et ma Muse fut la prémiére
Qui sur ce grand sujet complimenta le Roy.
Un Sonnet qu'elle fit eut un bonheur extrême :
Ton invincible Ayeul l'écouta, l'applaudit.

La Cour le trouva beau de même
Aussi-tôt que le Roy l'eut dit.
Puis qu'en naissant tu le fis naître,
Et que je t'ay promis de te prouver cela,
Je vais te le faire paroître
Tel qu'il parut en ce Tems-là.

Sur la Naissance de Monseigneur le
Duc DE BOURGOGNE.

SONNET.

AU ROY.

GRAND ROY, sur qui le Ciel répand
grace sur grace,
Il ne manque plus rien à ta félicité :
Pour assûrer le Monde à ta Posterité ;
D'un nouveau Conquérant il augmente ta Race.

Il est né ce Héros qui doit vanger la Thrace *
Du plus superbe joug qu'elle ait jamais porté ;
Terrasser l'Hérésie & l'Infidelité ;
Et suivre le sentier que ta Valeur luy trace.

* Province où Constantinople est située.

Quel Prince fur la Terre est plus heureux que
  Toy ?
L'Europe avec respect obéït à ta Loy ;
Et par tout à ta Gloire on éleve des Temples.

Si les Siécles futurs doutent de tes hauts Faits,
Tes Augustes Enfans , instruits par tes Exem-
  ples ,
Pour s'immortaliser feront ce que tu fais.

Tu sçais , Prince charmant , qu'on a vu des
  Poëtes
        Passer autrefois pour Prophétes :
Mais quelque obscurité qu'ait pour moy le fu-
  tur ,
Dire du bien de toy c'est joüer à coup sûr.
Pour peu qu'à ton grand Cœur on offre de ma-
  tiére
Rien n'est plus assûré que ce que j'ay prédit :
Tu commences si bien ton illustre Carriere
Que je crains seulement d'en avoir trop peu
  dit.

    Je feignois ensuite que ma Muse al-
loit par tous les Climats chercher des

nouvelles dignes de luy être racontées:
& comme l'Armée de Flandre eſt la plus
proche j'en faiſois le premier Article de
ſon Voyage, dont V. A. me permettra
de ne luy rien dire en Proſe, pour luy
faire trouver plus d'agrément dans les
Vers.

> Je vais en Flandre où je prévois
> Que la Juſtice & la Victoire
> Attendent que Loüis leur preſeive ſes Loix
> Pour agir de concert à redoubler ſa Gloire.
> Guillaume, ce Roy prétendu,
> Qui n'en eſt tout au plus qu'un fragile Fantô-
> me,
> Et qui dans peu de tems par le Ciel confondu
> Comme Eſcamoteur de Royaume,
> A ſon premier état rendu
> Redeviendra ſimple Guillaume:
> Ce Vainqueur de Peuple ſoûmis
> Qui devoit contre nous faire le Diable-à-qua-
> tre,
> Et qui loin de ſes Ennemis
> Enrage toûjours de ſe battre;
> Malgré ſes grands deſſeins, tant de fois pu-
> bliez,

Fait bien voir qu'il n'en a point d'autres
Que d'amuser ses Alliez
Qui seroient mieux d'être les Nôtres,
Sur tout CHARLES *a* & LEOPOL,
Qui loin de s'opposer au Vol
D'un Usurpateur hérétique,
Ont eux-mêmes prêté la main
A détrôner un Souverain
Qui seroit innocent s'il n'étoit Catholique.
Aussi grands Princes qu'ils le sont,
Il sera fâcheux que l'Histoire
En disant un jour ce qu'ils font
Ajoûte cette Ombre à leur Gloire :
Eux, qui par des Faits inoüis
Au saint joug de la vraye Eglise
Verroient bien-tôt l'Europe entiérement soû-
mise,
S'ils suivoient les pas de L o ü 1 s.

Quoi que la plûpart des Muses soient
mal attelées, elles ne laissent pas d'aller fort vîte ; & plus leur Pégase est maigre plus le vent luy fait faire de che-

a Le Roy d'Espagne, & l'Empereur.

min. Il reſſemble juſtement à ces chevaux de Fiacre qu'on trouve devant le Palais Royal, qui en moins d'une heure & demie vont de Paris à Verſailles : au lieu que ſix chevaux pommelez attelez au Caroſſe d'un Prélat, & ravis de ſe prélaſſer comme leur Maître, ont tellement peur de mourir de gras fondu, qu'ils aiment mieux renoncer à la gloire d'aller vîte qu'au plaiſir de ne ſe pas fatiguer. Pégaſe, qui depuis la mort de Monſieur Godeau * n'a été monté par aucun Evêque, ayant perdu l'habitude d'aller doucement, fit paſſer ma Muſe de Flandre en Bretagne en moins de tems que je n'en employe à vous le dire. Elle arriva à Breſt juſtement comme la flote en partoit; & fut ſi charmée de ſa beauté que ſur le champ elle en fit la deſcription que je vous envoye.

Loüis aimé du Ciel, chéry de la Fortune ;
A mis ſa flote en Mer, ſeur de l'Onde & du Vent.
    Elle eſt ſi bien avec Neptune
Que les Tritons & luy furent tous au devant.

* Evêque de Vence, de l'Académie Françoiſe qui a fait des Ouvrages de Poëſie admirables.

A ce Dieu Maritime elle paroît si belle
Qu'il est tout glorieux de l'avoir sur le dos.
    Eole par respect pour elle
    N'ose violenter les flots.
    Elle vogue avec tant de pompe
Qu'il semble que la Mer obéïsse à sa voix ;
    Et si l'apparence ne trompe,
Elle va triompher une seconde fois.
    L'orgueilleuse flote Ennemie
    A l'audace de se vanter
    D'être en état de tout tenter
    Pour réparer son Infamie.
    Mais de ses plus vigoureux coups
    Nous ne craignons aucun outrage :
    Fût-elle plus forte que nous
    Elle n'a pas tant de courage.
    Nous avons déja vû les Eaux
Engloutir son orgueil soûs leurs rapides ondes ;
    Et le Débris de leurs Vaisseaux
'Annoncer son malheur jusques en d'autres Mon-
    des.
    Ainsi tout ce qu'elle entreprend
    Dans sa course tumultueuse,
Va rendre de L o ü ï s le triomphe plus grand,
Et de ses Ennemis la perte plus honteuse.

Le Ciel n'approuve point qu'on appuye un Tyran

 Contre un Monarque légitime :
 Toutes les Eaux de l'Océan
 Auroient peine à laver ce crime.
Il remet à L o ü i s , le plus juste des Rois,
 Le soin d'en tirer la vangeance.
 (Pour les Actions d'Importance
 C'est toûjours de luy qu'il fait choix.)
A cet ordre absolu sa volonté soûmise
Entreprend, éxécute avec facilité :
On ira, s'il le faut, jusques dans la Tamise
 Punir son infidélité.
N'importe où nôtre Armée au Tyran soit fu-
 neste ;
Elle batra la sienne en tous lieux, prés & loin :
 Et puisque T o u r v i l l e en a soin
 La Victoire dira le reste ,

⁂

 Vous voyez, Madame, que ma Muse
& moy, nous cherchions des nouvelles
bien loin, pendant qu'il y en avoit à
Paris les plus belles du monde. Le Roy
qui joint toûjours aux graces qu'il fait
une maniére de les faire qui en redou-

ble le prix, & qui fait des choix si judicieux qu'il semble que l'Equité le
conduise par la main ; donna hier des
marques de son estime à deux hommes
d'un si haut mérite que c'est vous en dire assez pour vous faire deviner leur
Nom. Il en nomma un Ministre d'Etat,
& donna le Cordon-Bleu à l'autre. Je
sens bien que je m'explique un peu trop,
& que je vous ôte le plaisir de la surprise. En vous apprenant les graces que le
Roy fit, V. A. entrevoit facilement que
c'est aux Personnes que je vais luy dire.

La Déesse à cent Voix va par toute la France
    Causer un sensible plaisir.
Il semble qu'avec nous Loüis d'intelligence
    Ait consulté nôtre désir.
Du sage BEAUVILLIER, dont il connoît le
zéle ,
    Ce victorieux Potentat
    A fait un Ministre d'Etat ,
Pour l'attacher à luy d'une chaîne nouvelle.
    Je n'ose de ses qualitez
    Publier la moindre partie :
    Quiconque dit ses véritez

Se broüille avec sa Modestie.

Quoy qu'on voye à ses pieds les Vices abbatus,

Plus il est Vertueux moins il veut le paroître :

Chacun connoît, admire , & vante ses Vertus,

    Hors luy qui craint de les connoître.

Quand on joint la Fortune à la splendeur du

    Sang ,

      C'est sans doute un grand avantage :

      Etre humble dans un si haut rang

N'est pas une Vertu qui soit bien en usage.

      Luy seul par l'usage qu'il fait

Des dons de la Nature & de ceux de son Maî-

    tre ,

Luy seul, dis-je, luy seul a trouvé le secret

De paroître plus Grand en le voulant moins

    être.

      Plus il prend de soin à cacher

      L'immensité de son mérite ,

      Plus il semble qu'il sollicite

Les bontez de L o ü i s à le vouloir chercher.

Quelques Titres d'honneur qu'en luy seul on

    assemble ,

Et de quelques Grandeurs dont il soit revêtu ;

Tout le Monde est ravy de voir si bien ensem-

    ble

Et la Fortune & la Vertu.

N'eſt-il pas vray, Madame, que le
Cordon-Bleu n'eſt pas plus mal-aiſé à
nommer que le Miniſtre ; & que vôtre
penſée a prévenu ce que vous allez lire ?

L'Illuſtre B o u c h e r a t , qui depuis tant
   d'années
Avec tant de ſuccez rend ſervice à l'Etat,
     L'intégre & ſçavant Boucherat
Dont les Vertus en nombre égalent les jour-
   nées ;
     Ce Grand Oracle de Thémis,
En qui les opprimez ont un Juge propice ;
     Et qui n'eut jamais d'Ennemis
     Que les Amis de l'injuſtice ;
De l'Auguſte L o ü i s, qui d'un commun aveu
Devroit du Monde entier être le ſeul Monar-
   que ,
     Reçeut hier le Cordon-Bleu :
Nos vœux briguoient pour luy cette éclatante
   marque.
     Rien n'imprime plus de reſpect
     Que cette marque favorite :

Rien ne diſtingue mieux, dés le premier aſpect,

Un homme diſtingué par un ſi haut mérite.

Quoy qu'on faſſe pour luy, l'on ne peut faire

    aſſez.

Il n'eſt petit ni grand qui ne s'en réjoüiſſe :

Et ſi les Vœux publics ſont toûjours éxaucez,

Juſqu'à cent ans , au moins , il faut qu'il en

    joüiſſe.

Je ne doute point, Madame, qu'aprés les grandes nouvelles dont je viens de faire part à V. A. celle qui ſuit ne luy ſemble extrémement petite. Mais il ſuffit que le Roy y ſoit nommé pour vous y faire trouver du plaiſir. Peut-être même que ceux à qui vous la redirez ſeront ravis de l'entendre, par la raiſon qu'il n'y a perſonne qui ne ſoit bien aiſe d'avoir le Portrait d'un ſi grand Monarque ; & qu'on n'en a jamais vû de plus reſſemblant ni de mieux fait que celuy que je vais vous enſeigner.

Comme ces jours paſſez je rodois par Paris

    Pour recueillir ce qui s'y paſſe,

Un Peintre qui galope à la première Claſſe
　　Me fit voir un Tableau ſans prix.

C'eſt le Portrait du Roy, que Perſon, jeune
　　Peintre,

Qui paroît travailler avec un vieux pinceau,

A fait ſi reſſemblant, ſi fier, ſi grand, ſi beau,

Qu'on le croiroit le Roy s'il n'étoit dans un
　　ceintre.

Il ſeroit mal-aiſé de rien voir de mieux peint,

　　Tout eſt parlant dans ſon viſage.

Avec l'air qu'il luy donne il paroît qu'on le
　　craint,

　　Mais qu'on l'aime encor davantage.

Ses fidéles Sujets dans un profond reſpeſt,

Qui du bien de le voir font leur plus forte en-
　　vie,

Pour joüir plus ſouvent de ſon Auguſte Aſ-
　　peſt,

　　En demandent tous la Copie.

　　On le grave, & l'on m'a choiſi

Pour faire en quatre Vers ontrevoir ſon Hi-
　　ſtoire :

De quelque peur d'abord dont j'aye été ſaiſi,

Mon zéle impétueux s'en eſt fait une gloire.

　　Je ne ſçay ſi j'ay réüſſi.

　　　　　　　　　　　　　　Les

Les plus fçavans Maîtres de Lyre
Trouvent qu'en quatre Vers on ne fçauroit plus
dire.
Pour vous les faire voir je les ay mis icy.

Pour mettre fous le Portrait du Roy.

QUATRAIN.

C'Eft ce Roy glorieux qui donne azile aux
Rois.
Qui combat les Tyrans. Qui détruit l'Héré-
fie.
Et qui s'eft attiré par d'immortels Exploits
Tant d'Admiration , & tant de Jaloufie.

J'ajoûtois encore à la Lettre que j'é-
crivois à Monfeigneur le Duc de Bourgogne l'Apoftille que vous allez voir,
Madame , pour obliger cet aimable
Prince à jetter les yeux fur une Enigme qui n'échapera pas à vos clartez,
fi V. A. y jette un moment les fiens.

Généreux & digne Héritier
De toutes les Vertus dont ta Famille eft pleine,

Gg

Ma Mufe demande quartier
Jufqu'à la premiére femaine.
Mon zéle pourtant me preferit,
Pour t'égayer un peu l'Efprit,
D'ajoûter icy quelque chofe.
C'eft une Enigme à deviner
Qu'avec refpect je te propofe :
A la Cour, comme ailleurs, on aime à badiner.

E N I G M E.

Souvent le Soleil eft mon Pére,
Et plus fouvent encor l'Infirmité ma Mére.
    On m'enfante violemment.
Et quoi-que rien de grand, rien de recomman-
    dable
        Ne me rende eftimable,
A peine fuis-je né qu'on me fait compliment.

Ainfi tous les huit jours, Fable, Nouvelle, ou
    Conte
A t'amufer une heure emploiront leur pouvoir :
Et LA MUSE ENJOÜE'E ira te rendre
    compte
De ce que par le Monde elle aura pû fçavoir.

Vous jugez bien, Madame, que je n'aurois pas manqué à ce que je promettois au plus aimable Prince du Monde si l'on m'eut laissé la permission de luy tenir parole ; & qu'aprés les hommages de Versailles, ma Muse se seroit fait un devoir de prendre la route de Mareüil, pour continuer à vous donner des marques du zéle sincére & respectueux avec lequel j'ay toûjours été & feray gloire de toûjours être,

MADAME,

De Vôtre Altesse,

Trés-humble & trés-obeïssant serviteur.

Gg ij

A MONSEIGNEUR

L'EVESQUE ET DUC

DE LANGRES,

PAIR DE FRANCE.

Remarques & bons Mots.

MONSEIGNEUR,

Par la derniere Lettre dont m'a honoré Vôtre Grandeur, elle se plaint que je luy ay écrit d'un caractere trop menu, & qu'elle s'est fatiguée à lire ce que j'ay pris la liberté de luy mander. C'est à elle, s'il luy plaît, qu'elle s'en doit prendre : elle me demande tant de Remarques que je ne crois jamais avoir de terrain assez; & d'ailleurs, Monseigneur, j'ay le malheur d'écrire avec des Lunettes, qui me font paroître les Objets si gros que je ressemble à un certain Boucher de Chatillon (petite Ville de vôtre Diocése) qui, à une Foire, ayant achetté *Cinq Bœufs* avec des Lunettes, trouva le lendemain que c'étoient *Cinq Veaux*. Il arriva bien pis l'hiver passé à un Vieillard des plus qualifiez du Royaume. Il joüoit au Billard à Versailles, avec des Lunettes, qui luy faisant paroître les Belouses larges comme l'entrée de son Chapeau, il croyoit toûjours mettre la Bille de son Aversaire dedans, & ne l'y mettoit jamais : & comme il joüoit gros jeu il perdit pendant le Carnaval quarante ou cinquante Mille Ecus. Je feray tout ce qui me sera possible pour ne vous pas tant donner de peine une autrefois; & j'écriray plûtôt sans Lunettes que de vous réduire à la nécessité d'en avoir pour lire ce que j'écris. Je rends trés-humbles graces à Vôtre Grandeur du plaisir qu'elle a pris à la Fable que je luy ay envoyée : la priére qu'elle a la bonté de me faire d'en mettre toûjours quelqu'une dans ce que j'auray l'honneur de luy écrire,

m'eſt un ordre ſi ſacré que c'eſt, Monſeigneur, par où je vais commencer à
vous donner des marques de mon zele
& de mon obéïſſance.

Le Bien, la Jeuneſſe, & la Beauté ſont
trois avantages dont la Préſomption eſt
inſéparable. La plûpart des Filles qui
ont ces qualitez mépriſent à dix-huit &
à vingt ans les Amans les plus vertueux
& les mieux faits ; & quand elles en
ont trente ou trente cinq elles vont au
devant du premier Magot qui ſe preſente. On en maria une la ſemaine paſſée qui dans ſa jeuneſſe, enteſtée des
Gens d'épée, avoit refuſé un Préſident
de la Chambre des Comptes, & un Maître des Requêtes; & qui fut trop heureuſe dans la décadence de ſes appas,
d'épouſer un ſimple Tréſorier de France.
Le Maître des Requêtes, qui eſt preſen-
tement un gros Intendant de Province,
outré du mépris qu'elle avoit eu pour
luy, me pria de l'en vanger: & comme
il me fait la grace de me vouloir du
bien, je crus par reconnoiſſance être
obligé de luy faire cette Fable.

LE HERON, LES POISSONS,
ET LE LIMAÇON.

FABLE.

UN Héron d'humeur altiére
Et quelquefois s'oubliant,
Voltigeoit fur une Riviere,
Et cherchoit pour dîner quelque morceau
friand.
D'abord un Brocheton d'une longueur honnête
Se prefente à fes yeux. Un Brocheton ! Paffons.
Voila pour un Héron une belle conquête !
Perche & Truite, à mon gré, font de meilleurs
Poiffons.
Il trouve un peu plus loin une Carpe de Seine
Qui pour prendre une Mouche allongeoit le
muſeau :
Une Carpe ! Eſt-ce la peine
De m'aller moüiller la peau ?
A quelques pas de là, fous une vieille planche,
Il ſçavoit qu'une Tanche avoit un trou fecret :
Mais après Carpe & Brochet
Qu'eſt-ce pour luy qu'une Tanche ?

Quand il eut bien fait des tours,
Et pris de l'appétit à force d'exercice,
Pour contenter sa faim qui s'augmentoit toû-
    jours,
    Il rencontre une Ecréviffe.
Je ne veux d'Ecréviffe en aucune façon :
Paffons outre. Il paffe outre ; & pour toute
    fortune,
    Aprés une courfe importune
    Il ne trouve qu'un Limaçon.
Retournons au Brochet, il faut qu'il en pâ-
    tiffe,
Dit-il. Il y retourne, & n'apperçoit plus rien :
    Brochet, Carpe, Tanche, Ecréviffe,
Tous avoient pris la fuite, & s'en trouvoient
    .fort bien.
    Enfin, le Héron ridicule
Qui ne vouloit manger que de meilleur Poif-
    fon,
Preffé par le befoin ne fit point de fcrupule
    De s'en tenir au Limaçon.

Je pardonne volontiers les fautes que
l'on fait par ignorance : mais j'ay de la
                                        peine

peine à pardonner celles qui font faites par malignité. Le Pere d'Ormeſſon, Minime, fils & frére d'auſſi honnêtes & d'auſſi habiles Gens qu'il y en ait en France, avoit une ſimplicité & une modeſtie loüables dans un Religieux, & n'oubloit aucun des termes d'humilité dont il ſe pouvoit ſervir. Sa charité l'ayant obligé d'écrire à un Gentilhomme de Province pour tâcher d'accommoder un Procés de Famille ; & ayant fini ſa Lettre par ces mots : Vôtre trés-humble & trés - obéïſſant ſerviteur, d'ORMESSON, Minime indigne du Convent de la Place Royale ; le Gentilhomme qui étoit un Picard invétéré, ne manqua pas de luy mettre ſur la Réponſe qu'il luy fit : *Au trés - Révérend Pére d'Ormeſſon, Minime indigne du Convent de la Place Royale.*

Un autre Gentilhomme à force d'être civil fit une impertinence toute contraire. Vous ſçavez, Monſeigneur, que dans toutes les Egliſes où il y a Muſique, on ſe ſert d'un Inſtrument qu'on nomme Serpent : & comme celuy qui en joüe eſt ordinairement un Eccléſiaſtique, pour ne pas manquer de reſ

H h

pect à ce caractere, le Gentilhomme
dont je parle avoit mis sur sa Lettre:
A Monfieur, Monfieur Chein, trés-digne
Serpent de la Sainte Chapelle de Paris.
On auroit eu tort d'en vouloir mal ni à
l'un ni à l'autre, ils n'avoient aucun
deffein d'offencer ; & l'on void bien
qu'ils y alloient tout deux bonnement.

Pendant que je fuis fur les fufcriptions
de Lettres je ne puis m'empêcher, Monfeigneur, de vous en dire une qui me
fut faite il y a quelque tems par un
Marchand de Troyes. Je luy devois
vingt-cinq Ecus, pour un Habit qu'une
Parente que j'ay à Muffy m'avoit demandé. Il tira fur moy une Lettre de
change, dont voicy les termes. Monfieur, Vous ayant trouvé fur mon Jour-
nal pour une petite partie de foixante
& quinze livres tournois, il vous plaira payer icelle fomme à la premiére
ufance à Monfieur Profper, Marchand
Bonnetier au Fauxbourg faint Marceau,
lez Paris ; & ne doutant point que vous
ne faffiez honneur à la préfente, je demeure avec affection, Vôtre trés-humble ferviteur, BERTRAND. Comme
la prife de Corps n'eft pas abrogée de

Marchand à Marchand, pour avoir droit
de me faire assigner aux Consuls en cas
de refus de payement il mit à côté pour
adresse : *A Monsieur Monsieur Boursault, Marchand Poëte, à Paris.* La bonne Marchandise ! Heureusement pour
moy j'avois receu vingt-cinq Loüis-d'or
la veïlle ; & je ne fus pas obligé d'aller
demander réparation de ce qu'on avoit
traité ma Muse de Roturiére.

Un Grand Seigneur de la Cour de
Loüis XIII. qui avoit beaucoup de
passion pour les Chevaux, & qui avoit
raison ; fut extrémement surpris de ce
que son Ecuyer luy vint dire un matin
que le Cheval qu'il avoit monté la veille pour aller à la Chasse, étoit mort.
Qaoi, dit-il, le Cheval que j'avois hier!
Ouy, Monsieur. Ce Cheval bay ? que
j'ay eu de Monsieur de Baradas ? qui
n'avoit que six ans ? qui mangeoit si
bien ? Ouy, Monsieur, celuy-là même ;
luy répondit l'Ecuyer. *Eh bon Dieu,* s'é-
cria-t-il : *Qu'est-ce que de nous !*

Bien des Gens, obligez de s'assujettir
à la rigueur de l'Usage, portent l'Epée,
qui voudroient bien que personne ne
la portât, par la crainte qu'ils ont des

conféquences. L'autre jour un homme qui la porte purement *ad honores*, fut rencontré par un autre, dont il avoit médit, & qui voulut la luy faire tirer. Luy, qui n'en avoit point du tout d'envie, luy allégua la févérité des Ordonnances contre le Duel, & luy dit qu'il ne vouloit point defobeïr au Roy : de forte que l'autre, le voyant fi bon Sujet, luy donna fept ou huit coups de plat d'Epée, & le laiffa là. Un des Amis du Battu ayant fceu l'affront qu'il venoit de recevoir, le fut trouver ; & le querellant de ce qu'il avoit effuyé cette injure fans tirer l'Epée : *Que Diable*, luy répondit-il, *veux-tu que je te dife ? Le Courage eft comme la Foy : c'eft un Don de Dieu, qu'il fait à qui bon luy femble.* Quelque mauvaife que paroiffe cette excufe il ne laiffe pas d'y avoir beaucoup de vray ; & qui tâteroit le poux à bien du Monde trouveroit qu'il y en a pour le moins autant qui manquent de courage que de foy. L'exemple qui fuit en eft une preuve.

Dimanche dernier, un de ces Moufquetaires aifez, qui ne font là que pour prendre quelque teinture de la Guerre qui leur fasse remplir des Postes plus confidérables avec honneur, s'étoit mis le plus proprement qu'il avoit pû, pour aller dîner avec des femmes. A dix pas de la Maison où il alloit les Chevaux d'un Carosse de Fiacre l'emplirent de bouë de la tête aux pieds. Enragé de se voir en cet état, & par malheur pour le pauvre diable de Cocher ayant une Cane à la main il luy en donna vingt coups. Pendant qu'il le battoit un Monsieur d'autour de la Garonne, qui avoit un habit tout galonné d'or, ayant baissé la Lucarne du Carosse : *Aurez-vous bien-tôt fait, Monsieur?* luy dit-il. Le Mousquetaire, qui étoit encore dans la chaleur du premier mouvement, luy ayant répondu avec fierté : Morbleu, Monsieur, si vous voulez prendre son party, vous n'avez qu'à descendre. *Ce n'est pas ce dont il s'agit,* luy répliqua l'autre ; *mais s'il vous plaît, ce Coquin est à l'heure ; & vous le retardez.* Pour cela, repartit le Mousquetaire, vous avez raison : & s'adressant au Cocher, Maraut, ajouta-t-il, rends grace à Monsieur, à qui j'ay peur de faire perdre du tems ; tu n'en serois pas quite à si bon marché.   H h iij

Quelque refpeêt qui foit dû à vôtre
Naiffance, à vôtre Caraêtére & à vôtre
Mérite Perfonnel, vos oreilles ne font
pas plus délicates que celles du Roy; &
Vôtre Grandeur ne s'offencera pas d'une
obcénité que Sa Majefté a bien eu l'indulgence de fouffrir. Il y a fept ou huit
jours qu'un Officier Gafcon (car quel
autre qu'un Gafcon auroit l'efprit & la
hardieffe de dire la même chofe?) Il y
a, dis-je, fept ou huit jours qu'un Officier Gafcon demandant au Roy dequoy
luy aider à faire fon Equipage, le Roy
qui mêle de la bonté jufques dans fes
refus, luy répondit que le tems n'étoit
guéres propre à faire des graces: & a-
jouta qu'il avoit fa Paye, une Penfion;
& que fi cela ne fuffifoit pas fon Pére
qui vivoit largement des bienfaits de
Sa Majefté pouvoit de tems à autre le
foulager de quelque Lettre de change.
De l'argent de mon Pére, Sire; repartit
promtement le Gafcon: *Vôtre Majefté,
qui eft toute puiffante, feroit plûtôt faire un Pet au Cheval de Bronze que de tirer une Lettre de change de nôtre Païs.*
Le Roy, furpris d'une expreffion fi extraordinaire fe prit à rire; & le Gafcon

obtint une partie de ce qu'il demandoit.

Une Dame de la premiere Qualité,
qui craignoit que son Frere ne pût soûtenir l'éclat de sa Maison, à cause des
fréquentes & considerables pertes qu'il
faisoit au jeu, se prévalut un jour du
droit d'Aînesse qu'elle avoit sur luy, &
s'ingéra de luy faire des remontrances
sur sa conduite. Celle de la Dame n'é-
tant pas la plus réguliére du monde, le
Frére, naturellement promt, & d'ailleurs
chagrin d'avoir tant perdu, luy répondit, en des termes que je n'ose dire,
qu'il joûroit tant qu'elle auroit des A-
mans. A quoy elle répondit ce qu'on
verra dans cette Epigramme, qui est du
bon Faiseur ; c'est à dire de Mainard,
qui en ce genre d'écrire n'a eu que de
foibles Concurrens.

> Une Dame d'un Sang Illustre,
> Dont le Frére étoit grand Joüeur,
> Luy remontrant avec douceur
> Que d'un Sang si fameux il ternissoit le lustre;
> Le Frére las de son babil ;
> Je joûray, luy répondit-il,

H h iiij

Tant qu'à vôtre Mary vous ferez infidelle :
Si je change d'avis je veux être damné.
　　Ah ! mon Frére , s'écria-t-elle ,
　　Vous êtes un homme ruiné !

　Depuis que les Royaumes ont souffert l'exclusion à la Papauté , l'Italie est
de toutes les parties du Monde-Chré-
tien celle où il y a le plus d'avantage
pour l'élevation des Familles. Dans un
Siécle on void des Papes de beaucoup
de Villes différentes ; & d'abord qu'on
est parvenu au Pontificat quelque nombre de Parens qu'on puisse avoir ce sont
autant de Princes que l'on void éclore
en un moment. Non contens de leur
acquérir cette Dignité , les Papes leur
donnent encore dequoy la soûtenir : &
comme ils sont fort vieux quand on les
éléve à ce sublime degré ils se dépê-
chent le plus qu'il leur est possible. A-
lexandre V I I I. autrement le Pape Ot-
toboni est un de ceux qui a le plus en-
richy ses Parens. Voyant qu'il avoit
trop vécu pour vivre encore beaucoup :
Sbrigatevi presto , disoit-il à ses Ne-

veux , *perche son sonate le venti tre
hore : bisogna ben impiegar l'ultima.*
Cela ne se peut rendre si agréablement
en François. On dit qu'après sa mort
le Cardinal Maldaquin avant que d'entrer au Conclave, fut rendre visite au
Cardinal Carpégna, son Amy intime, à
qui il témoigna en confidence qu'il
auroit bien voulu être Pape : & que
l'autre le félicita sur ses belles inclinations.

Un Avare, disoit un Philosophe de
l'antiquité, a de l'inquiétude de ses Richesses comme de biens qui luy ap-
partiennent ; & s'en sert comme s'ils
ne luy appartenoient pas. Que prétend-
il faire de ce Bien , dont il n'ose se
permettre l'Usage; & pourquoy se tourmenter à en acquérir s'il se condamne
luy-même à n'en jamais dépenser ? Il
mourut dernierement un vieux Garçon,
infecté d'une si grande Avarice qu'il attendoit que son Vin fût aigre pour en
boire moins. Il y avoit plus de quarante-cinq ans que son unique profession
étoit de prêter sur gages, & jamais Ma-
gazin de Fripier n'a été remply de tant
de hardes differentes que l'on en trou-

va chez luy aprés sa mort. Le Curé de
sa Paroisse ayant sceu que ce seroit un
bon Mort , & qu'il avoit le moyen de
payer grassement ses funérailles , y envoya les Chandeliers & la Croix d'Argent ; & celuy qui l'exhortoit à la mort
luy ayant mis le Crucifix entre les
mains , pour le baiser & luy demander
pardon ; le Mourant , aprés l'avoir sou-
levé autant que sa foiblesse le put permettre : *il est bien leger* , dit-il : *je ne
puis prêter que tant dessus;* & le lais-
sant tomber mourut un moment aprés :
tant il est vray qu'on meurt presque
toûjours comme on a vécu. C'étoit le
sentiment de feu Monsieur de Fieubet,
Conseiller d'Etat : comme il le témoigne luy-même par ces beaux Vers , qui
malgré sa modestie ont franchy l'obscurité de sa Retraite.

Figure du Monde qui passe
Et qui passe dans un moment ;
Pompe, Richesse, Honneur , funeste Amuse-
ment
Dont un Mortel s'enyvre , & jamais ne se
lasse ;

Dequoy sert vôtre éclat à l'heure de la mort ?

Il ne peut ni changer ni retarder le Sort.

* * * plus haut que luy ne voyoit que son
Maître :

Dans le comble des Biens, des Grandeurs, du
Plaisir,

Lors qu'il la craint le moins la Mort vient le
saisir,

Et ne luy donne pas le tems de la connoître.

Hélas ! aux grands Emplois à quoy bon de
courir ?

Pour veiller sur soy - même heureux qui s'en
délivre !

Qui n'a pas le tems de bien vivre
Trouve mal - aisément le tems de bien mourir.

La présence d'esprit est d'un grand
secours pour se tirer agréablement d'affaires. Un jeune Abbé d'une conditon
distinguée, prêchant à Chantilly devant
feu Monsieur le Prince, manqua de mémoire à l'endroit le plus beau de son
Sermon. Aprés avoir rêvé un petit mo-

ment fans pouvoir trouver ce qu'il cherchoit, il tira le Papier de fa Poche ; vid
où il en étoit ; reprit le fil de fon difcours ; & acheva fa Prédication avec
beaucoup de fuccés. Monfieur le Prince, avec qui il eut l'honneur de dîner,
luy ayant obligeâment témoigné qu'il
en avoit ufé en habile homme, & que
c'eût été dommage que faute de prendre fon Papier l'affemblée eût perdu
tant de belles chofes ; *Ma foy, Mon-*
feigneur, luy répondit-il, *j'en deman-*
de pardon à Vôtre Alteffe : je m'étois
fié à ma mémoire, elle m'a joüé d'un
tour ; quand j'ay veu cela je luy en ay
joüé d'un autre. Monfieur le Prince
trouva l'excufe auffi agréable que le
Sermon.

Dans le même lieu de Chantilly, un
Gentilhomme qui avoit extrémement
voyagé, alla faluer Monfieur le Prince :
& dans le récit de fes voyages il luy
parla d'un Prince de Perfe, qui, à trente ans, avoit fait les plus belles Actions
dont on ait jamais oüy parler. Pendant
cet entretien le dîné ayant été fervi
chacun fe mit à Table. Monfieur le
Prince, fenfible aux grandes Actions,

dit à ce Gentilhomme : la Vie du Prince dont vous m'avez parlé a eu de si
beaux commencemens que je brûle
d'impatience d'en sçavoir la suite. *Hélas*, *Monseigneur*, répondit le Gentilhomme, qui vid en un moment le Po-
tage presque enlevé : *il mourut subite-
ment*; & par là l'histoire étant finie il
se mit à manger comme les autres.

Je disois un jour à l'Abbé T * * * de
l'Académie Françoise, qui auroit prê-
ché aussi bien qu'homme du monde s'il
l'avoit voulu, que Dieu luy reprocheroit le mauvais usage qu'il faisoit des
Talens qu'il en avoit receus; & qu'il
luy diroit quelque jour : je t'avois donné l'Eloquence, la Grace, la Force, l'On-
ction ; en un mot toutes les qualitez
necessaires pour être un parfaitement
bon Prédicateur, & tu as résisté à ce
que je souhaitois de toy. *Encore baste,*
me répondit-il; *le reproche sera bien
honnête : au lieu qu'il dira à tant d'autres : Dequoy vous êtes-vous mêlez de
prêcher ? étoit-ce pour cela que je vous
avois fait naître ? Je vous avois donné
gratuitement le Talent de vous taire,
& malgré moy vous avez voulu parler.*

Peut-on s'excuser avec plus d'esprit &
moins de raison ?

Feu, Monsieur Ménage, qui avoit
tant d'érudition & de mérite, me dit
une fois, qu'ayant demandé à un jeune Chanoine de Nôtre-Dame, de ses
Amis, s'il disoit réguliérement son Bréviaire : Ma foy, non, luy répondit-il.
Comment, reprit à l'instant Monsieur
Ménage ! Sçavez-vous que vous êtes
obligé de vous en confesser ? *Oh vraiment*, luy répliqua le Chanoine, *j'ay
bien plûtôt dit que je ne le dis pas que
de m'amuser à le dire.* Cet endroit
qu'on a oublié de mettre dans le M E'-
N A G I A N A n'auroit pas été la plus
mauvaise de ses Remarques.

Nostradamus passant un jour par un
Village de Dauphiné nommé Saint Bonnet, entra dans une Hôtelerie & demanda à souper. La servante, qui étoit
seule, le pria d'attendre un peu ; &
luy dit que la Maîtresse du Logis étoit
allée à l'accouchement de la Dame du
Lieu. Comme c'étoit aux grands jours
d'Eté, & que le tems étoit fort serain,
Nostradamus entra dans le Jardin, & se
mit à consulter les Astres sur le sort de

l'Enfant qui alloit naître. La Maîtresse
du Logis étant de retour, & Nostradamus ayant sceu d'elle que la Dame é-
toit accouchée d'un Garçon; *Me pour-*
riez vous dire précisément, luy demanda-t-il, *à quelle heure cet Enfant est*
venu au Monde? Ouy, Monsieur: Il est
venu, dit-elle, précisément à telle heure. *C'est dommage,* répliqua Nostradamus: *s'il fust venu quelques momens*
plûtôt c'eût été un Roy. Mais, ajouta-
t-il, *il aura toûjours lieu de se conso-*
ler: en quelque endroit qu'il se trouve
il sera l'un des premiers du Royaume.
Par la suite cet Enfant a été le Connê-
table de l'Ediguieres. Jodelle fit
ce Distique sur Nostradamus.

Nostra damus, cum falsa damus, nam
　　fallere nostrum est,
　　Et cum falsa damus, nil nisi No-
　　stra damus.

La Robe de Rabelais est en si grande
vénération à Montpellier qu'aucun Médecin n'y est receu qui ne la mette sept
fois. Quelques Etudians en Médecine
ayant fait des Actions indignes d'eux,
furent cause que tous les Priviléges de
la Faculté furent abolis. Rabelais qui é-

toit un des plus confidérables Membres de ce Corps, vint à Paris, & s'adreffa au Suiffe du Chancelier Duprat, à qui il parla Latin. Le Suiffe ayant fait venir un homme qui fçavoit cette langue, Rabelais luy parla Grec. Un autre qui entendoit le Grec ayant paru, il luy parla Hébreu. Par hazard un Profeffeur en langue Hebraïque s'étant trouvé là, Rabelais luy parla en Arabe; & à un autre encore en Syriaque : de forte qu'un tel homme ayant quelque chofe de prodigieux on courut en avertir le Chancelier, qui charmé de la Harangue qu'il luy fit, & de la Science qu'il avoit, rétablit, à fa confideration, tous les Priviléges qui avoient été abolis. Rabelais étoit de Chinon, petite Ville de Touraine, & fe fit Cordelier au Convent de Fontenay le Comte, dans le bas Poitou, d'où il s'enfuit : enfuite dequoy il fut Médecin à Montpellier; alla à Rome avec le Cardinal de Lorraine; & mourut Curé de Meudon. Il avoit beaucoup d'Efprit & de Sçavoir, mais peu de Religion : & quoi-que fon Livre foit eftimé de quelques-uns, on ne le void dans les mains de perfonne d'une vie réglée.　　　　　　　Un

Un Ancien difoit que la Réputation étoit le plus magnifique Tombeau que l'on pût avoir. Que de chofes en peu de paroles !

Il n'y a aucune Nation qui prenne tant de Noms de Batême que les Efpagnols. Un pauvre Efpagnol, qui n'avoit pour toute Compagnie qu'un méchant Rouflin, arriva dans un petit Village de France, où il n'y avoit qu'une feule Hôtelerie, qu'il étoit plus de minuit, & par une pluye fi abondante qu'elle avoit pénétré jufqu'à la peau. Ayant frapé à la porte le Maître fe leva, & demanda qui c'étoit. C'eft, répondit l'Efpagnol, *Dom Sanche Alphonfe, Ramire, Juan, Pédre, Carlos, Francifque, Domingue de Roxas, de Stuniga, de las Fuentes.* L'Hôte qui fçavoit qu'il n'y avoit qu'un lit de refte, luy ayant repliqué brufquement qu'il n'y avoit pas à loger pour tant de Monde, s'alla recoucher ; & quelque bruit que pût faire l'Efpagnol il ne voulut jamais luy ouvrir : fi bien que le pauvre Diable fut contraint, par le tems qu'il faifoit, d'aller à deux grandes lieuës de là chercher gifte. Je vous jure, Monfeigneur, qu'il

I i

n'eſt guéres moins tard que lors que
l'Eſpagnol arriva à cette malheureuſe
Hôtelerie ; & que ſi je ne me hâte d'envoyer ma Lettre à la Poſte je n'auray pas
l'honneur de vous aſſurer cette ſemaine
que je ſuis, avec un reſpect plus grand
que je ne puis l'exprimer,

MONSEIGNEUR,

De Vôtre Grandeur,

Trés - humble & trés-
obeïſſant ſerviteur.

A MONSEIGNEUR LE MARECHAL DUC DE NOAILLES.

MONSEIGNEUR,

Vous trouverez sans doute que le Compliment que je prends la liberté de vous faire arrive un peu tard ; mais j'ay voulu avant que d'avoir l'honneur de vous écrire, écouter ce qu'on difoit de vous aux Tuilleries, au Palais, & aux autres Rendez-vous des Nouvelliftes ; & je ne puis mieux vous témoigner le zele que j'ay pour vous qu'en vous en rendant un Compte fidelle. Quand vous fçaurez, Monfeigneur, combien vous vous êtes fait d'Ennemis en battant ceux de l'Etat, vous en ferez infailliblement furpris. On dit que tous

les jeunes Officiers qui cherchent à
s'avancer par des Actions militaires
font enragez contre vous, & qu'ils ap-
préhendent que vous ne leur donniez
pas le tems de se signaler ; la rapidité
de vos Exploits allant contraindre les
Espagnols à implorer la Paix : & je
sçay de bonne part que nos Generaux
les plus consommez ne trouvent pas
bon que vous ayïez gagné une Bataille
& pris une Ville avant qu'ils ayent
ouvert la Campagne. Je vous diray
bien plus, Monseigneur ; mais à condition s'il vous plaît que vous me gar-
derez le secret : Monsieur l'Archevêque
& Monsieur le Chancelier, qui sont
dans un âge à devoir prendre du repos,
vous veulent mal de la fatigue que
vous leur donnez ; & j'ay vû des Plaideurs de conséquence se plaindre de ce
que le Parlement avoit été obligé d'assister deux fois au *Te Deum* en quinze jours. Il n'y a pas jusques aux Bour-
geois qui ne murmurent de ce que le
Bois étant si cher on les contraint à
faire si souvent des feux devant leur
Porte : & ce qui les chagrine le plus,
c'est, Monseigneur, qu'ils attendent de

jour à autre la prife de Gironne, puifque c'eft vous qui l'affiégez, & que par
conféquent vous les obligerez à de
nouveaux frais. Enfin, Monfeigneur, je
croirois mal reconnoître les obligations
que je vous ay, fi je ne vous avertiffois
de tout ce que je vois & de tout ce que
j'entens; moy qui prends tant de part
à vôtre Gloire, & qui fuis avec un refpect fi profond,

MONSEIGNEUR,

Vôtre trés-humble, & trés-
obeïffant ferviteur.

A MONSIEUR

BONTEMPS,
Gouverneur de Versailles.

Monsieur,

Je n'ay pas l'honneur d'être connu
de vous, mais j'ay bien celuy de vous
connoître : & pour vous en convaincre
je sçay que le Roy vous honore de sa
confiance , & qu'il n'en peut honorer
personne qui luy soit plus fidelle que
vous. Comme les interêts de Sa Majesté vous sont plus chers que les vôtres-
mêmes je n'hésite point, Monsieur, à
vous suplier de luy rendre en Main-
propre la Lettre que je prens la liberté
de luy écrire. Je vous l'envoye toute

ouvette, pour en ôter la suspicion &
pour vous en faire voir la conséquence. Je me flate que mon nom n'est pas
inconnu de Sa Majesté : & ma demeure, que je marque icy, montre assez
l'intégrité de mon zele. J'y attendray
ce qu'il vous plaira de me faire sçavoir,
soit de la part du Roy, soit de la vôtre :
heureux si je puis être utile à Sa Majesté ; & vous donner des marques de l'e-
stime avec laquelle je suis,

MONSIEUR,

Vôtre trés - humble & trés-
obeïssant serviteur.

A MONSEIGNEUR

DE PONTCHARTRAIN,

Secretaire & Miniſtre d'Etat.

MONSEIGNEUR,

Perſuadé que vous êtes à Pontchartrain pour vous délaſſer quelques momens des fatigues qui font inſéparables de la Place que vous occupez, j'ay crû qu'une Fable vous divertiroit mieux qu'un Ouvrage plus digne de vous : & celle que je vous envoye eſt ſi nouvelle qu'elle n'a jamais paru ailleurs. Ayez la bonté, Monſeigneur, de vous abaiſſer juſqu'à la voir ; & de vous ſouvenir que les Miniſtres d'Etat n'étant ni de Bronze ni de Marbre, il

leur

sour faut de l'amusement & du repos
comme aux autres hommes.

Quoy que doive un Miniftre aux befoins de
  l'Europe
A fon propre repos il doit quelques inftans :
Un arc toûjours bandé, dit le bon homme
  Efope,
   Ne dure pas beaucoup de tems.
L'Efprit trop fatigué fe rebute & fe fâche ;
Et ceux qui, comme vous, prennent foin des
  Etats
   S'ils n'avoient un peu de relâche
A la peine qu'ils ont ne réfifteroient pas.

On feroit bien injufte de vous plaindre le repos que vous avez. Je ne croy
pas que depuis fix ans il y ait aucun
homme dans le Royaume qui en ait eu
moins que vous : & ce qui vous empé-
che d'en prendre, c'eft, Monfeigneur,
l'envie que vons avez de nous en donner.

K k

Charleroy , Mons , Namur ; Heidelberg , Suze,
   Nice ,
Rofe, Montmélian, Gironne, Palamos,
Depuis qu'à cet Etat Pontchartrain rend fer-
   vice
Sont affez de témoins qu'il a peu de repos.
Né pour des Emplois plus tranquilles
Les Troupes qui prennent ces Villes
Ne font pas fous vôtre pouvoir :
Mais fous quelques Loix qu'elles vivent
Si ce n'eft pas vous qu'elles fuivent
C'eft vous qui les faites mouvoir.

Je fçay que le choix du Roy eft toûjours extrémement glorieux pour ceux
que Sa Majefté en honore : mais en
verité, Monfeigneur, lors qu'on vous a
fait Miniftre d'Etat cet honneur vous
a été chérement vendu. Ce qui étoit
un plaifir pour les autres a été une con-
tinuelle peine pour vous ; & je ne fçay
fi les grands Génies qui vous ont précédé dans le Miniftére auroient ofé l'accepter au même prix.

Richelieu , Mazarin , Colbert,

Successeurs l'un de l'autre , & tous trois de
grands-hommes ;

Voyoient-ils de Janus toûjours le Temple ouvert

Comme nous le voyons dans le tems où nous
sommes ?

Rien ne s'opposoit à leurs vœux ;

Les Guerres n'étoient que des Jeux ;

On faisoit rarement de stériles Récoltes ;

Et les Troubles qui s'élevoient

Etoient de si foibles Révoltes

Que jamais nos Voisins ne les appercevoient.

Le Cardinal de Richelieu vivoit sous
un Roy , juste à la verité , mais qui avoit
laissé prendre un si grand pouvoir à son
Ministre qu'il faisoit toutes les fonctions de la Royauté. Le Cardinal Mazarin qui luy succeda, gouverna les Affaires dans un tems où le Roy ne sçavoit pas qu'il le fût ; & où l'on s'occupoit plus à l'amuser qu'à luy être utile.
Et Monsieur Colbert , qui vint aprés
luy , ayant paru dans le tems d'une pro-

fonde Paix ce n'étoit qu'Abondance, que
Prosperité & que Joye.

Mais quand de cet Etat on vous fit le Ministre
De combien d'Ennemis étoit-il attaqué ;
Et quel autre que vous se seroit embarqué
A l'aspect d'un Orage où tout sembloit sini-
    stre ?
      Que les Ministres d'autrefois
      S'il se peut reviennent tous trois
Voir avec quel succés vous remplissez leur
    Place :
      Et sans doute ils avoûront tous
      Que dans la plus grande Bonace
On n'a point vû sous eux ce que l'on void
    sous vous.

En effet, Monseigneur, on n'a rien
vû sous leur Ministére qui ne soit effa-
cé par ce qu'on void sous le vôtre. Les
Espagnols, que nous méprisons assez
pour ne les pas mettre au nombre de
nos Ennemis, ou tout au plus que nous
regardons comme les moindres, occu-
poient entiérement de si grands Hom-

mes ; & l'on faifoit plus de bruit pour combattre une feule Nation que nous n'en faifons pour en vaincre plufieurs enfemble.

Qu'auroit-ce été fi l'Angleterre
La Hollande, l'Efpagne, & tous les Allemans,
Les Savoyards & les Flamans
S'étoient joints de leur tems pour nous faire la
'Guerre ?
Quels auroient été leurs efforts
Si tant d'Ennemis au dehors
Avoient de cet Etat confpiré la ruine ?
Et que pour comble d'accidens
Une affreufe & longue Famine
En eût défolé le dedans ?

Voila, Monfeigneur, la defcription fidelle de l'état où nous nous fommes vûs. Les Ennemis s'efforçoient de s'ouvrir des paffages fur les Frontieres pendant que la Famine attaquoit le cœur du Royaume : & le Peuple, naturellement volage, commençoit à imiter celuy d'Ifraël, à qui une difgrace faifoit oublier mille bienfaits. K k iij

Contre tant de forces unies
Et la Faim, qui des Maux est le plus grand de
tous,
    Quels affez sublimes Génies
    Auroient pû faire tant que vous ?
    Qui jamais dans la conjoncture
    D'une Calamité si dure,
Où le Ciel à nos vœux sembloit être d'airain ;
    Avec une égale Prudence
    Jusqu'au retour de l'Abondance
Ménagea tout ensemble & le Peuple & le Grain?

Il n'y a plus rien à craindre, Monseigneur, le tems le plus difficile est passé ; & la France qui combat pour le Culte de Dieu, n'a plus que des Bénédictions à en attendre. La Ligue que ses Ennemis ont renouvellée est moins une marque de leur force que de leur foiblesse. S'ils nous craignoient moins ils ne prendroient point tant de précautions : & comme ce n'est ni l'Estime ni l'Equité qui les lie, leur union ne sçauroit durer long-tems. -

Encore une Campagne ou deux ,

Et les Ennemis de la France

Sans argent & sans esperance

Tourneront leurs armes contre eux :

Essiayez de tant d'injustices

Dont ils ont été les Complices ,

Aux plus cuisans remors ils seront exposez ;

Et par des efforts légitimes

Ils se vangeront de leurs crimes

Sur celuy qui les a causez.

Tout ce que nous avons à souhaiter , c'est, Monseigneur, que le Roy vive long-tems ; & qu'il vous ait toûjours pour Ministre. Sa Prudence & vôtre Zéle suffiront pour rendre inutiles tous les projets de nos Ennemis. Il est vray que c'est aux dépens de vôtre repos que vous achetez celuy de l'Etat ; mais comme j'ay eu l'honneur de vous dire au commencement de cette Lettre, les veilles & les fatigues accompagnent le Poste que vous remplissez : & ceux qui envient vôtre Elévation n'en connoissent pas toutes les peines.

Kk iiij

Les foins qu'il faut avoir dans la Place où
  vous êtes
Sans cesse renaissans, ne sont jamais finis :
    Si les Envieux que vous faites
Les avoient un seul jour ils seroient trop pu-
  nis.
    Levé plus matin que l'Aurore
    La journée est trop courte encore
Pour prévenir le mal, & procurer le bien :
Heureux qui de son zèle aide un si digne
  Maître !
    Se peut-il qu'avec tout le mien
    Le Ciel m'ait voulu faire naître
    Pour ne vous être bon à rien ?

Pour vous, Monseigneur, si vous a-
vez la bonté de jetter les yeux sur la
Fable que je vous envoye, vous verrez
que vous pouvez m'être bon à bien
des choses. Je me connois assez pour
être persuadé que je ne mérite pas que
vous me fassiez des graces : mais vous
n'avez jamais refusé justice à person-

ñe; & vous fçavez s'il eſt rien au Monde de plus juſte que ce que vous demande, avec un profond reſpect,

MONSEIGNEUR,

Vôtre trés-humble & trés-obeïſſant ſerviteur.

A MONSEIGNEUR

DE HARLAY,

ARCHEVESQUE DE PARIS,

DUC ET PAIR DE FRANCE.

*Touchant une Lettre ou Differtation
en faveur de la Comédie.*

MONSEIGNEUR,

Si j'avois l'honneur d'être mieux
connu de Vôtre Grandeur, je pren-
drois la liberté de l'aller voir au lieu
de celle que je prens de luy écrire, pour
la fuplier tres - humblement de me re-
garder comme le feul coupable de l'impreffion d'une Lettre que j'ay mife au

devant de quelques Piéces de Théatre
que j'ay données au Public, (si toute-
fois il y a du crime à mettre au jour
les sentimens des Péres de l'Eglise, touchant les Spectacles qui peuvent être
permis, & ceux qui doivent absolument
être deffendus.) Un Theologien d'un
mérite distingué, & que je n'aurois pas
consulté si je ne l'avois crû tel, me
vint hier faire des reproches de ce que
j'avois rendu public ce qu'il n'avoit eu
la bonté de faire que pour ma satisfaction particuliére ; & me toucha dans
l'endroit le plus sensible que j'aye, en
m'accusant d'infidelité. Il est vray, Monseigneur, (& j'ay trop de respect pour
vous pour rien imposer) qu'étant en
Province où je fis la Comédie d'Esope,
un bon Curé, qui peut-être n'avoit jamais oüy parler de la Comédie que
dans son Rituel, qui faisoit une bonne partie de sa Bibliotéque, fit scrupule de me donner l'absolution, & enfin
ne me la donna qu'à condition que je
m'informerois à de plus habiles Gens
que luy, si je pouvois en sureté de
conscience la faire representer. Je luy
tins parole , & crus ne me pouvoir

mieux adreffer qu'à celuy qui avoit été
mon Confeffeur à Paris, qui paffoit
pour un célébre Profeffeur en Théolo-
gie. Je luy envoïay non feulement E-
fope, mais encore quelques autres Comédies que j'avois faites, que je le
conjuray d'examiner férieufement ; &
s'il étoit auffi véritablement mon Amy
qu'il me l'avoit témoigné tant de fois,
de faire réflexion qu'il s'agiffoit du repos de mon Efprit, & peut-être de celuy de mon Ame. Aprés luy avoir plufieurs fois réïtéré la même priére il me
renvoya mes Ouvrages, & la Lettre
dont il m'a dit qu'on luy fait un crime
auprés de vous. La grande faute que
j'ay faite, & dont je ne puis me difcul-
per envers luy, c'eft, Monfeigneur, de
l'avoir ofé faire imprimer fans fa permiffion. Je n'avois garde de la luy demander, feur qu'il ne me l'accorderoit
pas : mais comme j'ay d'autres Piéces
à faire reprefenter, & entr'autres Eso-
PE A LA COUR, que je fuis prêt de
foûmettre à la Cenfure la plus auftére,
je me flatay que les Auditeurs me feroient plus favorables fi je leur faifois
voir que les Péres & les Canons qui

ont détesté les Comedies détestables
n'ont point prétendu interdire les divertissemens honnêtes , &, pour ainsi dire, plus capables de corriger les mœurs
que de les corrompre. Voila , Monsei-
seigneur, à quelle occasion ce Théologien a écrit la Lettre qui fait tant de
bruit, & dans quel esprit j'ay pris la liberté, à son insceu , de la mettre au
jour. Vôtre Grandeur, qui est un abîme d'Erudition, sçait mieux que personne que depuis que les Royaumes ont
commencé d'être florissans, & que l'on
a bâti de grandes Villes, il y a fallu des
Spectacles pour en amuser les habitans,
& que si les Peres de la primitive Eglise
blâmoient les Chrétiens d'y assister, c'é-
toit parce que les Spectacles des Anciens
faisoient une partie essencielle de la
Religion Payenne. Les Empereurs dont
la mémoire est le plus en vénération
(c'est des Empereurs Chrétiens dont je
parle) ne deffendirent pas les Spectacles
à leurs Sujets, mais ils en bannirent
l'Idolatrie : & s'il vous plaisoit, Monseigneur, de rappeller un peu vôtre souvenir., vous trouveriez que des Papes
n'ont pas crû les plaisirs du Théatre

indignes de l'attention des Chrétiens ;
puis qu'ils ne faisoient point de difficulté d'y assister eux-mêmes. Il est rap-
porté dans les Ecrits du Cardinal Bes-
sarion , Patriarche de Constantinople,
dont Baronius fait mention dans ses An-
nales Ecclésiastiques , que le Pape Alexandre III. après avoir terminé ses dif-
ferens avec l'Empereur Frédéric premier , surnommé Barberousse , accorda
plusieurs priviléges aux Vénitiens , en
consideration de l'azile qu'ils luy avoient
donné pendant la guerre ; & particulierement le droit d'avoir la troisiéme place pour leur Duc au Théatre du Pape.
Pour épargner la peine à Vôtre Grandeur de chercher elle-même l'endroit
que j'ay l'honneur de luy citer je vais
mettre icy ses propres termes. *Pontifex ob beneficium à Venetis susceptum
Sebastiano Duci & ejus successoribus,
ac Senatui Veneto privilegia conces-
sit, &c.* Et un peu après : *Quod Vene-
torum Principi tertiam sedem in Theatro fieri fecit , cùm priùs dua tantum
in Papa Theatro sedes essent, quarum
dexteram Pontifex , sinistram verò Ca-
sar tenet.* a Il est donc vray, Monsei-

_____
a Baron. an. 1177.

gneur, que le Pape avoit un Théatre où
sa Sainteté occupoit la premiere place,
l'Empereur la seconde, & le Doge de
Venise la troisiéme : Eh qu'y pouvoit-
on representer de plus beau, de plus
pur, &, si je l'ose dire, de plus profitable que les Piéces de Corneille & de Racine ? Y a-t-il rien qu'il ait mieux dé-
masqué l'Hypocrisie que le Tartuffe de
Moliére : & ne seroit-il pas à souhaiter
que les Prédicateurs eussent converty
autant d'ames que cet Auteur a corrigé de manieres ridicules ? Combien y
a-t-il de grands Seigneurs dont les fla-
teurs applaudissent jusques aux défauts,
& qui ne se verroient jamais, tels qu'ils
sont, sans les portraits que l'on en fait
à la Comédie ? Ce n'est pas toûjours le
bras levé que l'on fait entendre raison
aux hommes : & les instructions qui ef-
frayent font souvent moins d'impression
sur les cœurs que celles qui divertis-
sent.

Il faut étudier les Grands,
S'accommoder à leurs caprices,
Et par des chemins différens
Corriger leurs différens Vices.

D'un ton trop févére & trop haut
Vouloir d'un Orgueilleux réprimer le défaut
C'eft le rendre encor plus fuperbe ;
Au lieu que fur fon ame on fait plus de progrés
Suivant l'ingénieux Proverbe
Caftigat ridendo mores.

Si Vôtre Grandeur me vouloit permettre de luy parler avec autant de bonne
foy que de refpect, je luy dirois que
l'orage qui s'eft élevé depuis quelques
jours contre la Comédie, dont, fans y
penfer j'ay été la caufe, a été comme
une de ces pluyes heureufes, qui redou-
blent la fertilité de la Terre ; & que les
raifons contre un Divertiffement fi approuvé ont paru fi foibles qu'elles ont
augmenté l'envie d'y aller. Tous œux
qui fe font déchaînez contre elle ne
font pas plus connus qu'ils l'étoient auparavant, ou s'ils le font ce n'eft pas à
leur avantage. S'ils ont excité un peu
de curiofité ils ont bien caufé des bâil-
lemens ; & le plus heureux fruit que
puiffe faire ce qu'ils ont écrit, c'eft,
Monfeigneur, de leur infpirer une fer-
me

me résolution de ne plus écrire. Que void-on sur le Théatre du Monde qui, à proprement parler, ne soit Comédie: & que de Personnages y fait-on, à quoy il ne manque que le nom de Tartuffes pour être les Originaux, dont celuy qu'on a représenté n'est que la Copie?

Bon Dieu, que dans le Monde on se déguise
   bien !
Dans quelle Comedie a-t-on mieux fait son
   Rôlle
      Que Pacôme qui la contrôlle
Pendant toute sa vie a sceu faire le sien ?
      Si les fictions & les Fables
      Parmi les Chrétiens sont blâmables
      Et trahissent la Vérité ;
      Est-il fiction plus criante
      Que de prêcher la Pauvreté
      Avec Vingt Mille Ecus de rente ?

Le Cardinal de Richelieu qui étoit un grand Théologien, un grand Evêque, & un grand Ministre d'Etat, se seroit-il si hautement déclaré le Protecteur

de la Comédie , & de ceux qui écrivoient avec succés pour le Théatre, s'il
eût trouvé ce Divertissement indigne
d'un Chrétien : & la Sorbonne qui luy
est redevable de tant de bienfaits, peut-
elle condamner ce qu'approuvoit ce
grand Homme, sans donner une atteinte à sa mémoire ? En Espagne & en Portugal où l'Inquisition est si sévére , ne
représente-t-on pas des Comédies : &
parmi des Peuples où la moindre pec-
cadille envers la Religion est souvent un
crime irrémissible , ces Spectacles se-
roient-ils permis s'il étoit vray qu'ils
fussent si pernicieux ? Tertulien, S. Cy-
prien son Disciple, S. Chrysostome , S.
Augustin , Orose , Lactance, Salvien, &
pour citer des autoritez encore plus
grandes , les Conciles ont condamné
le plus justement du monde les Spectacles de leur Tems , parce qu'en effet
ils étoient abominables ; & si nous en
voyïons de pareils je suis persuadé que
les plus Libertins de nôtre Siécle les
condamneroient aussi : mais aujourd'huy
que la Comedie est non seulement
exemte de ces abominations , mais capable de donner des leçons utiles, les

raifons qui avoient donné lieu aux Anathémes fulminez contre elle ne fubfi-
ftent plus ; & s'il faut des Divertiffe-
mens aux hommes pour les délaffer des
fatigues qui font inféparables de la vie,
c'eft un de ceux que je crois le plus innocens. Si je ne craignois d'être com-
ptable des momens que je vous ferois
perdre, je vous fuplîrois trés-humblement, Monfeigneur, d'avoir la bonté
de voir vous même la Comédie d'Efope que je vous envoye , & de me dire
s'il y a la moindre chofe qui puiffe
bleffer la plus fcrupuleufe Vertu. J'y re-
prens les deffauts en général fans toucher à perfonne en particulier ; & tel
qui n'a jamais efté fenfible à toutes les
remontrances qu'on luy a faites , ravy de
rire des fotifes d'autruy appréhende d'en
faire , de peur de donner fujet de rire
à fon tour.

Ce n'eft point un conte frivole :
A qui veut faire ce qu'il doit
Il n'eft point de meilleure Ecole
Que les Sotifes que l'on void.
Dans les plus illuftres Familles

Bien souvent aux Garçons, quelquefois même
aux Filles

Les conseils des Parens semblent hors de saison ;

    Et par les leçons du Théatre
    Le Fat le plus opiniâtre
    Est d'abord mis à la raison.

C'est dans cette veuë, Monseigneur,
que j'ay choisi Esope pour le traduire
par tout où il y a des abus, & pour
luy faire dire, sous les apparences des
Fables, la Verité à tout le monde, sans
que personne puisse raisonnablement
s'en offenser. Celuy que j'ay l'honneur
d'envoyer à Vôtre Grandeur est Esope
en Province, & celuy qui luy succéde-
ra sera Esope à la Cour, persuadé qu'il
y a des abus comme ailleurs, & qu'ils
y sont d'autant plus considérables que
ceux qui les commettent sont dans une
plus grande élevation. Delà je le meneray où je croiray ses leçons le plus
nécessaires ; & par tout je donneray tant
de laideur au Vice & tant de beauté à la
Vertu qu'il ne tiendra pas à moy que

l'on n'ait autant de haine pour l'un que
d'amour pour l'autre.

Dans le deſſein que j'ay de faire aller Eſope
Par tout où les abus offrent de faux appas,
    Ne croyez pas que j'envelope
Parmi les vicieux ceux qui ne le ſont pás.
Comme un Sot me chagrine, & qu'un Méchant
   m'irrite ,
Avec un vray plaiſir je loüe un vray Mérite ;
N'importe dans quel rang on en ſoit revétu :
Aux petits comme aux Grands j'aime à rendre
   juſtice ;
      Et je défigure le Vice
      Comme j'embellis la Vertu.

Vous voyez , Monſeigneur , par la
Matiére que je me preſcris que je ne
cherche ni à corrompre les mœurs , ni
à favoriſer le libertinage ; & qu'en ſoû-
tenant les Spectacles néceſſaires , je ſouhaite qu'ils ſoient toûjours innocens.
Si malgré toutes les précautions que je
prens pour ne rien laiſſer échaper à ma

plume qui me puiſſe broüiller avec la
Pudeur la plus délicate, il plaît à Vôtre
Grandeur de m'employer à quelque
choſe de plus ſérieux, mon obeïſſance
à ſes Ordres luy fera connoître avec
combien de ſoûmiſſion & de reſpect je
ſuis,　　　.

MONSEIGNEUR,

DE VÔTRE GRANDEUR,

Trés-humble & trés-obeïſſant
ſerviteur.

A MADAME
LA COMTESSE
DE LA SUZE,
en luy envoyant un Re-méde pour la Migraine.

JE vous envoye, Madame, un Reméde qui juſqu'icy a eſté infaillible pour la Migraine ; mais j'ay peur que vous ne luy faſſiez perdre ſa réputation. On dit que la Migraine eſt le mal ordinai-re des beaux Eſprits ; & s'il eſt vray, vous ne devez pas douter que la vôtre ne ſoit incurable. Si vous aviez aſſez de pouvoir ſur vous pour tromper le Reméde, & pour luy dérober une par-tie de vos clartez, vous en verriez un effet auſſi promt que vous le pouvez ſouhaiter : mais l'effort que je vous de-mande eſt trop difficile ; & quelque ſoin que vous priſſiez pour cacher tant

de lumieres, il vous·en échaperoit toûjours affez pour mettre un obftacle invincible à vôtre guérifon. Vous voyez
par là, Madame, que le Ciel ne donne
rien pour rien, & qu'il vous fait payer
les avantages que vous en avez receus,
par les maux qu'il a voulu y attacher.
Je voudrois avoir quelque Reméde dont
la force égalât celle de vôtre Efprit : il
n'eft rien que je ne miffe en ufage pour
rendre une fanté durable à la perfonne
du monde qui mérite le mieux d'être
immortelle. Vous me rendez affez de
juftice pour en être perfuadée ; & vous
avez trop de pénétration pour ignorer
que je fuis avec autant de zele que de
refpect, Madame, Vôtre trés-humble
& trés-obeïffant ferviteur.

A MONSEIGNEUR L'EVESQUE ET DUC DE LANGRES, PAIR DE FRANCE.

Remarques & bons mots.

MONSEIGNEUR,

Vous plaindre de ce que mes Lettres sont trop courtes, c'est me faire le reproche le plus obligeant du monde. Je craignois d'avoir la conscience chargée d'un péché tout contraire, & d'être obligé de me confesser d'avoir ennuyé Vôtre Grandeur. Puisque les Remarques que j'ay l'honneur de luy en-

M m

voyer toutes les femaines ont l'avantage de la divertir quelques momens, je
vais, Monfeigneur, ménager le terrain
le mieux qu'il me fera poffible, & ac-
courcir même un Compliment, dont je
fuis feur que vous n'avez pas befoin
pour être perfuadé du Refpect que j'ay
pour vous.

Je lifois il y a quelques jours (car,
Monfeigneur, je lis plus que je n'ay fait
de ma vie , & c'eft vous uniquement
qui en êtes la caufe) qu'un Monfieur
Briçonnet, nom fort confiderable dans
la Robbe, après la mort de fa Femme
s'étant fait d'Eglife, fon mérite l'éleva
au Cardinalat. Deux Fils qu'il avoit,
croyant ne pouvoir prendre un meilleur
parti que de fuivre les traces de leur
Pére, reçeurent auffi les Ordres Sacrez;
& comme ils avoient beaucoup de Science & de Vertu l'aîné fut Archevêque &
l'autre Evêque. Le jour d'une Fête fo-
lemnelle le Cardinal Briçonnet difant
la grand'-Meffe devant le Roy, fon Fils
l'Archevêque luy fervit de Diacre, &
l'Evêque de Soûs-Diacre. Quelle joye
pour le Pére & pour les Fils, élevez à
de fi hautes Dignitez de faire enfemble

cette augufte Cérémonie ; & quelle bé-
nédiction dans une Famille ! Peut-être
depuis la naiffance du Monde n'a-t-on
rien veu de plus particulier.

Je trouve encore dans la Maifon d'A-
ligre une chofe auffi extraordinaire que
glorieufe. Depuis que la France n'a plus
de Conneftable, la Charge de Chancelier eft fans doute la premiére de l'Etat.
Il ne feroit peut-être pas furprenant
que d'une Maifon ancienne & fidelle à
nos Rois, il y eût eu par fucceffion de
tems deux Chanceliers de France : mais
que le Pére & le Fils l'ayent été comme feu Monfieur d'Aligre & fon Pére,
c'eft ce qui jufqu'icy ne s'étoit point
vû ; & je ne croy pas que dans aucune
Maifon de la Robbe on puiffe rien trouver de plus beau. Un des plus fameux
Chanceliers que nous ayïons eu, & qui
a joüy de cet honneur le plus long-
tems, a été feu Monfieur Seguier Protecteur de l'Académie Françoife. Il a
poffédé plus de quarante ans cette grande Dignité ; & comme il fe nommoit
PIERRE Seguier, on dit aujourd'huy
des Chanceliers futurs comme des Papes, *Non videbunt Annos* PETRI.

Il se trouve quelquefois des choses
si ridicules qu'à force d'être mauvaises
il y a je ne sçay quoy de bon. Vous
en allez juger, Monseigneur, par la Harangue qui fut faite à un de Messieurs
les Lieutenans Généraux de l'Armée de
Piémont, par le Maire d'une petite Ville située sur le bord du Rhône, dont je
tais le nom de peur que l'éloquence de
ses Habitans ne luy inspire trop de vanité.

MONSEIGNEUR, Tandis que L o ü i s
LE GRAND fait aller l'Empire de mal
en pire, damner le Dannemarc, suer
la Suéde ; tandis qu'il gêne les Génois,
berne les Bernois, & cantonne le reste
des Cantons ; tandis que son digne Re-
jetton fait baver le Bavarrois, rend les
troupes de Zell sans zele, & fait faire
des esses aux Hessois ; tandis que Luxembourg fait fleurir la France à Fleurus, met en flâmes les Flamands, lie
les Liégeois, & fait danser Castanaga
sans castagnettes ; tandis que le Turc
hongre les Hongrois, fait esclaves les
Esclavons, & réduit en servitude la Ser-
vie ; enfin, tandis que Catinat démonte
le Piémontois, que S. Ruth se ruë sur le

Savoyard, & que Larré l'arrête : Vous,
MONSEIGNEUR, non content de
faire sentir la pesanteur de vos doigts
aux Vaudois, vous faites encore la barbe aux Barbets. Ce qui nous oblige à
être avec un profond respect, MON-
SEIGNEUR, Vos trés-humbles & trés-
obeïssans serviteurs, *Les Maire, Esche-*
vins & Habitans de la Ville de . . . . . .

Autrefois on n'imprimoit aucun Livre où ce qu'il y avoit de beaux Esprits
ne missent leur Approbation pour luy
donner plus de poids. Maître Adam, ce
célébre Menuisier de Nevers, voulant
donner au Public ses Poésies intitulées
Les Chevilles de Maître Adam, Saint
Amant luy donna cette Approbation,
d'autant plus ingénieuse qu'elle convient
également à sa profession & à son génie.

On dira par tout l'Univers.

Voyant les beaux Ecrits que Maître Adam nous
offre,

Qu'il est propre à faire des Vers
Comme il est propre à faire un Coffre.

Richelet dont le mérite est assez connu par le beau Dictionnaire qu'il a mis
au jour, étant intime Amy de feu l'Abbé d'Aubignac, applaudit aussi un Roman qu'il avoit fait, qui n'a jamais eu
d'autre débit que les presens qu'il a plû
à l'Auteur d'en faire. Il avoit pour Titre MACARISE: il n'y a que le Libraire qui l'a imprimé qui malheureusement s'en souvienne. Ces Amis s'é-
tant pointillez sur quelque matiére d'é-
rudition l'Abbé d'Aubignac, qui étoit
piquant, en vint à de grosses paroles, à
quoy Richelet ayant répondu avec assez
de vigueur ils se broüillérent à jamais
ne se reconcilier. Comme l'Abbé n'alloit en aucun lieu où il ne mit Richelet sur le tapis dont il faisoit des plain-
tes toûiours accompagnées d'invectives,
Richelet qui en fut averty crut luy devoir envoyer ces quatre Vers.

Hédelin, c'est à tort que tu te plains de moy,
   N'ay-je pas loüé ton Ouvrage?
   Pouvois-je plus faire pour toy
   Que de rendre un faux témoignage?

On m'a dit que la semaine passée un jeune homme extrémement chargé de Latin, & trés peu d'argent, n'osant s'aller presenter à un homme de Qualité pour être Précepteur de ses Enfans, parce qu'il avoit la barbe trop longue, fut en tremblant heurter à la Boutique d'un Barbier, & demanda si on le vouloit raser. Ouïda, luy répondit le Maître. Hola, qu'on fasse vîte chauffer de l'eau : un linge blanc, un bonnet. Le pauvre Garçon que ces preparatifs effrayérent craignit quand sa barbe seroit faite qu'on ne le maltraitât pour être payé, & dit le plus honnêtement qu'il pût que c'étoit pour l'amour de Dieu qu'il demandoit cette grace. Pour l'amour de Dieu? dit le Maître en grommelant, bonne chienne de pratique! Allons, allons, mettez-vous là, poursuivit-il, & remarquez bien la Boutique pour n'y pas revenir au même prix. Alors le frottant un peu avec de l'eau toute froide, sans luy donner ni savonnette, ni linge, ni bonnet, & choisissant même le Rasoir le moins bon qu'il eût, il se mit en devoir de luy arracher plûtôt la barbe que de la luy faire. Pendant qu'on mar-

tyrifoit ce pauvre homme, fans qu'il
osât dire la moindre chofe, un Chat
qui apparâment avoit mangé une partie du dîné, & à qui l'on congnoit la
gueule fur la Table pour l'en faire fouvenir, faifoit un fabat épouvantable.
Le Barbier chagrin de travailler *gratis*,
& d'ehtendre un fi grand bruit : Que
Diable, dit-il, fait-on à ce Chat pour
l'obliger à crier de la forte ? Le Sçavant
qui jufques-là n'avoit rien dit, quoi-
qu'on l'écorchât, prenant la parole : *C'eft*
peut-être, dit-il, *quelque pauvre Chat à*
qui l'on fait la barbe pour l'amour de
Dieu ; voulant faire comprendre que le
Chat avoit raifon de crier s'il fouffroit
autant que luy.

J'ay autrefois dîné chez feu Monfieur
le Préfident Perrault, avec un Confeiller
d'Autun qui, à foixante & dix ou douze
ans, étoit arrivé depuis peu à Paris pour
la premiére fois de fa vie. Monfieur
Perrault étonné qu'il eût attendu fi tard
à voir une fi belle Ville, luy demanda
comment il la trouvoit ? *En vérité,*
Monfieur, luy répondit-il, *fur le rap-*
port qu'on m'en avoit fait je m'en étois
formé une idée toute différente de ce

qu'elle m'a paru : je ne puis disconve-
nir qu'elle ne soit incomparablement
plus grande qu'Autun , mais cela ex-
cepté je la trouve comme toutes les au-
tres Villes ; des Maisons deçà & delà,
& une ruë au milieu.

Si tout ce qu'a fait l'Abbé Cotin
avoit la même beauté qu'une Epigramme que je trouvay derniérement dans
ses Oeuvres, je ne doute point qu'il
n'eût imposé silence à la Satire. Vôtre
Grandeur qui aime les petits Ouvrages
délicats n'en a peut-être jamaïs veu, je
dis même chez les Anciens, de plus délicat & de plus agréablement tourné que
celui-cy.

Iris s'est renduë à ma foy :

Qu'eût - elle fait pour sa deffense ?

Nous n'étions que nous trois , elle, l'Amour &
moy ,

Et l'Amour fût d'intelligence.

Est-il possible que le reste du Livre soit
du même Auteur de cette Epigramme ?

Le jour qu'Henri IV. fut si malheureusement assassiné, jour dont la France
ne peut se souvenir sans douleur, outre
tant de prodiges dont les Historiens ont
fait mention, qui sembloient présager
une mort si déplorable, il arriva à Pau,
Ville capitale de Béarn, qui a eu l'honneur de le voir naître, des choses qu'on
auroit de la peine à croire si des Procés Verbaux autentiques n'en faisoient
foy. Le Tonnere tomba le matin sur la
Porte du Château où les Armes de ce
Prince étoient arborées en sculpture, &
enleva les Lettres de son Nom, qui é-
toient aux deux côtez de l'Ecu. L'aprés-
dînée comme le Bétail revenoit de la
Campagne, un Taureau du Château
qu'on appelloit *le Roy* pour le distin-
guer des Taureaux de la Ville, sans y
être excité par quoy que ce soit, se pré-
cipita de luy-même dans le fossé & se
tua : de sorte qu'à la même heure qu'on
disoit à Paris *le Roy est mort*, on disoit
à Pau la même chose, sans penser le dire si justement. Quelque douloureuse
que soit cette remarque, par la vénération que l'on conserve pour la mémoire
d'un si grand Roy, je ne l'ay pas crû in-

digne de la curiofité de Vôtre Grandeur. Quelque tems avant fa mort ce grand Monarque difoit au Marquis de Rôny fon Miniftre : *Si Dieu me fait la grace de vivre encore dix-huit Mois ou deux Ans je veux qu'il n'y ait pas un Païfan dans mon Royaume qui ne mette le Dimanche une Poule dans fon pot.* Quelle bonté ! Jamais Roy a-t-il mieux mérité d'être appellé Pére de fon Peuple ?

Feu Monfieur le Maréchal d'Hocquincourt ayant quité le parti du Roy, & paffé dans l'Armée Ennemie, fon infidelité fut prefque auffi-tôt punie que commife. Il fut tué à la premiere occafion où il fe trouva après fa révolte. Un Sonnet que l'on fit fur fa mort, & que je n'ay veu imprimé en aucun lieu, ne vous paroîtra pas d'un médiocre Génie.

SONNET.

ENfin à d'Hocquincourt la lumiére eft ravie,

Il s'eft offert luy-même au coup qui le furprend ;

Et malgré tout l'honneur qu'il eut pendant sa
     vie
Il n'a pas eu le bien d'être plaint en mou-
     rant.

   Rebelles , son exemple aux remors vous
     convie ,
Ses Armes pour son Roy n'ont rien fait que
     de grand ;
Mais sa Valeur si haute & si digne d'envie
Dans un parti contraire eut un sort diffé-
     rend.

   Son chatiment fatal suivit de prés son cri-
     me ,
D'une main inconnuë il devint la Victime ,
Luy qui brava jadis la Mort en tant de lieux.

   Il connut que des Rois le Ciel prend la que-
     relle :
Tant qu'il fut bon Sujet il vécût glorieux ;
Et mourut sans éclat si-tôt qu'il fut Rebelle.

En l'année 1585. Monsieur de Thou,

Premier Président au Parlement de Paris, eut le quatriéme Carosse qui fut
fait en France. Avant ce tems-là les
Présidens & les Conseillers n'alloient au
Palais que sur des Mules : les Chevaux
étoient pour les Gens d'épée ; & quand
la Reine venoit du Château de Madrid
à Paris, elle se mettoit en crouppe derriere son Ecuyer. Il y avoit aussi chez
les Gens de Qualité des Coches pour la
commodité des femmes, mais comme
ils n'étoient pas suspendus les Dames
aimoient mieux aller en crouppe, que
dans une Voiture si fatiguante. C'est de
ces Coches que nous sont restez les noms
de Cocher & de Porte Cochére, qui sont
aujourd'huy en si grand nombre. Vous
plairoit-il, Monseigneur, de faire un moment de réflexion sur la différence des
tems ? Les Procureurs qui n'ont point
de Carosse se plaignent de l'injustice de
la Fortune ; & trois fréres qui vivoient
du tems de Monsieur de Thou, dont
l'aîné étoit Maître des Requêtes, le second Conseiller au Parlement, & le
troisiéme Maître des Comptes, n'a-
voient qu'une seule Mule à eux-trois.
Nous avons des personnes dans une

haute posture du même nom & de la
même Famille, auffi honnêtes Gens que
ceux dont je parle l'étoient peu : ce qui
fut caufe qu'on appelloit ordinairement
leur Mule *La Guide des Pêcheurs.*

La femme d'un Cordonnier, à qui
fon Mary avoit commandé de luy acheter une Linote, étant un jour fur le
Quay de la Mégifferie y trouva une de
fes Comméres. Quel fujet, luy dit-elle,
vous oblige à venir icy ? L'envie d'a-
cheter un Oifeau, luy répondit la Com-
mére. J'y fuis pour la même chofe, luy
repliqua-t-elle; & je veux acheter une
Linote. Et moy, luy repartit l'autre, je
cherche un Corbeau. Et fy, ma Com-
mére, dit la femme du Cordonnier, vous
cherchez là un vilain Oifeau. *Il eft vray
qu'il n'eft guéres beau*, luy répondit-
elle, *mais on dit qu'il vit fept ou huit
cens Ans, & je voulons voir, mon Mary & moy, fi cela eft vray.* La commu-
ne opinion eft qu'il n'y a point d'Animal qui vive fi long-tems que le Corbeau. Voicy, Monfeigneur, ce qu'on
dit des Animaux que je vais nommer.
On dit que trois Belettes vivent l'âge
d'un Chien : trois Chiens l'âge d'un

Cheval : trois Chevaux l'âge d'un Homme : trois Hommes l'âge d'un Cerf :
trois Cerfs l'âge d'un Corbeau : & trois
Corbeaux un temps innombrable.

Monsieur le Duc de Tresmes, Pere de
Monsieur le Duc de Gesvres, Premier
Gentilhomme de la Chambre du Roy,
& Gouverneur de Paris, mourut âgé de
Quatre-vingts treize ans. Un Valet de
Chambre ayant appris sa mort à Monsieur le Maréchal d'Estrées, qui avoit
Cent trois ans : *J'en suis bien fâché*, dit-
il, *mais je n'en suis point du tout surpris. C'étoit un Corps cacochime, &
tout usé. J'ay toûjours dit que cet homme-là ne vivroit pas.* Monsieur le Maréchal de Villeroy qui n'avoit que Qua-
tre-vingts-quatre ans, trouvoit qu'il a-
voit assez vécu pour n'avoir plus guéres
à vivre. Quand ses Amis luy demandoient comment il se portoit : *je me
porte bien*, leur répondoit-il, *mais je
mourray bien-tôt.* Il n'est guéres de plus
heureuse vieillesse que celle de Monsieur
de Battillat, ancien Garde du Tresor
Royal, dont je vous ay oüy parler, Monseigneur, comme d'un aussi honnête
homme que vous en ayïez jamais con-

nu ; & dont tout le monde parle comme vous. A Quatre-vingts cinq ans il
obferve le Carême avec autant de ré-
gularité que le Religieux le plus auſté-
re ; & quoi-qu'il ſoit aſſez ſouvent en-
rhumé, & qu'il ait même des atteintes
de Goute, il ne trouve pas que ce ſoient
d'aſſez grandes incommoditez pour l'o-
bliger à le rompre. C'eſt une vérité
dont j'ay été plus d'une fois témoin.

Pendant que je ſuis ſur le chapitre
de la vieilleſſe, Vôtre Grandeur ne ſera peut-être pas fâchée d'apprendre ce
que j'ay vû dans un Livre du Père Ga-
raſſe Jéſuite, intitulé, LA DOCTRINE
CURIEUSE. Il rapporte que le Cardinal
d'Armagnac, Evêque de Limoges, fai-
ſant la viſite de ſon Diocéſe paſſa dans
un Village, où il trouva un Vieillard
d'environ ſoixante & quinze ans, qui
pleuroit. Il luy demanda charitablement
ce qu'il avoit à pleurer, pour tâcher de
luy donner enſuite la conſolation qui
luy ſeroit néceſſaire. Je pleure, Monſeigneur, luy répondit le Vieillard, parce que mon Père m'a battu. Vôtre Père !
dit le Cardinal, ſurpris qu'à cet âge il
eût encore ſon Père : hé pourquoy vous
a-t-il

a-t-il battu ? Pour avoir par mégarde,
luy répliqua-t-il, pafsé devant mon
Grandpére fans le faluer. Le Cardinal
crut d'abord que cet homme avoit perdu l'efprit ; mais l'ayant encore inter-
rogé & trouvé qu'il ne répondoit pas
de mauvais fens, il voulut s'éclaircir
de la vérité par fes propres yeux. Il entra dans la Maifon, où il trouva le Pére
âgé de Quatre-vingts quatorze ou quinze ans, encore affez robufte ; & le
Grandpére qui en avoit Cent dix-fept,
& qui étoit dans un lit, mais fi cafsé
& fi décrépit qu'il n'avoit plus que le
foufle. Vous en croirez, Monfeigneur,
ce qu'il vous plaira : je vous ay dit mon
garent.

Mademoifelle, Fille de Monfieur, qui
eft morte Reine d'Efpagne, auroit bien
voulu ne pas aller en ce Païs-là, foit
qu'elle eût un preffentiment de ce qui
luy devoit arriver, ou une inclination
fecrette pour Monfeigneur le Dauphin.
Le Roy, aprés avoir conclu le Mariage
de cette Princeffe, luy faifant compliment fur ce qu'elle alloit être une grande Reine : Vous voyez, ma Niéce, luy
dit-il, ce que je fais pour vous : quand

ce feroit pour ma propre Fille je ne pourrois faire davantage. *Il est vray, Monsieur, luy répondit-elle, que vous ne
pourriez faire davantage pour vôtre
propre Fille ; mais vous auriez pû faire
plus pour vôtre Niéce, si vous l'eussiez
voulu.*

Il est fans doute extrémement avantageux à un homme d'être d'une Naiffance confidérable, quand elle est foû-
tenuë par un grand Mérite ; mais il n'est
pas beau de s'en vanter inceffamment :
& qui voudroit rendre justice à la vérité trouveroit fouvent que dans une lon-
güe fuite de Noblesse le plus honnête
homme, & le cœur le mieux fitué a été
celuy qui l'a commencée. Combien y
a-t-il de Gens qui ne font Nobles que
parce qu'ils font nez Gentilshommes,
& qui auroient befoin d'avoir toûjours
leur Généalogie en main , pour faire
connoître ce qu'ils font ? C'est par fes
Actions plûtôt que par fes difcours qu'il
faut montrer qu'on est Noble : Et vous
voulez bien , Monfeigneur , puifque
vous m'avez ordonné de faire toûjours
entrer quelque Fable dans ce que j'auray l'honneur de vous écrire , que j'en

metté icy une de Benfferade qui vient
parfaitement bien à la matiére dont il
s'agit, & que vous trouverez d'autant
plus belle qu'on ne peut dire plus de
chofes en moins de paroles.

Un Crocodille Noble , & d'une humeur hau-
taine
Vantoit de fa Maifon les Titres anciens :
Pour moy , dit le Renard , j'ay beaucoup plus
de peine
A fçavoir où j'iray qu'à fçavoir d'où je viens.

Je vais , Monfeigneur , vous citer
deux hommes qui n'étoient, peut-être,
Gentilshommes ni l'un ni l'autre , &
qui avoient l'ame aufsi grande & aufsi
noble que beaucoup de Nobles l'ont
baffe & roturiére. Le premier eft M.
de Salo , Confeiller au Parlement. Un
nommé Lépine qui a été fon Laquais,
& qui eft aujourd'huy un Pertuquier
paffablement riche, m'a dit ce que je
vais réciter à Vôtre Grandeur. En l'année 1662. il y eut un longue & cruel-

le Famine à Paris. Un soir des grands
jours d'Eté que M. de Salo venoit de
se promener, suivi seulement de ce
Lépine qui étoit un petit Laquais, un
homme l'aborda, luy presenta un Pistolet, & luy demanda la bourse; mais
en tremblant, & en homme qui n'étoit
pas expert dans le metier qu'il faisoit.
Vous vous adressez mal, luy dit M. de
Salo, & je ne vous feray guéres riche :
je n'ay que trois Pistoles que je vous
donne fort volontiers. Il les prit, &
s'en alla sans luy rien demander davantage. Suy adroitement cet homme
là, dit M. de Salo à son Laquais : ob-
serve le mieux qu'il te sera possible où
il se retirera, & ne manque pas de venir me le dire. Il fit ce que son Maître luy commanda ; suivit le Voleur
dans trois ou quatre petites ruës, &
le vid entrer chez un Boulanger, où il
acheta un pain de sept ou huit livres,
& changea une des Pistoles qu'il avoit.
A dix ou douze Maisons de là il entra
dans une allée, monta à un quatriéme
étage, & en arrivant chez luy, où l'on
ne voyoit clair qu'à la faveur de la Lu-
ne, jetta son pain au milieu de la cham-,

bre, & dit en pleurant à sa Femme &
à ses Enfans : mangez ; voilà un pain
qui me coûte cher ; rassasiez-vous-en,
& ne me tourmentez plus comme vous
faites ; un de ces jours je seray pendu,
& vous en serez la cause. Sa Femme
qui pleuroit aussi, l'ayant appaisé le
mieux qu'elle pût, ramassa le pain, &
en donna à quatre pauvres Enfans qui
languissoient de faim. Quand le Laquais sceut tout ce qu'il vouloit sçavoir il descendit aussi doucement qu'il
étoit monté, & fut rendre un compte
fidelle à son Maître de tout ce qu'il a-
voit vû & entendu. As-tu bien remarqué où il demeure, luy demanda M. de
Salo ; & pourras-tu m'y conduire demain matin ? Ouy, Monsieur, luy répondit-il : c'est dans une telle ruë ; & je vous
y meneray fort aisément. Le lendemain
dés cinq heures du matin M. de Salo
fut où son Laquais le conduisit, & trouva deux Servantes voisines qui balayoient
déja la ruë. Il demanda à l'une, qui é-
toit un homme qui demeuroit à la Maison que le Laquais luy montra, & qui
occupoit une quatriéme chambre? C'est,
Monsieur, répondit-elle, un Cordon-

nier , bon homme & bien serviable ,
mais chargé d'un grosse Famille , & si
pauvre qu'on ne peut l'être davantage.
Il fit la même demande à l'autre , qui
luy fit à peu prés une semblable réponse ; ensuite dequoy il monta chez l'homme qu'il cherchoit , & heurta à la porte. Le malheureux , aprés avoir mis de
méchantes chausses , la luy ouvrit luy
même , & le reconnut d'abord pour celuy qu'il avoit volé le soir précédent.
Il n'est pas necessaire de dire quelle fut
sa surprise. Il se jetta à ses pieds , luy
demanda pardon , & le suplia de ne pas
le perdre. Ne faites point de bruit , luy
dit M. de Salo : je ne viens point icy
dans ce dessein là. Vous faites , continua-t-il , un méchant métier ; & pour
peu que vous le fassiez encore il suffira
de vous pour vous perdre , sans que personne s'en mêle. Je sçay que vous êtes
Cordonnier : tenez ; voila trente Pistoles que je vous donne : achetez du Cuir ;
travaillez à gagner la vie à vos Enfans :
& sur tout ne leur prêtez point d'exemple si mauvais que celuy que vous avez
suivy. Qu'il y a de beauté , Monseigneur , dans toutes les circonstances

d'une Charité si généreusement faite ;
& qu'une pareille action ennoblit la
mémoire d'un homme !

L'autre personne dont j'ay promis de
parler à Vôtre Grandeur, est M. Brayer
l'un des plus habiles & des plus célébres
Médecins qu'ait eu la Faculté de Paris.
Chaque premier jour du Mois il portoit
un Sac de Mille francs à son Curé pour
les pauvres Honteux de sa Paroisse , &
n'y a point manqué pendant quinze
ans : de sorte qu'il a donné aux Pauvres
Cent Quatre-Vingts Mille livres d'argent monnoyé , sans les autres charitez, dont peut-être il n'a voulu de témoin que luy-même. On n'en a rien
sceu qu'aprés sa mort que M. le Curé
de S. Eustache a trouvé juste de rendre
ce témoignage à la mémoire d'un homme si charitable. Quel Marquis, quel
Duc, & si je l'ose dire, Monseigneur ,
quel Evêque a fait la même chose ?

Pour égayer ma Lettre qui ennuîroit
peut-être ceux à qui Vôtre Grandeur la
fera voir, si j'y mettois trop de sérieux,
je vais, avec vôtre permission, Monseigneur, changer de stile ; & dire une petite obcénité , qui je croy ne vous gen-

darmera pas, parce qu'elle n'eft pas mal
envelopée. Un de mes Amis, qui eft à la
veille d'époufer une Demoifelle d'une
grande Vertu, quoi-qu'aifée & ennemie
de la grimace, ayant été prié à dîner a-
vec fa Maîtreffe chez une Sœur qu'elle
avoit, ils y trouvérent un petit Garçon
de cinq ou fix ans, beau comme l'A-
mour, & qui caufoit fi agréablement
qu'il ne faifoit pas moins de plaifir à
l'écouter qu'à le voir. Pendant que tout
le monde l'admiroit, l'Amant s'étant
approché de fa Maîtreffe luy dit à l'o-
reille : Je voudrois de tout mon cœur
vous avoir fait un Enfant auffi aimable
que celuy-là. *J'en ferois bien fâchée,*
luy répondit elle en plaifantant ; *je*
n'aime pas la befogne faite.

Un jeune Fat de la vieille Cour, devenu Amoureux d'une des Filles d'honneur de la Reine Mere de Loüis LE
GRAND, fit des Vers à fa loüange
qu'il communiqua à Théophile avant
que de les luy prefenter. Elle aimoit
paffionnément la Chaffe, & pour luy
donner un nom convenable, à l'inclination qu'elle avoit, il crut que celuy
de Diane étoit le plus beau qu'il pût
choifir.

choifir. Théophile aprés avoir lû fes
Vers, luy dit fincérement ce qu'il en
penfoit, & tant de fincérité ne luy plût
pas. Il luy foûtint qu'il n'en avoit jamais fait de fi beaux, & que c'étoit purement par jaloufie qu'il ne les approuvoit point. Il ne s'en tint pas là : par
tout où l'on parloit de Théophile il le
déchiroit d'un bout à d'autre ; & l'affront qu'il luy avoit fait de ne pas trouver bons de méchans Vers , luy caufa
une fi grande averfion pour luy qu'il ne
manqua aucune occafion de luy nuire.
Théophile qui n'étoit que feu & que
felpeftre , ne pouvant fouffrir tant d'in-
dignitez fans y répondre, le régala de
ces quatre Vers.

Tu ne dois point nommer Diane
La jeune Beauté que tu fers,
Car Diane prenoit des Cerfs
Et ta Maîtreffe a pris un Afne.

L'inégalité qui étoit entre Théophile & l'Ennemy que fa fincerté luy avoit
fait , l'empêcha de faire courir publi-
O o

quement cette Epigramme ; mais auſſi
ne la pût-il tenir ſi ſecrette qu'elle n'allât juſqu'à celuy qui y avoit intérêt : ce
qui redoubla tellement ſa haine que
dans le malheur de Théophile ce fut
ſous-main l'une de ſes plus dangereu-
ſes Parties.

Chacun ſçait que feu Monſieur de
Beaufort ſe ſauva du Donjon de Vin-
cennes, où il étoit priſonnier. Meſſieurs
les Princes y ayant été conduits quelque tems après, Monſieur le Prince de
Conty, qui a toûjours été fort pieux,
dit à un Gentilhomme qui les étoit allé viſiter : je vous prie, Monſieur, de
m'apporter quand vous reviendrez nous
voir, l'Imitation de JESUS-CHRIST :
Et à moy, dit Monſieur le Prince, *l'Imitation de Monſieur de Beaufort.*

Durant la minorité du Roy, l'Armée
de Sa Majeſté n'étant que médiocrement forte, la Reine-Mére dit un jour
au Maréchal de la Ferté : Monſieur le
Maréchal, les Ennemis ſont plus forts
que nous cette année, mais nous avons
le bon droit pour nous, & Dieu ſe ran-
gera du côté de la Juſtice. *Corbieu,
Madame*, luy répondit-il, *ne vous y*

fiez pas: j'ay toûjours vû *Dieu du côté des gros Bataillons.*

Quand il prit possession du Gouvernement de Lorraine, les Juifs de Mets étant allez luy demander sa Protection: Sortez, Malheureux, leur dit-il, je ne veux point voir l'abominable Nation qui a Crucifié JESUS-CHRIST mon Maître. Son Secretaire luy ayant dit en particulier, qu'ils luy apportoient Mille Louïs-d'or, qui est le present ordinaire qu'ils font à chaque mutation de Gouverneur: Non, continua-t-il, d'un ton plus haut qu'il n'avoit encore fait, je n'en veux point entendre parler; & s'ils ne sortent de mon Gouvernement dans quinze jours au plus tard, je vangeray sur eux le Sang innocent qu'ils ont si injustement répandu. Ils furent le lendemain en porter deux Mille, mais ils ne furent pas mieux receus que la veille. Ils essayérent d'appaiser son courroux avec trois Mille, mais ni trois ni quatre Mille ne purent ébranler la résolution où il étoit de vanger son Maître. Enfin étant allez jusqu'à cinq Mille, & luy ayant representé qu'ils n'étoient point coupables du crime de leurs Péres; &

que d'ailleurs s'ils avoient fçû que c'eût été le Messie ils ne l'auroient point fait mourir. *Il est vray*, dit-il, *que les pau-vres Gens ne fçavoient ce qu'ils fai-foient* ; ensuite dequoy il leur accorda fa Protection, & prit leurs cinq Mille Louïs.

Zéleucus Roy des Locriens, homme juste & d'une Vertu austére, fit plu-fieurs belles Loix, & une entr'autres par laquelle tout homme qui feroit fur-pris en Adultére auroit les deux yeux arrachez. *a* Le premier que l'on y fur-prit fut fon Fils unique, jeune Prince qui avoit beaucoup de Vertus, mais qui étant homme, comme un autre, n'étoit pas tout à-fait exemt de Vices. Le Peu-ple dont il étoit extrémement aimé, fit tout ce qu'il pût pour perfuader que le Fils du Légiflateur ne devoit point être fujet à la rigueur de la Loy : mais le Pé-re foûtint au contraire qu'il étoit obli-gé de l'obferver plus inviolablement qu'un autre ; & malgré tout ce qu'on pût luy alléguer il fit arracher un œil à fon Fils, & s'en arracha un des fiens pour ôter à fes Sujets tout efpoir d'im-

a Val. le Grand. Ch. 5.

punité s'ils ofoient commettre le même crime. Aprés cet exemple de févérité il auroit fallu être bien hardy pour enfraindre une Loy, qui avoit tant coûté à celuy qui l'avoit faite. Si elle eût paffé jufques à nous dans toute fa force, helas, Monfeigneur, que d'yeux arrachez ; & que vous auriez d'affaires, vous qui êtes Directeur General des Quinze-Vingts ! Le malheur public m'en cauferoit un particulier ; & la peur de vous dérober des momens utiles m'empêcheroit de vous affurer, auffi fouvent que je le fouhaite qu'on ne peut être avec un zele plus refpectueux que celuy que j'ay pour vous,

MONSEIGNEUR,

De Vôtre Grandeur,

Trés-humble & trés-obeïffant ferviteur.

Oo iij.

AU RE'VE'REND PE'RE

CAFFARO,

Docteur & Professeur en Théologie, Religieux Théatin.

SI je n'ay pas eu l'honneur de vous écrire plûtôt, ce n'est pas, mon très Révérend Pére, que je ne sçache fort bien que j'y étois obligé par bien des raisons : mais quand il n'y auroit eu que celle de vous rendre graces de toutes celles que vous m'avez faites, j'aurois lieu de me faire moy-même de grands reproches, si je n'avois de malheureuses, mais trop valables excuses à vous donner. Vous entendez bien que c'est de la maladie de ma femme que je veux vous parler. Elle commença il y a aujourd'huy trois Mois ; & je

croy qu'il n'y a que Dieu qui ſçache
quand elle finira. Elle l'a menée ſi loin
que pour peu qu'elle eût été plus avant,
elle n'en fût pas revenuë : & pendant
que j'avois devant les yeux un ſpecta-
cle qui me déſeſpéroit , les momens
douloureux que je paſſois auprés d'elle me déroboient le ſouvenir de tous
ceux que j'ay. paſſez ſi agréablement
auprés de vous. Maintenant qu'un peu
d'apparence de ſanté ſemble me promettre autant de joye que j'ay eu de
peine , & que je puis vous témoigner
ma reconnoiſſance de vos bontez ſans
y mêler des chagrins où vôtre honnêteté vous auroit peut-être fait prendre
quelque part , je me fais un véritable
plaiſir de vous aſſûrer que de tous ceux
qui rendent juſtice à vôtre mérite il
n'y en a point qui vous eſtiment plus
ſincérement que moy. Il vous ſeroit impoſſible d'en douter, ſi je pouvois bien
exprimer ce que je ſens : mais de quelques termes dont je puiſſe me ſervir,
je ne trouve point qu'ils diſent ce que
je voudrois vous dire; & quoy que je
ſois un Partiſan déclaré de la beauté de
nôtre Langue, il y a des occaſions où

je vous avoüe de bonne foy que je
m'apperçois de sa stérilité. Je vous
prie de vous dire vous-même, en quelle langue il vous plaira, puisque vous
en sçavez tant, ce que la mienne manque de me fournir, ou pour mieux dire, ce que je n'ay pas l'esprit de trouver : & pour bien connoître les obligations que je vous ay , représentez-
vous, s'il vous plaît, (& que vôtre modestie ne triche point) les graces dont
je vous suis redevable en mon particulier, & combien mon Fils a profité
& de vos leçons & de vos exemples.
Il est vray que je devrois seulement
m'acquiter de ce qui me regarde sans
me charger des dettes d'autruy ; sur
tout quand on a autant d'envie de payer
qu'il en témoigne. Je vous jure , mon
Révérend Pére , que si vous êtiez témoin de tout ce qu'il me dit sur vôtre
sujet, vous le tiendriez plus d'amoitié
quite de ce qu'il vous doit, par la maniére dont il l'avoüe ; & que si la Théo-
logie apprend à être reconnoissant, il
sçait à vôtre égard parfaitement bien la
sienne. Quelque bonne chére que nous

tâchions de luy faire icy depuis que fa
Mére fe porte un peu mieux, il a un
fi grand empreffement de vous aller
rejoindre, que toute l'autorité que nous
avons fur luy peut à peine le retenir.
C'eft, mon cher Pére, ce qui m'oblige à implorer la vôtre & celle du R.
Pére Supérieur pour l'y faire demeurer jufqu'à ce que fa Mére ait affez repris de forces pour le laiffer partir
fans retomber dans un état auffi dangereux que celuy dont elle ne fait que
de fortir. En verité je crains une re-
chûte périlleufe fi l'on ne luy donne
cette fatisfaction; & je ne vous ay jamais eu d'obligation plus grande que
celle de prévenir ce malheur par une
petite prolongation de tems, qui eft,
pour ainfi dire, fans conféquence pour
vôtre Maifon, & qui eft d'un fi grand
interêt pour la mienne. Je fuis perfuadé, mon Révérend Pére, que je
ne puis m'adreffer à un Amy plus ardent & plus fincére que vous; & vous
ne pouvez m'en donner de plus fenfibles marques qu'en vous employant à
ménager la vie d'une perfonne, qui

n'est pas avec moins de passion vôtre
trés-humble servante que je suis, mon
trés Réverend Pére, Vôtre trés-humble & trés-obeïssant serviteur.

A MON FILS,
Religieux Théatin.

Sur le refus qu'il fit d'un Bénéfice considérable.

NE manquez pas, mon Fils, aussi-tôt que vous aurez veu ce que je vous mande, d'aller rendre la Lettre que j'ay l'honneur d'écrire à l'Amy sin-cére qui a des bontez pour vous que vous ne pouvez trop reconnoître ; & dont je luy suis aussi redevable que si elles vous étoient plus utiles. Ce n'est pas sa faute si vous ne profitez pas du bien qu'il cherche à vous procurer ; & quand sa bonne volonté auroit son en-tier effet je n'y serois pas plus sensible. Je n'ay jamais cherché à violenter vô-tre inclination ; & je me pique d'avoir la conscience aussi délicate qu'un autre

fur le chapitre des Bénéfices : mais je
ne conçois pas ce qui peut vous faire
refufer un bonheur qui peut-être ne fe
prefentera jamais. S'il y avoit quelque
chofe dans celuy qu'on vous prefente
qui fuft contre les Regles les plus Ca-
noniques je ferois le premier à vous dé-
tourner de le prendre : j'aime mieux
vous voir pauvre que coupable, & vous
plaindre que vous condamner : mais
loin de le chercher il femble que ce
foit luy qui vous cherche ; & je ne fçay
fi ce n'eft point refifter à la volonté de
Dieu de ne pas accepter par une bonne
voye ce que d'autres tâcheront peut-
être d'obtenir par une méchante. Ce
n'eft pas que je blâme entiérement la
premiere penfée que vous avez euë :
elle eft d'un jeune homme qui n'a encore guéres d'expérience, mais qui ne
manque pas de Vertu ; & je vous fçay
meilleur gré du refus que vous avez
fait de ce Bénéfice par l'attachement
que vous avez à vôtre Régle, que fi
l'envie d'en fecoüer le joug vous l'a-
voit fait accepter fans réflexion. Je demeure d'accord que les tranflations d'un
Ordre dans un autre ne font pas toû-

jours loüables , & qu'il y en a quelquefois qui font fort fufpectes de libertinage : mais vous fçavez bien, vous
qui êtes la partie la plus intereffée
dans celle dont il s'agit, qu'il n'y en-
treroit rien de femblable dans le changement que vous feriez ; & qu'en fer-
vant Dieu dans un Ordre plus parfait,
il n'y a aucun Canon qui deffende de
fe procurer un établiffement légitime.
Pefez fagement ce que je vous reprefente , & ne mettez aucune prévention
dans le contrepoids. Je ne veux point
que vous établiffiez vôtre repos aux
dépens de vôtre Salut : l'un m'eft beaucoup plus cher que l'autre ; & je ne
confens point qu'on prenne le party du
Tems contre celuy de l'Eternité : mais
fongez que la Pauvreté n'y conduit pas
toûjours ; & qu'au contraire elle y fert
plus fouvent d'obftacle que de moyen.
Le bon ufage que l'on fait du Bien n'acquiert pas moins de mérite que la patience que l'on a dans la Mifére : & je
ne doute point qu'il ne foit plus aifé
d'être charitable que de s'empêcher
quelquefois de murmurer. Enfin, comme je n'ay rien de plus cher que vous

je voudrois (au moins de mes conſeils
puiſque je ne le puis autrement) contribuer à vous rendre heureux ; & vous
donner des preuves ſenſibles de la tendreſſe extréme avec laquelle je ſuis,
mon Fils, Vôtre Pére, trés affectionné.

A MONSEIGNEUR
L'EVESQUE ET DUC
DE LANGRES,
PAIR DE FRANCE.

Remarques & bons mots.

MONSEIGNEUR;

Je ne sçay si je dois me réjouïr de
ce que Vôtre Grandeur est obligée de se
rendre à Paris à la S. Martin. J'auray
l'honneur de vous voir, il est vray; &
vous me rendez assez de justice pour
être persuadé que je ne souhaite rien
avec plus de passion : mais je n'auray
plus l'avantage de vous écrire ; & la peine que j'avois m'étoit si agréable que

vous ne pouvez rien faire pour moy, qui puiſſe me dédommager de celle que je n'auray plus. Puiſque je vous écris aujourd'huy pour la derniere fois , & que, pour ainſi dire , je ſuis contraint de joüer de mon reſte, je vais, Monſeigneur, pour ne vous point faire perdre de momens, vous faire parler quelqu'un qui vous diſe de meilleures choſes que je ne ſuis capable de vous en dire.

Il ne ſort rien de la Bouche du Roy, ni dans l'affliction ni dans la joye qui n'ait un caractere d'élevation & de juſteſſe qui ne ſemble naturel qu'à Luy. La mort de la Reine luy ayant cauſé la plus ſenſible douleur qu'il ait jamais euë : *Mon Dieu*, s'écria-t-il, quand on l'arracha d'auprés du Corps de cette Princeſſe, qu'il avoit de la peine à quiter; *eſt-il poſſible que la Reine ſoit morte, & que je la perde pour toûjours, elle qui ne m'a jamais donné de chagrin que celuy de ſa mort ?* Peut-on faire une plus belle Oraiſon Funébre en moins de paroles ?

Un Abbé , ou pour mieux dire un aſpirant à l'être , car il n'avoit point encore

encore d'Abbaye , parlant un jour à M.
Despréaux contre la multiplicité des Bénéfices , luy difoit : Se peut - il que tels
& tels qui paffent pour de fi habiles
Gens, & qui effectivement le font beaucoup, puiffent s'aveugler auffi malheu-
reufement qu'ils le font ? A moins de
s'infcrire en faux contre la Doctrine des
Apôtres & contre les décifions des Conciles , ne fçavent-ils pas quel péril eft attaché à la multiplicité des Bénéfices ?
J'ay pris les Ordres facrez ; & fuis fans
vanité d'une des premiéres Maifons de
la Touraine. Il y a une efpéce d'obligation à un honnête homme de foûtenir fa Naiffance : mais je vous protefte
que fi je puis parvenir à obtenir une
Abbaye , ne fût-elle que de Mille Ecus,
elle fixera mon ambition ; & qu'il n'y
aura aucun appas qui puiffe ébranler la
refolution que je fais. Quelque tems
aprés il s'en prefenta une de fept Mille
livres de rente que fon Frére demanda,
& l'obtint. L'hyver fuivant il s'en prefenta une autre de huit Mille qu'il obtint encore. Pendant qu'il avoit le vent
en poupe un Prieuré fimple de fix Mille livres de rente étant encore venu à

P p

vaquer, il le follicita avec tant d'em-
preffèment qu'il trouva le moyen de l'a-
voir. M. Defpréaux luy voyant accu-
muler tant de Bénéfices confidérables
l'un fur l'autre, luy fut rendre vifite, &
luy dit : Monfieur l'Abbé, qu'eft devenu ce tems de candeur & d'innocence
où vous trouviez la multiplicïté des Bénéfices fi dangereufe ? *Ah, Monfieur
Defpréaux*, luy répondit-il, *f vous
fçaviez que cela eft bon pour vivre!
Je ne doute point*, luy répliqua M. Defpréaux, *que cela ne foit fort bon pour
vivre: mais pour mourir, Monfieur l'Abbé, pour mourir!*

Monfieur Godeau Evêque de Vence,
dit dans fon Hiftoire Ecclefiaftique, qu'il
n'y a point de Bénéficier qui, pour faintement qu'il ait vécu, ne fouhaitât à
l'heure de la mort n'avoir jamais eu de
Bénéfice. Que doivent donc penfer à
cette heure-là les Bénéficiers, qui n'ont
pas vécu faintement ? Vous m'avez commandé, Monfeigneur, de mêler par-cy,
par-là un peu de morale dans ce que
j'aurois l'honneur de vous écrire : Vous
voyez avec quelle exactitude je vous
obeïs.

Monſieur de B...... qui a été Intendant en Bourbonnois', avec qui je
dînay avant-hier, nous dit à quatre ou
cinq que nous étions, qu'un Païſan de
cette Province, qui luy donnoit autrefois des Perdrix rouges, l'étant allé voir
la veille pour une Affaire dont il eſt le
Rapporteur, il luy avoit demandé des
nouvelles de ſon Païs; & entr'autres,
s'il y avoit toûjours bien des foux? A
quoy le Païſan luy avoit naïvement répondu: *O vraiment, Monſeigneur, il
n'y en a pas tant que quand vous y é-
tiez;* pour dire que l'on y étoit plus
miſérable, & qu'on ne s'y réjouïſſoit
plus tant.

Que de chemins conduiſent à la Fortune, mais qu'il eſt mal-aiſé de les bien
ſçavoir! Souvent ceux que nous croyons
qui nous y ménent le plus ſûrement
ſont ceux qui nous en éloignent davantage; & quelquefois on y arrive par
où l'on croyoit y aller le moins. Le Cardinal Nitard y alla par une route que
perſonne n'avoit jamais priſe, & que
perſonne ne prendra peut-être jamais;
& paſſa de la Compagnie de Jesus dans
celle des Cardinaux qu'il trouva meil-

leure. La feuë Reine d'Espagne, Mére
du Roy d'aujourd'huy, & Sœur de l'Empereur, le mena avec elle quand elle fut
époufer Philippes IV. Cette Princeffe, qui
en Allemagne avoit une liberté honnête,
& à qui l'on donnoit tout ce qu'elle
pouvoit fouhaiter, ne trouva pas les
mêmes agrémens en Efpagne. Tout y
eft fi exactement mefuré que les Reines n'y ont à boire & à manger que
ce qui eft marqué par l'Officier général à qui ce foin eft commis; & fi elles ont foif entre les repas c'eft d'un
Verre d'eau qu'on les régale. Elle eut
de la peine à s'accommoder à une maniére de vie fi différente de celle qu'elle avoit menée : Et le Pére Nitard qui
étoit Jéfuite, *ergo* habile homme, l'ayant
adroitement remarqué, luy portoit luy-
même tous les matins, en allant dire
la Meffe à Sa Majefté, une Bouteille du
meilleur Vin qu'il pouvoit trouver, qu'il
donnoit à une perfonne fûre, & que
la Reine avoit le plaifir de boire quand
elle croyoit en avoir befoin. L'affidui-
té du Pére à luy rendre ce petit fervice
la toucha fi fort qu'elle réfolut de reconnoître une zele fi grand, fi jamais

son pouvoir répondoit à sa volonté : & en effet, après la mort du Roy ayant été déclarée Régente, elle l'éleva à un si haut degré qu'ayant donné de la jalousie à D. Jean d'Autriche, & les Grands d'Espagne ayant demandé son éloignement, on ne pût l'en faire sortir qu'en le faisant Cardinal & Ambassadeur Extraordinaire à Rome : où il mourut. Peut-on aller à la Fortune par un sentier moins frayé, & y arriver plus glorieusement ? Pour appuyer ce que je viens de dire à Vôtre Grandeur, & luy faire voir que la Fortune se trouve quelquefois, quand on la cherche le moins, je vais, Monseigneur, appeller un de vos Amis à mon secours. C'est Esope qui vous dira une Fable qui vient à ce sujet le mieux du monde.

LES CAPRICES DE LA FORTUNE.

FABLE.

Autrefois à Memphis, dans un tems de Famine,

Un bon homme, mais pauvre, & bien chargé d'Enfans,

N'ayant pain, bled, ni farine
Voulut abreger ses ans.
Il s'arme d'une fiffelle
Auffi groffe que le doigt,
Et va dans une Ruelle
Où perfonne ne le void.
Là dans le trou d'un mur d'une vieille Ma-
zure
Cognant un pieu rudement,
A hauteur compétante & de bonne mefure
Pour fe pendre proprement;
Il void avec une pierre
Tomber quelques piéces d'or,
Il les ramaffe, les ferre,
Examine l'endroit d'où fortoit ce Trefor,
Et dans un méchant pot de terre
Trouve Mille piéces encor.
Ho ho, dit-il, je n'ay garde
De me pendre maintenant;
Ce n'eft plus moy que regarde
Cet attirail chagrinant.
Si quelqu'un le fouhaite il eft à fon fervice;
En la place de l'or je laiffe le Licou.
Cela dit, il s'en va, béniffant l'heureux trou
Qui le comble de joye, & l'arrache au fuplice.

A peine est-il sorty qu'un vieux ladre, un vieux
    fou,

Qui ne mangeoit du pain que le quart de son
    faou

Tant il avoit le cœur infecté d'Avarice ;

Vient chercher son Trefor, & ne le trouve plus.
       Surpris, défefpéré, confus,

En imprécations fa fureur fe déborde :

    Et las de vivre aprés ce guet-à-pend

    A point nommé rencontrant une Corde

    Il la faifit, fe l'ajufte, & fe pend.

Quel bizarre deftin ! L'un qui cherche à fe
    pendre

Trouve ce que jamais il n'auroit attendu ;

    Et l'autre au contraire eft pendu

    Lors qu'il s'y devoit moins attendre.

         ❦

    Feu Monfieur le Duc d'Orléans, Ga-
fton de France étoit fi jaloux des droits
attachez à fa Qualité, que fur cet Article
il ne faifoit grace à perfonne. Pour avoir
le plaifir de voir les Princes du Sang
chapeau bas en fa prefence, quand il

trouvoit une occasion de leur parler, il les tenoit le plus long-tems qu'il pouvoit , & jamais ne se découvroit un seul moment, tant il avoit peur d'oublier ce qu'il étoit. Louïs XIII. allant un jour de Paris à S. Germain par une chaleur excessive, & Monsieur accompagnant Sa Majesté, les Seigneurs qui étoient nu-teste aux portières du Carosse avoient toutes les peines du monde de résister à la violence du Soleil. Le Roy qui s'apperceut de ce qu'ils souffroient, eut la bonté de leur dire : *Couvrez-vous , Messieurs, couvrez-vous ; mon Frére le veut bien.*

Mademoiselle d'Orléans sa Fille, Souveraine de Dombes , n'étoit pas moins délicate que luy touchant le respect qui luy étoit dû. J'ay été témoin de ce que je vais dire à Vôtre Grandeur. En l'année 1664. je fus à la Ville d'Eu , où j'eus l'honneur de faire la revérence à Son Altesse Royale , qui m'ordonna d'y rester une semaine entiére. J'y trouvay M. de Segrais de l'Académie Françoise, pour qui elle avoit beaucoup de considération ; & qui me fit la grace, tout jeune que j'étois en ce tems-là, de

de me lire ſa Traduction en Vers de
l'Enéïde. Je luy dis que le mot *d'im-*
pardonnable qu'il a mis au commencement du premier Livre me ſembloit
un peu hardy , & en effet bien des
Gens ſe déclarérent contre à l'impreſ-
ſion de cet Ouvrage : cependant on s'y
eſt accoûtumé je ne ſçay comment ; &
je ne vois perſonne qui faſſe aujour-
d'huy difficulté de s'en ſervir dans le
ſtile ordinaire. Pendant le ſejour que
je fis à Eu je ne manquois pas de me
rendre auprés de Mademoiſelle à toutes
les heures où je pouvois luy faire ma
Cour. Un ſoir qu'au retour de la pro-
menade on cherchoit à la délaſſer de
la fatigue qu'elle avoit euë, on joüa aux
Proverbes devant elle ; & ſuivant les
geſtes qu'on faiſoit, elle devinoit quel
Proverbe on avoit repreſenté. Aprés
avoir deviné *l'Occaſion fait le Larron,*
A gens de Village trompette de bois,
Tant va la Cruche à l'eau qu'à la fin
elle briſe, & encore quelques autres ,
un Gentilhomme ſe mit à ſauter, à rire,
à grimacer, & à faire pluſieurs autres
extravagances. Mademoiſelle l'ayant fait
recommencer ſans y rien comprendre,

Q q

demeura d'accord qu'elle ne pouvoit le deviner, & luy commanda de luy dire quel Proverbe c'étoit là. C'eſt, Mademoiſelle, luy répondit-il, *Qu'il ne faut qu'un Fou pour en amuſer bien d'autres.* Cela la piqua ; & s'étant imaginée qu'il luy reprochoit qu'elle s'amuſoit à des folies, elle luy dit qu'il étoit un inſolent ; qu'il perdoit le reſpect ; & luy deffendit de jamais paroître en ſa preſence.

On ne peut avoir trop de retenuë & trop de circonſpection quand on parle aux Grands, & particuliérement quand on parle aux Rois. Ils ſont ſi délicats que la moindre choſe les bleſſe ; & ceux même qui leur ſont les plus chers ſont quelquefois ceux qui les chagrinent le plus aiſément. En voicy un exemple dont je doute que Vôtre Grandeur ait jamais oüy parler. Un jour que j'étois avec Monſieur le Préſident Perrault dans ſa belle Galerie, Monſieur de la Vrilliere, Secretaire d'Etat le vint voir ; & c'eſt de luy, Monſeigneur, que je ſçay ce que je vais vous apprendre. Le Roy, qui n'étoit encore que Dauphin, fut batiſé à S. Germain le 21. d'Avril 1643.

âgé de quatre Ans, sept mois & quelques jours. Loüis XIII. ne put assister à cette Cérémonie. Il étoit malade, & mourut vingt-trois jours après. Au sortir du Batême on mena Monseigneur le Dauphin au Roy, à qui il apprit qu'il venoit d'être batisé. J'en suis bien aise, mon Fils, répondit le Roy. Hé comment vous appellez-vous? *Je m'appelle Loüis Quatorze*, repartit ce jeune Prince, sans penser à ce qu'il disoit, & peut-être même sans en sçavoir la conséquence. Cependant cette réponse chagrina le Roy: dans l'état où il étoit, il la prit pour un mauvais présage; & se tournant de l'autre côté, *pas encore*, dit-il, *pas encore*. Quelque Flateur, (car les Princes ont le malheur d'en avoir avant qu'ils sçachent parler) avoit déja entêté cet Auguste Enfant du grand Nom qu'il devoit bien-tôt porter; & fut cause de la petite mortification qu'il donna innocemment au Roy son Pére.

On m'a dit autrefois (mais je croy que c'est un conte) que le petit Pére André, si fameux par les agréables choses dont il enjolivoit ses Sermons, ayant demandé la Chaire de S. Severin

pour y prêcher le Carême , & qu'un
Abbé d'une famille confidérable l'ayant
follicitée en même tems , à condition
de prêcher *gratis* , elle fut accordée à
tous les deux. Le Prédicateur de Qualité prêchoit le matin , & le petit Pére
André l'aprés - dînée. Je ne vous dis
point à quel Sermon il y alloit le plus
de Monde : je fuis perfuadé que Vôtre
Grandeur s'en doute bien. L'Abbé qui
regardoit le Pere André comme un petit Moine , témoignoit avoir peu d'eftime pour luy ; & le Pere André qu'on
n'offençoit point impunément , luy rendoit fes mépris avec ufure. Le jour des
Rameaux le Prédicateur du matin prêchant l'Entrée de JESUS - CHRIST dans
Jérufalem , & avec quelles acclamations
de joye il avoit été receu , s'avifa de
dire : Il y a , Meffieurs , quelques Inter-
pretes de l'Ecriture qui doutent fi JE-
SUS-CHRIST étoit monté fur un Afne
ou fur une Afneffe , quand il fit cette
fomptueufe Entrée , fondez fur ce paffage , *Ecce Rex tuus venit tibi man-*
fuetus , fedens fuper Afinam , &c.
mais je ne m'arrête point à ces matiéres baffes & triviales : je les

laifle au Prédicateur de l'aprés - dînée.
Quelqu'un qui étoit à ce Sermon ne
manqua pas d'en avertir le Pére André : il n'étoit pas homme à demeurer
fans réplique. Son tour de prêcher é-
tant venu il étala comme avoit fait
l'autre, le Triomphe de Jesus-Christ
en Jérusalem, & la joye univerfelle du
Peuple; & s'étendant fur l'humilité du
Sauveur qui avoit choifi une Monture
fi abjecte : Je fçay, Messieurs, dit - il,
que l'on doute fi c'est un Afne ou une
Afnesse que monta Jesus-Christ, quand
on le receut avec tant de loüanges &
de bénédictions. Le Prédicateur du matin n'a pû réfoudre cette difficulté. Il
n'eft pas mal-aifé de le tirer d'incertitude ; & je ne veux que ce paffage, *Et
invenietis pullum Afinæ alligatum, fuper quem nullus hominum fedit*, pour
luy faire voir que c'eft un Afne.

Une autrefois le même Pére André
prêchant chez des Moines où le Tonnerre étoit tombé quelques jours auparavant ; en parlant de la bonté de
Dieu, & du foin qu'il avoit de fes Créatures : *En faut - il d'autres preuves,*
dit-il, *que ce qui eft arrivé dans la pieu-*

se Maison où je prêche ? La foudre tombe sur la Bibliotéque , la consume entiérement , & ne blesse aucun Religieux. Si malheureusement elle étoit tombée sur le Réfectoir que de Gens tuez ! que de larmes répanduës ! quelle désolation ! Graces , mon Dieu , graces vous soient éternellement renduës du soin que vous avez de vos Elûs.

Vous avez peut-être sceu, Monseigneur , que depuis quelques jours le Prince d'Orange ou ses Adulateurs ont fait fraper une Médaille où ils ont mis d'un côté le Portrait du Roy avec cette inscription, LUDOVICUS MAGNUS; & de l'autre le Portrait du Prince d'Orange avec ces mots, GULIELMUS MAXIMUS. Voicy l'explication que j'en fis hier, & que je vous envoye aujourd'huy, pour ne pas me broüiller avec ma Muse, qui ne veut rien mettre au jour dont vous n'ayïez le premier hommage.

Loüis est GRAND : C'est un fait positif
Dont l'Univers n'est pas en doute.
Guillaume par une autre route
Prétend de la Grandeur être au superlatif.

Il faut rendre justice au célébre Guillaume ;
Il a de son Beaupére Usurpé le Royaume ;
Et soûmis, sans Combat, des Peuples abbatus :
Successeur de Cremvel il en a les maximes ;
Et quand Loüis est Grand par de Grandes Ver-
tus
Si Guillaume est trés-Grand, c'est par de trés-
Grands Crimes.

L'Ambassadeur d'Espagne sollicitant
Alexandre V I I I. Prédécesseur du Pape
d'aujourd'huy, de se déclarer contre la
France, luy representoit qu'il étoit impossible que le Roy Trés-Chrêtien resi-
stât à tant d'Ennemis, & qu'il sçavoit
par les Emissaires que l'Espagne avoit en
France, qu'il ne pouvoit plus long-
tems faire subsister ses Troupes. *Je le
croy*, luy répondit le Pape, qui aimoit
à plaisanter ; *il les fait toutes subsister
chez ses Voisins.*

On void peu d'hommes qui soient
généralement estimez. Ceux en qui
l'on remarque les plus grandes Qualitez
ne sont pas exemts de quelques petits

Qq iiij

deffauts; & l'on ne fait point d'Eloges
(à moins que ce ne foit la Flaterie qui
les faffe) qui ne foient accompagnez
de quelque mais. Je croy, Monfeigneur, que je ne pafferay point pour
Flateur dans vôtre Efprit, quand je vous
diray que Monfieur le Maréchal de Catinat eft un des Hommes du Monde,
dont le mérite eft le plus univerfelle-
ment approuvé. Et à quel propos le
flaterois-je, moy qui n'ay ni l'honneur
de le connoître, ni celuy d'en être connu, & qui ne fais icy que l'office d'E-
cho de la Renommée ? Je protefte à Vôtre Grandeur que ceux qui le connoif-
fent le plus font ceux qui en parlent le
mieux, & que la femaine paffée un
Officier qui a fervy fous luy, ayant pris
place dans un Caroffe avec trois que
nous étions, commença fon Panégyrique au Cours-la-Reine, & ne l'avoit
pas fini quand nous arrivâmes à la Gril-
le de Verfailles. Qui jamais luy a rendu plus de juftice que Monfieur le Duc
de la Fueïllade, qui étoit fon ennemy,
& qui fe plaifoit le moins à dire du
bien de quelqu'un ? *Il eft*, dit-il au Roy
qui luy en demandoit fon fentiment,

également propre à être bon Chancelier
& bon Maréchal de France. De quel
homme peut-on encore dire la même
chose, & la dire avec autant de verité ?

Aprés vous avoir parlé d'un grand
Maréchal de France que je ne connois
que sur la relation de la Voix publique,
trouvez bon, Monseigneur, que je vous
parle d'un homme Illustre d'une autre
maniére, dont j'ay autrefois été ennemy ; & de qui je ne pourrois m'empêcher de bien parler quand je le serois
encore. C'est de M. Despréaux que j'ay
déja cité au commencement de cette
Lettre. M. Patru de l'Académie Françoise qui avoit beaucoup de mérite &
peu de bien, étant persécuté par d'in-
flexibles Créanciers qui vouloient faire
vendre publiquement sa Bibliotéque,
M. Despréaux qui en fut averty l'a-
cheta, pour empêcher qu'on ne luy fist
l'affront de la déplacer ; & la laissa à
M. Patru pour en jouïr le reste de sa
vie, comme si elle eût toûjours été à
luy. Si ce plaisir fut grand pour celuy
qui le receut, je ne doute point qu'il
ne le fust encore davantage pour celuy

qui le fit. Le même M. Defpréaux ayant
appris à Fontainebleau qu'on venoit de
retrancher la Penfion que le Roy donnoit au grand Corneille, courut avec
précipitation chez Madame de Montefpan, & luy dit que le Roy, tout é-
quitable qu'il étoit, ne pouvoit fans
quelque apparence d'injuftice, donner
Penfion à un homme comme luy, qui
ne commençoit qu'à monter fur le Par-
naffe, & l'ôter à un autre qui depuis fi
long-tems étoit arrivé au fommet. Qu'il
la fuplioit, pour la gloire de Sa Majefté, de luy faire plûtôt retrancher la
fienne qu'à un homme qui la méritoit
incomparablement mieux : & qu'il fe
confoleroit plus facilement de n'en a-
voir point que de voir un fi grand Poé-
te que Corneille ceffer de l'avoir. Il
luy parla fi avantageufement du mérite
de Corneille, & Madame de Montefpan
trouva fa maniére d'agir fi honnête
qu'elle luy promit de le faire rétablir;
& luy tint parole. Quoi-que rien ne
foit plus beau que les Poëfies de M.
Defpréaux, je trouve que les actions
que je viens de dire à Vôtre Grandeur
font encore plus belles.

Un Procureur devot (chose rare!)
dans la veuë, peut-être, de ne pas donner à dejeûner à ses Clercs, dit qu'il
vouloit faire ses devotions à la Messe
de Minuit; & en effet il fut de compagnie avec sa Femme se confesser pendant les Matines. Le Religieux qui a-
voit coûtume de les confesser étoit un
bon homme Sexagénaire, qui étoit à
son Confessionnal depuis sept heures.
Pendant que la Procureuse disoit ses
péchez, le pauvre homme accablé par
l'âge & par la fatigue s'endormit in-
sensiblement, malgré tout ce qu'il put
faire pour résister au Sommeil. Aprés
avoir dit tout ce qu'elle sçavoit, & a-
voir un peu attendu encore, elle crut
qu'il luy avoit donné les Sept Pseau-
mes & les Litanies des Saints à dire,
qui étoit sa pénitence ordinaire, & que
l'Absolution avoit suivy, mais que le
bruit des Orgues l'avoit empêché de
l'entendre. Le Mary qui étoit à l'autre
main du Confesseur, voyant que sa
Femme se retiroit dit son *Confiteor*, &
commençoit déja à s'accuser de ses
péchez, quand il entendit le Religieux
qui ronfloit. Mon Révérend Pére, luy

dit-il, en le tirant par fa Robbe, je croy que vous dormez. Le Pére chagrin d'avoir été furpris en cet état, & n'étant encore qu'à demi éveillé : *Pardonnez-moy, Madame*, luy répondit-il, *je ne dors pas, j'écoute; à telles enfeignes que le dernier péché dont vous vous êtes accusée eft d'avoir couché trois fois avec le Clerc qui paye penfion chez vous.* Le Procureur plus chagrin d'avoir éveillé le Confeffeur que le Confeffeur de s'être endormi, fit femblant de fe trouver mal, & ne continua pas fa Confeffion. Le lendemain, quoi que bonne Fête, il chercha un prétexte de querelle avec le Clerc, & le mit dehors. Depuis cette découverte il n'a plus voulu de Penfionnaires, quoi-que fa Femme luy ait bien des fois reprefenté que l'on en tiroit de bon Argent fans en mettre plus grand pot au feu; & que le Ménage en alloit mieux.

Si je croyois qu'on ne vous eût pas fait le récit d'une autre plaifanterie qui arriva à Confeffe à un Païfan de vôtre Diocéfe, du tems que Monfieur Zamet étoit Evêque de Langres, je vous dirois, Monfeigneur, qu'un jeune Ma-

nan de Vingt-deux ou Vingt-trois Ans,
natif d'Autricourt, s'étant accusé d'avoir
rompu la Haye de son Voisin, pour aller reconnoître un Nid de Merles,
le Confesseur luy demanda si les Merles
étoient pris. Non, luy répondit-il : je
ne les trouve pas assez grands ; & je
les laisse croître jusqu'à Samedy au soir,
que je les iray dénicher pour les fri-
casser le lendemain. Le Curé plus habile que luy y alla le Samedy matin, &
les dénicha luy - même. L'autre ayant
trouvé le soir la place vuide ne douta
point de la supercherie du Curé, mais
il ne luy en osa rien dire. Un Jubilé
l'ayant obligé de retourner à Confesse
trois ou quatre mois aprés, il s'accusa
d'aimer une jeune Païsane extrémement
jolie, & d'en être assez aimé pour coucher avec elle quand il le vouloit. Quel
âge a-t-elle ? dit le Curé. Dix sept ou
dix-huit ans, luy répondit-il. Belle ?
ajoûta l'autre. La plus jolie de tout le
Village, vous dis-je. Hé dans quelle
ruë demeure-t-elle ? poursuivit promtement le Confesseur. *A d'autres ; Dé-
nicheur de Merles*, luy repliqua le Manan : *je ne me laisse pas attraper deux*

fois. Vous avez peu de Diocéfains qui de pére en fils ne fçachent cette véri-té (fi c'en eft une :) c'eft Monfeigneur, ce qui m'a empêché jufqu'icy de vous en parler.

Sous le Régne de Louïs XI. que la France ne met pas au nombre de fes meilleurs Rois, un Aftrologue Négro-mancien vint à Paris, qui, fur la feule phifionomie des Perfonnes qu'il voyoit, tiroit leur horofcope, & leur difoit de combien d'années feroit le cours de leur Vie. Ayant dit à une Dame, que le Roy aimoit, qu'elle mourroit dans huit jours, & la chofe étant arrivée comme il l'avoit dite, Louïs XI. crut qu'elle étoit plûtôt morte de la peur qu'il luy avoit faite que de la maladie qu'elle avoit euë ; & réfolut de vanger cette mort fur celuy qui en étoit la caufe. Il l'envoya querir, & commanda à des Gens de ne pas manquer, à un fignal qu'il leur donneroit, de prendre l'Aftro-logue, & de le jetter par la feneftre. Auffi-tôt que le Roy l'apperceut : Toy qui prétens être un fi habile homme, luy dit-il, & qui fçais fi précifément le fort des autres, apprens-moy un peu

quel fera le tien; & combien tu as encore de tems à vivre. Soit que l'Aſtro-
logue eût été ſecrettement averty du
deſſein du Roy, ou qu'il le connût par
l'étenduë de ſa Science : *Sire*, luy répondit-il, ſans témoigner aucune frayeur,
je mourray trois jours avant Vôtre Ma-
jeſté. Le Roy n'eut garde de le faire
jetter par la feneſtre aprés cette réponſe : au contraire il eut un ſoin particulier de ne le laiſſer manquer de rien;
& fit tout ce qu'il put pour différer la
mort d'un homme que la ſienne devoit
ſuivre de ſi prés.

Les Eſpagnols ſont ſi haïs dans les
Indes par les cruautez inconcevables
qu'ils exercent ſur ceux dont ils ſont
les Maîtres, qu'un pauvre Indien que
des Jéſuites avoient converty à la foy,
étant tombé dangereuſement malade,
comme ils l'exhortoient à mourir en
véritable Chrêtien pour joüir pendant
toute une Eternité des félicitez du Paradis; il leur demanda ſi les Eſpagnols
étoient Chrêtiens ? Ouy, luy répondi-
rent-ils. Vont-ils, continua le Malade, au
même Paradis où vous tâchez de me faire
aller ? C'eſt, luy répliquérent les Jéſuites,

le séjour éternel de tous les Chrêtiens, de quelque Nation qu'ils soient, quand ils meurent dans la grace de Dieu. *Je ne veux donc plus être Chrêtien*, ajoûta-t-il, *ni aller au Paradis que vous me dites : il est impossible d'être heureux où il y a des Espagnols.*

Monsieur le Marquis de ..... âgé de soixante & dix-huit ans, qui se maria Jeudi dernier, ayant épousé une Fille qui n'en a que seize, trouva le lendemain ce vieux Quatrain sur sa Toillette.

> Quiconque a soixante ans vécu
> Et jeune Fille épousera
> S'il est Galeux se gratera
> Avec les Ongles d'un Cocu.

Est-il vray, Monseigneur, (car vous pouvez me le mieux dire qu'un autre) ce qu'un homme d'une profonde Erudition m'apprit il y a sept ou huit jours ? Il me dit qu'il y avoit peu de Saints qui eussent plus fait de Miracles aprés leur mort que S. Martin, & que c'étoit

c'étoit ce qui avoit obligé quelques-u-
nes de nos Reines & plusieurs devotes
Princesses à se retirer à Tours pour passer le reste de leur vie auprés de son
Tombeau. Ses Reliques rendoient la
veuë aux Aveugles, l'ouïe aux Sourds,
la parole aux Muëts, & quelques Auteurs disent même qu'elles ressuscitérent
des Morts. La devotion y étoit si grande
que les Fondations & les Charitez des
Fidelles ont fait de S. Martin de Tours,
l'une des plus célébres Abbayes de
France. Un jour qu'on devoit porter en
procession les Reliques du Saint, deux
Pauvres qui étoient sur le chemin où
elles devoient passer, & à qui l'on faisoit de grandes Aumônes par la compassion qu'on avoit de leur infirmité,
craignant d'être guéris & de ne plus
rien gagner, résolurent de prendre la
fuite; mais comment? l'un étoit Cu-de-
Jatte & l'autre Aveugle. Le Cu-de-Jatte voyant que l'Aveugle étoit vigoureux
& fort, & ne concevant point de plus
grand malheur pour eux que de voir
& de marcher : il nous est aisé, luy
dit-il, si tu veux me croire, d'empêcher que S. Martin ne nous guérisse.

R r

Tu es Aveugle, mais gras & robuste: porte-moy fur tes épaules, & je te diray par quel chemin tu dois aller. A peine la proposition fut-elle faite qu'elle fut acceptée. L'Aveugle se chargea du Cu-de-Jatte, & tous deux se sauvérent de peur d'avoir le chagrin d'être guéris. L'homme dont je parle à Vôtre Grandeur m'a engagé sa foy qu'il avoit lû ce qu'il me dit dans une Légende de S. Martin que l'on chantoit le jour de sa Fête.

Je sceus du même homme que les Reliques du même Saint ayant été portées par toute la France, arrivérent à Auxerre, & furent déposées dans l'Eglise de S. Germain, où elles firent plusieurs Miracles. Les Religieux d'Auxerre persuadez que S. Germain étoit un aussi grand Saint que S. Martin, demandérent la moitié des Charitez que l'on faisoit, qui étoient comme je l'ay déja dit, fort grandes: mais les Prêtres de S. Martin prétendirent que luy seul opérant toutes les merveilles qu'on voyoit c'étoit à luy seul aussi que toutes les Aumônes devoient appartenir. Pour justifier qu'ils n'avançoient rien

dont ils ne fuſſent trés aſſurez, ils re-
quirent qu'on exposât un Malade entre la Chaſſe de S. Germain & celle de
S. Martin, & que l'on verroit qui des
deux feroit le Miracle. On y expoſa
un Lépreux qui guérit du côté de la
Chaſſe de S. Martin, & non du côté
de celle de S. Germain : enſuite dequoy la partie malade ayant été tour-
née du côté de la Chaſſe de S. Martin
elle guérit encore. *Ce n'eſt pas*, dit le
Cardinal Baronius, *que S. Germain ne*
fît un auſſi grand Saint que S. Martin,
& qu'il ne fiſt beaucoup de Miracles :
mais parce que S. Martin luy avoit fait
la grace de le viſiter, il ſuſpendit ſon
pouvoir auprés de Dieu pour mieux fai-
re les honneurs de ſa Maiſon. Je vous
avouë, Monſeigneur, que né ſçachant
autre choſe de S. Martin, ſinon qu'il
avoit coupé ſon Manteau en deux pour
en donner la moitié à un Pauvre, je
fus ravy d'entendre ce qu'un ſi habile
homme m'en diſoit ; & que je le ſeray
encore plus ſi Vôtre Grandeur me con-
firme que ce ſont des Véritez.

Un Ambaſſadeur Turc qui vint en
France ſous le Régne d'Henri I V. dit

que l'Empereur son Maître avoit toû-
jours une Armée de Quatre Cens mille
hommes, & s'étonna qu'un si grand
Roy en eût une si petite. *Où régne la*
Justice, luy répondit ce Monarque, *la*
Force n'est guéres necessaire.

Que de belles actions sont enseve-
lies dans l'oubly qui auroient beaucoup d'éclat si elles étoient faites par
des personnes plus considérables! Dans
les Isles où l'on fait trafic d'Esclaves,
un Coquin de Maure vendit sa Femme
qui étoit accouchée de deux Enfans depuis un mois; & des Gens, que je ne
trouve guéres moins Coquins que luy,
eurent la cruauté de l'achetter. Elle
fut d'abord mise à fond de Cale avec
d'autres Esclaves : mais comme le jour
étoit fort beau à peine le Vaisseau fut-
il une lieuë en mer qu'on les fit tous
venir sur le Tillac. Cette pauvre Mére
touchée de compassion pour deux Enfans qui n'avoient de nouriture que ses
Mamelles, n'y fut pas plûtôt qu'elle se
jetta courageusement dans la mer, pour
tâcher d'aller à la nage leur donner le
secours qu'ils avoient coûtume d'en
recevoir. On tira vingt coups sur elle

mais soit qu'on ne voulût que luy faire peur pour l'obliger à revenir, soit que le Ciel favorisât une action si loüable, elle ne fut point blessée, & eut assez de force pour arriver où sa tendresse la conduisoit. Quelle Femme de celles qu'on a mises au rang des Illustres, a rien fait de plus beau que ce que fit cette pauvre Mére ; & quel bruit auroit fait cette action si c'étoit quelque Princesse qui l'eût faite ?

L'exemple que voicy n'est pas si beau, mais il n'est pas moins hardy. Feu Monsieur le Prince parlant au Maréchal de Grâmont de l'intrépidité de quelques Soldats, disoit qu'étant devant une Place où il y avoit une Pallissade à brûler, il fit promettre Cinquante Loüis à qui seroit assez brave pour entreprendre une si bonne action. Le péril étoit si apparent que la recompense ne tentoit point. Je vous quite, Monseigneur, luy dit un Soldat, plus courageux que les autres, des Cinquante Loüis que vous promettez, si Vôtre Altesse me veut faire Sergent de ma Compagnie. Monsieur le Prince qui trouva de la générosité dans ce Soldat de préférer l'honneur à l'ar-

gent, luy promit l'un & l'autre. Animé
par le prix qui l'attendoit à son retour,
& consolé s'il mouroit dans une occasion si glorieuse, il prend des flam-
beaux, descend dans le fossé, va à la
Pallissade & la brûle malgré une grêle
de Mousqueterie dont il ne fut que légérement blessé. Toute l'Armée témoin
de cette Action, le voyant revenir
crioit *vivat* & le combloit de loüange, quand il s'apperceut qu'il luy manquoit un de ses Pistolets. On promit
de luy en donner d'autres. Non, dit-
il, il ne me sera point reproché que
ces Marauts-là profitent de mon Pistolet. Il retourne sur ses pas, essuye encore Cent coups de Mousquet, prend
son Pistolet & le rapporte. Ma foy,
Monsieur, luy répondit le Maréchal de
Grammont, la plûpart de ces Coquins-
là ne sont braves, que parce qu'ils sont
brutaux, & ne risquent leur vie que
parce qu'ils en ignorent le prix. Du
tems que j'allois à l'Armée (je vous
parle de vieille datte, continua-t-il
d'un ton goguenard) trois Soldats ayant
fait des Galanteries pendables, il fallut faire l'exemple, au moins d'un. Au

lieu de les faire tirer au billet on les
fit joüer aux dez. Le premier amena
Quatorze, le second Seize ; & le dernier qu'on regardoit déja comme la
Victime , prenant les dez d'une main
aussi assurée que s'il n'eût eu rien à
craindre , fit Rafle de Six. *Parbieu*, dit-
il , *si je joüois à l'argent je ne serois
pas si heureux*. Voyez le cas que le
Maraut faisoit de la Vie.

Une Demoiselle de mes Amies qui
n'a pas moins de vertu que d'esprit,
eut hier au soir une curiosité un peu
insultante, dont elle fut punie sur le
champ aussi justement qu'on le puisse
être. Un homme de quarante-cinq ou
cinquante ans , avec qui elle est assez
familiere, la visitant presque tous les
jours avec un habit noir, dont les po-
ches du Juste-au-corps pourroient à un
besoin servir d'Epoque ; elle luy demanda pourquoy il étoit toûjours vêtu
de noir, & de qui il portoit le deüil ?
De vos appas, Mademoiselle, luy répondit-il. Cette réponse à quoy elle ne
s'attendoit point, faite en ma presence,
la mortifia un peu : cependant comme
elle a beaucoup d'équité , elle demeura

d'accord de bonne foy qu'elle la méritoit bien; & plus elle y fit de réflexion plus elle la trouva jolie.

On n'a jamais veu de Miniftres d'E-
tat à l'abry de la Médifance & de l'Envie : mais un de ceux qui y a été le plus
expofé, c'eft affurément feu le Cardinal Mazarin. Il avoit pourtant de grandes Qualitez ; & quand il n'auroit fait
que le Mariage du Roy & la Paix des
Pirenées, ce font deux Services fi confidérables pour la France qu'elle luy en aura toûjours obligation. Cependant auffi-
tôt qu'il eut les yeux fermez combien fit-
on d'Epitaphes injurieufes à fa mémoire ; & combien de Gens qui luy avoient
donné des loüanges pendant fa vie,
firent-ils des Satires contre luy aprés fa
mort ? Croiriez-vous, Monfeigneur,
que depuis huit jours on m'a encore dit une Epitaphe de cette Eminen-
ce, dont jamais je n'avois oüy parler ?
Un jeu de mots qui en fait tout le
mérite, vous la fera trouver affez plai-
fante, fi elle vous eft auffi nouvelle qu'à
moy.

Cy-gift

Cy-gist que la Goute accabla
Depuis les piéds jufqu'aux épaules :
Non JULES qui vainquit les Gaules,
Mais bien celuy qui les gaula.

A la Campagne de l'année 1667. feu Monfieur le Duc de Charoft, Capitaine des Gardes du Corps , voyant le Roy aller à la Tranchée, & s'expofer comme le moindre de fes Officiers, luy dit avec une brufquerie toute pleine de zéle & de refpect , que ce n'étoit point là fa place ; & qu'abfolument il ne l'y souffriroit pas. Et quoy, luy répondit ce jeune Monarque, Henri IV. mon Ayeul dont j'ay deffein de fuivre les traces, n'alloit-il pas aux coups, & ne combatoit-il pas luy-même ? *Henri IV.* repartit, Monfieur de Charoft, *combatoit pour acquerir le Royaume que Vôtre Majefté n'a qu'à conferver.*

En voulant réparer une petite fotife on en fait bien fouvent une plus grande. Un Secretaire du Roy, des nouvellement fabriquez , dînant avec

S f

un Maître des Requêtes, & avec fa
Sœur qui eſt une jeune Veuve, cette
Dame ſe trouva mal pendant le repas.
C'eſt peut-être, dit le Secretaire du Roy,
que les petits pieds font mal aux grands;
& Madame a bien la mine d'être groſſe.
Non, Monſieur, répondit le Maître des
Requêtes, ce n'eſt point le mal que
vous dites : il y a trois ans que ma
Sœur eſt Veuve. *Je vous demande pardon,*
Madame, reprit ſotement le Secretaire
du Roy ; *je croyois que vous étiez Fille.*
Peut-on être plus impertinent ou plus
abſtrait ?

Depuis que nos Femmes, diſoit un
homme de la premiére Qualité, ſe font
aviſées de prendre de grands Valets de
Chambre, la Nobleſſe a bien dégénéré.

Ne ſeroit-ce point, Monſeigneur,
manquer au reſpect que je vous dois,
de prendre la liberté d'envoyer une
Chanſon à un Evêque ? On m'en a donné ce matin une toute notée, dont les
paroles m'ont ſemblé auſſi juſtes qu'on
en puiſſe faire ; & Vôtre Grandeur me
demande de ſi longues Lettres qu'il
faut qu'elle ait la bonté de s'accom-

moder de tout ce qui se rencontre sous
ma main. D'ailleurs, ce que vous m'ordonnez de vous écrire étant moins pour
vous que pour en faire part à d'autres,
ce qui ne vous sera pas propre le sera
peut-être à quelques-uns de vos Chanoines que je connois, & que je ne
croy pas d'humeur à chanter toûjours
les heures Canoniales. Je ne suis pas
assez Sçavant en Musique pour rien dire des beautez de l'Air: mais pour les
paroles je le répéte encore, Monseigneur, je doute qu'on en puisse faire
de plus justes.

Forel, Rousseau, Lamy, *a* nous sommes con-
    vaincus
        Que chez vous on nous vole,
        Et que pour deux Ecus
        On conte une Pistole;
    Nous vous pardonnons cet abus.
    Mais renoncez à l'injuste maxime
    De mélanger le Vin dans nos repas:
    C'est assez de commettre un crime,
    Volez; mais n'empoisonnez pas.

a Trois fameux Traiteurs.

S'il y a des Poëtes qui ont le goût bon, il y en.a qui l'ont bien mauvais. Avec la même justice que je viens de loüer des Vers que j'ay trouvé beaux, j'en vais blâmer que je trouve abominables. De jeunes Femmes ayant témoigné avoir une grande envie de voir la Mer, de jeunes hommes se firent un plaisir de leur donner cette satisfaction. Ils les menérent à Dieppe; & le lendemain de leur arrivée le tems étant assez beau ils prirent une Chaloupe, & se firent conduire sur la Mer le plus loin qu'ils pûrent. Pendant qu'ils y étoient un Orage qui survint tout à coup leur fit une grande peur, tant qu'ils y furent exposez: mais le péril passé ils s'en moquérent. C'est, Monseigneur, le sujet des méchans Vers que vous allez voir.

Durant la fureur de l'Orage
Le plus intrépide Courage
Invoquoit le Ciel à genoux:
Mais arrivez au Port par le secours des rames
Nous ne songeâmes plus qu'à caresses les Dames
Quand nous eûmes laissé la Mer derrière nous.

J'ay demandé à Vôtre Grandeur si ce n'étoit point luy manquer de respect de luy envoyer une Chanson, mais voicy bien pis. Je ne puis vous faire voir le ridicule que je trouve dans les deux derniers Vers de ce Couplet, sans vous dire deux *Ordures aussi grosses qu'on en puisse imaginer*; & tout le tempéramment que je puis prendre, c'est de ne les dire qu'à vos yeux. Voyez donc, s'il vous plaît, Monseigneur, par la différence des caracteres ce que mon respect m'empêche de prononcer. Il ne vous en coutera qu'un régard pour connoître l'équité de ma critique.

Nous ne songeâmes plus *qu'à en resser les Da-*
mes

Quand nous cûmes laissé la *Mer de* rriére
nous.

Y a-t-il jamais eu deux Vers plus impertinens; & sans être Mysantrope ne peut-on pas dire *qu'un homme est pendable aprés les avoir faits* ?
Quelle gloire pour la France, si tous

S f iij

les Auteurs écrivoient aussi bien que
Monsieur le Duc de la Rochefoucault !
Voicy, Monseigneur, une de ses Maximes, qui me semble préférable à tous
les Apophtégmes des Anciens. *La Naif-
sance fait les Héros, & la Fortune les
met en œuvre.* Je ne sçay ce qu'on peut
dire de plus beau.

Feu l'Abbé de Marigny, qui parloit
si délicatement, & qui faisoit des Vers
de si bon goût, étant allé en Allemagne par ordre de feu Monsieur le Prince, tomba dangereusement malade à
Osnabruk. L'Evêque qui étoit Luthé-
rien, & qui luy faisoit assez souvent
l'honneur de le visiter, le voyant dans
un état où les Médecins croyoient qu'il
y avoit moins à espérer qu'à craindre,
luy demanda, si ce ne seroit pas un
surcroît de douleur pour luy, en cas
qu'il mourût, d'être enterré avec des
Luthériens ? *Il ne faudra, Monseigneur,*
répondit l'Abbé de Marigny, *que creu-
ser la Terre deux ou trois pieds plus
bas, & je seray avec des Catholiques.*
N'étoit-ce pas luy reprocher bien in-
génieusement que ses Péres étoient de
nôtre même Religion ? C'est du Com-

mandant des Gardes de Monfieur le Chancelier, homme qui a beaucoup d'efprit & encore plus de probité, que je tiens cette Remarque, qui m'a paru affez belle pour ne devoir pas être enfevelie dans l'oubly.

A propos d'enterrement la Gazette vous a dû apprendre, Monfeigneur, la mort de Monfieur de . . . . . . arrivée un des jours de la femaine paffée : mais elle ne vous aura pas appris une Epigramme dont elle a été fuivie. Comme vous le connoiffiez plus particulierement qu'un autre, perfonne ne peut mieux dire que vous fi l'on a bien rencontré ou non.

Colas, ce devot Perfonnage,

Eft mort depuis cinq ou fix jours ;

Raifin, *a* dans la fleur de fon âge

Vient auffi de finir fon cours.

Dans le maudit Siécle où nous fommes

Chacun fe déguife fi bien

a Fameux Comique.

S f iiij

Qu'on ne sçait qui de ces deux hommes
Fut le plus grand Comédien.

🙝⬥🙟

Un Riche Malade ayant envoyé querir le Notaire Sainfray pour faire son
Testament, le pria de le faire si clair
& si net qu'il n'y eût entre ses Heri-
tiers aucune contestation après sa mort.
Un Testament qui ne soit point con-
testé , répondit Sainfray , il faudroit
que je fusse bien habile ! JESUS-
CHRIST, *qui étoit le plus sage des
Hommes , & qui, de plus, étoit Dieu
n'en a jamais fait qu'un que l'on con-
teste depuis seize Cens quatre-vingts
tant d'années, & qui fait encore tous
les jours naître de nouueaux procés.* Il
n'y a pas d'apparence que je fasse ce
qu'il n'a pas fait.

Dans le dernier Voyage que fit à
Bayonne feu Monsieur le Maréchal de
Grammont, s'étant trouvé mal sur le
chemin, & son Chirurgien étant party
deux ou trois jours avant luy ; il fut
obligé de se faire saigner par un Chirurgien de Village , d'assez mauvaise

mine, & qui ne luy parut pas fort a-
droit. Comme ce Diſciple indigne de
S. Côme étoit prêt de le piquer, Monſieur de Grammont retira un peu le
bras. Il ſemble, Monſeigneur, dit le
Chirurgien, que vous craigniez la Sai-
gnée. *Ce n'eſt pas la ſaignée que je
crains*, luy répondit-il : *c'eſt le Sai-
gneur.*

Enfin, Monſeigneur, on receut Lundy à l'Académie Françoiſe, Monſieur......
qui briguoit cette place depuis ſi long-
tems. Vous ſçavez combien il a été
obligé de franchir de difficultez avant
que d'y arriver, & de quelle autorité
il a fallu ſe ſervir. Comme il eſt d'un
Païs où la clameur de haro eſt en uſa-
ge, on dit que deux heures avant ſa Ré-
ception Meſſieurs de l'Académie trouvérent cette Epigramme ſur leur Table.

Quand pour s'unir à vous Alcipe ſe preſente
    Pourquoy tant crier *haro* ?
    Dans le Nombre de Quarente
    Ne faut-il pas un Zéro ?

Ce ne fut pas fans raifon que je vous fis fouvenir dans le dernier Article de ma précédente Lettre, que vous êtiez Directeur Général des Quinze-Vingts : Je feray bientôt obligé d'implorer vôtre crédit pour y avoir place ; & j'efpére que vous ne me le refuferez pas, puifque je perds les yeux à vôtre fervice. La femaine paffée un de mes Amis qui me vint voir les ayant trouvé fort enflammez, me confeilla *de les bien frotter de fromage mou, & de me les faire lécher par des Cocs-d'Inde.* Je protefte à Vôtre Grandeur qu'ils me font un fi grand mal que je n'en puis plus ; & que je fens mieux ce que j'écris que je ne le vois, quand je vous affure qu'on ne peut être avec plus de zele & de refpect,

MONSEIGNEUR,

De Vôtre Grandeur,

Trés-humble & trés-obeïffant ferviteur.

APOSTILLE.

Quelque mal que j'aye aux yeux j'aurois un chagrin fenfible d'avoir cacheté ma Lettre fans apprendre à Vôtre Grandeur la Fortune que l'Abbé . . . . . . vôtre Coufin a faite à une Loterie où il avoit mis quatre Louïs. Peut-être ferez-vous bien aife, Monfeigneur, de n'être pas le dernier à luy en témoigner vôtre joye. C'étoit une Loterie galante, dont les billets n'étoient que de vingt fous, & qui étoit compofée non feulement de Montres & de Tabatiéres d'or; de Diamans & de perles; de Dentelles d'Angleterre & de Malines : mais encore de Confitures exquifes ; de Dragées excellentes ; & des plus délicieufes Liqueurs. M. l'Abbé qui avoit eu cinquante fix billets pour fes quatre Louïs, en trouva cinquante-cinq d'une blancheur admirable : mais heureufement pour luy le dernier fut noir ; & je ne puis exprimer le plaifir qu'il eut quand il apperceut de l'écriture. Il eft vray que ce plaifir dura peu. Ce Lot qui s'étoit fait fi

long-tems attendre, & qui avoit laiffé paſſer cinquante-cinq billets blancs
avant que d'oſer paroître, étoit *Une
Bouteille de Vin Muſcat.* Je croy, Monſeigneur, qu'un petit Compliment de
Vôtre Grandeur ſur ce ſujet, ne luy
donneroit pas une médiocre ſatisfaction.

A MADAME ***

Qui envoya à l'Auteur les sept Lettres suivantes.

LE COC ET LA PIERRE
PRÉCIEUSE.

FABLE.

UN Coc qui gratoit la Terre
Pour chercher un grain de Mil,
Rencontra sous sa patte une fort belle Pierre
Qu'à peine regarda-t-il.
Pour une meilleure tête
Quel plaisir auroit-ce été ?
Luy qui n'étoit qu'une bête
N'en connut pas la beauté.

LE Libraire à qui vous avez fait voir
les Lettres que vous m'avez envoyées

eſt juſtement le Coc de la Fable que vous venez de lire, qui refuſe une Pierre précieuſe, faute d'en connoître la valeur. Sçavez-vous, Madame, que c'eſt me prier de mon deshonneur que de m'ordonner de les mettre à la fin des miennes; & que ſi je vous obeïs, ceux qui auront vû la fin de mon Livre n'en voudront plus voir le commencement ? Ne croyez pas que je cherche à m'excuſer avec vous: je ſuis prêt à tout ce qu'il vous plaira de me preſcrire; & quoi-que je puiſſe faire il s'en faudra beaucoup que nous ne ſoyïons but à but. Ainſi, Madame, ne regardez que vous uniquement; mais regardez-vous bien. Je n'ay jamais veu de Lettres où il y ait eu plus d'eſprit & plus d'amour que dans les ſept que je trouvay hier dans le Paquet que vous m'envoyâtes. Je ſçay que les femmes qui ont de l'eſprit en ont ordinairement plus que les hommes ; & que dans ce qu'elles écrivent ce n'eſt que feu & vivacité: mais je trouve dans ce que j'ay vû un tour qui eſt moins l'ouvrage de la paſſion que du jugement; & ſi j'étois ſeur que vous ne vouluſſiez point avoir de rancûne je vous dirois qu'il y a plus de raiſon que vôtre Sexe. n'a coûtume d'en avoir. Je ne puis croire auſſi que ce ſoit d'un homme : les hommes ont plus d'amour que les femmes, mais ils ne l'ont pas ſi violent; & je me ſuis arrêté en bien des endroits où il me paroît que l'amour ne peut s'exprimer avec plus de violence. Quoi-qu'il en ſoit le Libraire à qui vous avez montré de ſi tendres & de ſi amoureuſes Lettres ne me ſemble pas habile de n'avoir pas ſceu en profiter. Je ne vous demande point de qui ſont des Lettres ſi touchantes, puiſque c'eſt un miſtére que vous ne voulez pas que je ſçache encore. Souvenez-vous ſeulement que vous m'avez promis de me l'apprendre ſous la foy du ſecret : & ſoyez ſûre que je le garderay auſſi inviolablement que je ſuis avec un inviolable reſpect, Madame, Vôtre trés-humble & trés-obeïſſant ſerviteur.

A V I S.

JE ne fçay, LECTEUR, de qui font les
fept Lettres que vous allez voir. Elles
m'ont été envoyées par une Dame à qui
j'ay d'étroites obligations, qui ayant
appris que j'en voulois faire imprimer,
m'a prié (& fa priere eft pour moy un
ordre) de les faire mettre à la fin des
miennes. Si le Public prend autant de
plaifir à les lire que j'y en ay pris, on
m'a affuré qu'il y en avoit Trois cens
de la même Plume, fans qu'il y en ait
aucunes qui fe reffemblent ; & que tous
les mois on en mettroit un petit Volume au jour. On y verra la naiffance,
le progrés, la violence & la fin d'un
Amour qui a duré plus de quinze ans ;
avec les intrigues dont on s'eft fervy,
les traverfes qu'on a effuyées, les agi-
tations qu'on a euës, & les obftacles
qu'on a furmontez. Je fuis perfuadé
qu'on ne pourra en donner un fi grand
nombre

nombre au Public sans faire soupçon-
ner, & peut-être découvrir de qui elles
sont. Hors le Nil, il n'y a point de
grands Fleuves dont on ne trouve la
source.

SEPT LETTRES DE SUITE,
d'une Dame à un Cavalier.

PREMIERE LETTRE.

JE ne croyois pas qu'on pût rien ajouter à ce que vôtre honnêteté vous fit hier dire fur mon fujet. Cependant je viens de recevoir une grande Lettre où il n'y a pas un mot de la converfation que nous eûmes. Il faut que vôtre cœur fente ce qu'il dit fi bien, ou que vous ayïez de l'efprit infiniment pour dire fi bien ce que vous ne fentez pas. Que voulez-vous que je vous réponde; & que puis-je vous dire qui ne foit contre mon devoir ou contre mon inclination? On ne peut avoir plus d'inclination à vous eftimer que j'en ay, ni plus de penchant à fuivre mon devoir; & j'ay peur que ce ne foient deux chofes incompatibles. Ayons fi vous voulez une liaifon d'efprit, d'eftime, n'importe quand elle ira jufqu'à l'amitié; mais rien au delà. Plus de liaifon pour peu que l'Amour s'en mêle.

Vous avez beaucoup d'esprit ; peut-être trouverez-vous que j'en ay un peu : c'est assez pour passer de bons momens ; & je n'en sçay pas de meilleurs que ceux qu'on ne se reproche point. Je vous parle le cœur sur les lévres, & ne vous parleray jamais autrement. Le fard le mieux appliqué du monde me paroît hydeux ; & je le hais encore plus dans l'ame que sur le visage. C'est naturellement que je vous dis que vous avez les manieres honnêtes, l'entretien charmant, l'esprit délicat : je ne puis vous rien dire du cœur, car je ne le connois pas encore assez ; mais à veuë de païs, il ne me paroît pas insensible. Ce sont autant d'endroits par où les Femmes ont coûtume de se laisser prendre ; & les exemples en sont si fréquens que le commerce le plus innocent me fait trembler. En un mot, je croy que je ferois mieux de vous estimer de loin que de prés : que moins j'auray le plaisir de vous voir plus mon devoir sera en sûreté ; & qu'il vaut mieux ne pas avoir la satisfaction de sçavoir qu'on ait de la Vertu que d'avoir la témérité de la mettre à l'épreuve. Peut être suis-je as-

sez sûre de la mienne pour ne vous
pas craindre, quelque mérite que vous
ayïez; mais la fuite de l'occasion est encore plus sûre; & ce *peut-être* qui malgré moy vient de m'échaper ne marque
point une veritable certitude. Ne nous
voyons donc point, ou du moins ne nous
voyons que quand le hazard le voudra
permettre. Ce ne sera pas si souvent
que je le voudrois, mais plus souvent
que je ne dois le souhaiter. Je suis mariée; je n'ay point de regret de l'être;
j'aime le Mary à qui je suis: & quand
vous me demandez avec tant d'empressement de faire naître une occasion où
vous puissiez luy marquer l'envie que
vous avez d'être son Amy, je croy qu'il
n'a point de plus grand Ennemy que
vous. Il est dangereux à un Mary d'a-
voir des Amis de vôtre sorte : je n'en
connois aucun qui ait cet honneur qui
ne l'achette aux dépens du sien; & je
ne vous parlerois pas sincérement si je
vous promettois de favoriser ce que je
n'approuve pas. Je veux bien ne vous
pas fuir quand vous ne me chercherez
point, & vous rencontrer sans vous attendre; mais je ne veux point qu'il y

ait de supercherie, ni vous être redevable d'un plaisir dont je ne veux avoir obligation qu'au hazard. A ces conditions je ne seray fâchée de vous voir en aucun lieu où vous puissiez être ; & je ne sçay même si le hazard ne me semblera point quelquefois un peu trop lent. Si vous me demandez de plus grandes marques d'estime je vous declare que je ne puis vous en donner ; & que je ne veux point perdre la vôtre. J'allois à la Comédie & à l'Opera avant que je vous y eusse trouvé : je n'iray plus si souvent ; mais je ne vous dis pas que je n'y aille point du tout. Ce sont des plaisirs que de tems à autre je suis bien aise de prendre, parce que je les crois innocens. J'ay naturellement de l'aversion pour les autres. Je vous dis en gros comment je suis faite, pour vous faire connoître que vous n'avez rien à en esperer en détail ; & que si vous avez de bonnes raisons pour me mander que l'amour vous accommode mieux que l'estime , j'en ay de meilleures pour vous répondre que l'estime m'accommode mieux que l'amour.

SECONDE LETTRE
de la Dame au Cavalier.

LA Lettre que vous m'avez ce matin
écrite me paroît plus honnête que
sincére. On ne revient point si facilement
des sentimens d'hier à ceux d'anjour-
d'huy ; & ce n'est pas ne point avoir
d'amour que de me mander que vous
ne m'en parlerez plus. Ne feriez-vous
point mieux pour vous & pour moy d'en
demeurer où vous êtes ; & de ne me
pas demander avec tant de soûmission
ce que je n'ay pas la force de vous refuser ? Je veux bien, malgré la resolu-
tion où j'étois de ne vous voir que
quand l'occasion s'en presenteroit d'elle-même, me prêter à celle que vous
m'offrez , & me rendre à huit heures
aux Tuilleries. Mais ne croyez pas que
j'y aille seule. J'y meneray une de mes

Amies, avec qui vous me laiſſerez promener un peu de tems avant que de
nous aborder, afin que vôtre rencontre
reſſemble plus à un cas fortuit qu'à un
rendévous. Mais à quoy, je vous prie,
aboutira la complaiſance que vous exi-
gez de moy ? S'il vous échape de me
parler d'amour, aprés la deffenſe que
je vous en ay faite, la converſation
ne ſera pas longue : & ſi vous ne m'en
parlez point, comme vous me le promettez par vôtre Lettre, que me direz-
vous ? Vous me demandez en des termes ſi honnêtes la liberté de m'entretenir un quart-d'heure, & vous me promettez ſi préciſément qu'il ne vous é-
chapera pas un mot dont la Pudeur la
plus délicate ſe puiſſe offenſer, que je
ne puis me réſoudre à vous refuſer une
ſatisfaction ſi médiocre : mais n'abuſez
point d'une facilité que je condamne,
& n'eſperez pas que cette grace vous
conduiſe à aucune autre. Il ne ſeroit
pas juſte que la conſidération que j'ay
pour vous me fiſt oublier celle que je
dois avoir pour moy ; & je n'ignore
pas que ſi je faiſois ſouvent des démar-
ches comme celle d'aujourd'huy ce ne

fuſt une méchante voye pour me con-
ſerver vôtre eſtime. Croyez-moy, ne
faiſons rien dont nous ayïons du regret. Je vous haïray quand je feray réflexion que ma complaiſance a été trop
loin ; & je voudrois bien ne vous point
haïr. Vous n'avez rien de particulier à
me dire : & quand vous auriez quelque
ſecret que vous n'euſſiez oſé confier à
vôtre Lettre je vous avertis que la perſonne que je meneray avec moy eſt
beaucoup moins ſûre. Ce n'eſt point
par imprudence que je la choiſis de ce
caractére ; c'eſt par raiſon. Non contente de me défier de moy je veux encore
me défier d'une autre, pour ne rien
entendre & ne rien dire qui ne doive
être dit & entendu : encore ne ſçay-je
s'il n'y aura rien à craindre avec toutes les précautions que je prens. Si vous
me voulez voir aujourd'huy poſitive-
ment ce ne peut être qu'aux conditions
que je vous marque ; & en ce cas je
ſerois au deſeſpoir que vôtre converſation fuſt auſſi paſſionnée que vôtre Lettre. A-t-on jamais dit plus amoureuſe-
ment qu'on ne parlera jamais d'amour :
& ſi vous vous exprimez ſi tendrement
quand

quand vous n'en parlez point; de quels
termes vous serviriez-vous si vous en
parliez ? Vous diray-je ce que j'ay fait
d'une Lettre si touchante ? Je l'ay brû-
lée ; & en la brûlant il me sembloit que
je brûlois avec elle. Que cet aveu ne
vous serve point de pretexte pour ne
m'en plus écrire ; & ne trouvez pas
mauvais que toutes celles que je recevray de vous ayent le même sort. Apparemment ce n'est que de moy que
vous voulez qu'elles soient veuës : &
je crains si fort d'en oublier quelque
chose qu'il n'y a pas un mot que je ne
lise vingt fois avant que de me resoudre à ne les lire jamais. Quand je n'aurois pas mille raisons pour apprehender
qu'elles ne paroissent je diminûrois le
plaisir qu'elles me font si je le commu-
niquois. J'aime mieux m'en rassasier entiérement, & m'en priver ensuite que
d'avoir le chagrin de le partager. Appellez cette délicatesse comme il vous
plaira : nommez là jalousie si vous voulez ; mais n'en tirez point de flateuses
conséquences, à moins que vous ne
vous plaisiez à vous tromper. Je vous
ay dit , & je veux bien vous le dire

V v

encore, que je confens volontiers à a-
voir beaucoup d'eftime pour vous, mais
rien de plus. Je me veux mal de ce
qu'elle va fi loin en fi peu de tems, &
de ce qu'elle eft fi différente de celle
que j'ay euë jufqu'à prefent pour tant
de gens de mérite que j'ay connus. Je
fuis pourtant fûre que ce n'eft que de
l'eftime ; & qu'elle n'eft differente de
celle que j'ay pour les autres que parce que vôtre mérite eft different du
leur. Soit ce que ce pourra : je ne veux
point m'en inquiéter mal à propos.
Plus je me confulte plus je fuis perfuadée qu'il ne m'échapera rien au delà de ce que l'eftime doit permettre ;
& au pis aller fi je ne puis empêcher
mon cœur d'être fenfible je l'empêche-
ray bien d'en rien témoigner. Eh bon
Dieu ! que de fotifes je vous mande !
Voila quatre feüillets écrits de tous les
côtez pour vous dire uniquement que
je me trouveray aux Tuilleries. Eft-il
poffible qu'on puiffe tant parler pour
dire fi peu de chofe ? C'eft à vous que
je parle : je ne puis vous donner de
meilleure excufe. J'attendray jufqu'à
cinq heures à fçavoir vôtre refolution

touchant la Sœur-Ecoute dont je feray
accompagnée ; & fi je n'ay point de
vos nouvelles vôtre filence me tiendra
lieu de confentement. Sur tout, fi vous
me voulez voir plus d'une fois fouve-
nez-vous qu'en voicy une où il eft néceffaire de vous contraindre. J'expli-
queray vôtre froideur à mon avantage,
& je vous en feray redevable. Je ne
puis vous rien dire de plus, parce que
je n'ay pas davantage de papier.

TROISIE'ME LETTRE.

PAr la Lettre que je vous écrivis hier je vous priay de ne point trouver de pretexte pour ne m'en écrire plus; & par celle que je vous écris presentement je vous conjure de ne m'en écrire jamais. J'en ay receu une en m'habillant, mais si respectueuse, & tout ensemble si passionnée qu'elle m'a plus attendrie que je ne veux l'être. Quel dommage de brûler une si belle chose! Cependant, loin d'en avoir du regret je m'en applaudis. Que deviendrois-je, helas! si l'on me trouvoit de semblables Lettres; & qui se figureroit que j'eusse pû tenir contre une passion appuyée de tant de mérite? Je dis une passion, car il est impossible de lire ce que vous écrivez sans vous croire le plus amoureux des hommes. Et comment ne le croitoit-on pas, puisque moy-même qui ne veux point vous donner d'a-

mour, & qui fais tout ce que je puis
pour vous empêcher d'en prendre, j'ay
de la peine à me persuader que vous
n'en ayïez point. S'il est vray que vous
en ayïez qu'esperez-vous? Et si vous
n'en avez point pourquoy m'écrire
comme si vous en aviez? Que vous me
vendez chérement la contrainte où vous
fustes hier aux Tuilleries; & que dans
ce que vous m'écrivez vous montrez
bien que vous ne craignez pas qu'on
vous entende! Vous me direz peut-être,
que vous me tenez la promesse que
vous m'avez faite, & que le mot d'A-
mour ne vous est échapé en aucun endroit; mais ne le peut-on faire connoître sans le nommer? Rien de plus
ardent, rien de plus tendre, rien de plus
insinuant n'a jamais paru que la Lettre
que j'ay aujourd'huy receuë: & je me
dédis de la priére que je vous ay faite
de ne m'en écrire jamais. Si vous trouvez autant de plaisir à m'aimer que j'en
trouve à ne vous pas haïr, fixons-là
vôtre plaisir & le mien: il seroit moins
doux s'il étoit moins pur; & peut-être
même moins durable. Je crois vous
avoir mandé que je ne me repentois

point d'être mariée; & je ne vous ay
rien mandé qui ne soit vray. Je dis
plus : il y a toutes les apparences du
monde que je ne seray pas malheureuse, à moins que je ne contribuë à le
devenir : mon Mary m'aime & je croy
l'aimer aussi : mais malgré tout cela les
plaisirs que je me faisois avant le Mariage étoient bien plus grands qu'ils
ne l'ont été depuis; & je ne sçay rien
qui ressemble moins à l'amour que le
devoir. Brûlez mes Lettres comme je
brûle les vôtres : & qu'il n'y ait que
vous & moy qui sçachions ce que le
reste du monde doit ignorer. De peur
qu'on n'en surprenne quelqu'une, ser-
vez-vous de l'adresse que vous trouverez icy sur un morceau de papier à
part. Quelque habile que soit vôtre Laquais, & quelque précaution qu'il prenne pour ne rencontrer que moy, j'ay
une Fille de Chambre un peu parente
de mon Mary, à qui des visites si fréquentes deviendroient suspectes. Elle
a de l'esprit & de l'orgueil; & si elle
trouvoit une occasion de se vanger de
ce que je luy ay deffendu de m'appeller sa Cousine elle en feroit le plus

grand de ſes plaiſirs. J'entre dans un
détail déſagréable, mais neceſſaire. Comme je ne veux point faire de mal je
cherche les moyens d'empêcher qu'on
ne m'en impute. La Femme qui aura
ſoin de recevoir vos Lettres, en aura
encore plus de me les rendre. N'y mettez point de deſſus : le dedans me fera aſſez connoître que ce n'eſt qu'à moy
qu'elles s'adreſſent ; & je ſeray bien aiſe que perſonne ne connoiſſe vôtre é-
criture que moy. Je voudrois même,
s'il étoit poſſible (voyez juſqu'où va
mon extravagance) que vous ne fuſſiez
connu que de moy ſeule, pour être ſûre que ce n'eſt qu'à moy ſeule que vous
écrivez. La plus grande marque que
vous me puiſſiez donner, j'ay penſé dire
d'amour, & j'en aurois un regret ſenſible : comme j'écris ſans reflexion, &
que je ne relis pas ce que j'écris, ſi
malheureuſement ce mot m'échape, je
vous prie d'avoir aſſez bonne opinion
de moy pour croire que je n'ay voulu
mettre qu'amitié, & que m'a plume eſt
allée plus vîte que ma penſée. La plus
grande marque, dis-je, que vous me
puiſſiez donner d'une tendre & verita-

ble amitié, c'eſt d'avoir ſoin vous même d'une réputation que je vous con-
fie. Aimez-moy, je ne dis pas comme
on aime une Sœur; il y en a beaucoup
que l'on n'aime gueres : je ne dis pas
comme on aime une Femme; il y en a
quantité qu'on n'aime point du tout :
mais comme ce qui n'eſt ni Femme ni
Sœur, & qui touche plus que l'une ni
l'autre. Vous diray-je comme je ſouhaite que vous m'aimiez? comme vous
même. Je ſuis convaincuë que vous ne
voudriez pas qu'on vous reprochât rien;
& je vous demande les mêmes égards
pour moy. Je m'étens un peu trop ſur
une matiere dont une Femme he peut
trop peu parler : mais quoi-que vous
ſoyez exact à ne pas prononcer le mot
d'Amour vous l'exprimez à la fin de
vôtre Lettre de tant de manieres que
je croirois être ridicule ſi je vous di-
ſois que je n'y ay rien entendu. Je ſuis
de meilleure foy : j'entens tout ce que
vous avez deſſein de me dire ; & je
vous répons tout ce que j'ay deſſein de
faire. Ce n'eſt point à mon Sexe à recevoir des loix du vôtre; c'eſt à moy
à vous en impoſer : mais ne vous al-

larmez pas ; je ne vous en impoſeray point de rigoureuſes. Aimez-moy comme vous devez m'aimer ; & je conſens à ne vous haïr jamais.

Et ſur un petit morceau de papier à part : Envoyez vos Lettres dans la ruë * * * vis-à-vis la petite porte de S. * * * chez Madame * * * je les recevray toûjours avant Midy : & ſi vous n'avez réponſe le même jour ce ne ſera pas ma faute.

QUATRIE'ME LETTRE.

JE ne suis pas encore guérie de la fiévre que vous me donnâtes hier au soir. Fut-ce avec vous que j'eûs le plaisir de souper? Dans quel étonnement, bon Dieu! me jetta vôtre veuë; & quelle verité a jamais eu mieux l'apparence d'un songe? Comment, de quelle maniere, par quel moyen cela s'est-il fait? Je ne puis vous dire dans quelle impatience je suis de le sçavoir. Ayez la bonté de m'y laisser le moins que vous pourrez; & de m'apprendre par quelle avanture vous vintes où vous étiez si peu attendu. De qui sceûtes-vous que mon Mary payoit hier sa Fête; & par quel hazard en fûtes vous convié? Helas! je cherche bien loin ce qu'il m'est facile de trouver bien prés. Ce fut moy, sans doute, qui le plus innocemment du monde me causay tant d'inquietude & tant de joye. Mon Epoux m'ayant appris que Mon-

ſieur de P * * * * s'excuſoit d'y venir,
parce qu'il donnoit à ſouper à un de
ſes Amis je l'obligeay, avec je ne ſçay
quel empreſſement, à retourner ſur ſes
pas pour luy dire que cet Amy honore-
roit davantage la Feſte : mais, ô Ciel !
quelle ſurpriſe pour moy quand je m'apperceus que c'étoit vous ? Si vous aviez
pû m'en avertir que vous m'auriez é-
pargné de trouble ! Un Billet de trois
lignes ſeulement à l'adreſſe que je vous
ay donnée, m'eût preparée à ce .que
j'aurois dû faire ; & tout au moins j'aurois eu le tems de me mettre en garde
contre ma premiére émotion. Je voudrois que vous euſſiez autant de bonne
foy que j'en ay : vous m'avoûriez que
ce qui vous empêcha de m'apprendre
vôtre deſſein fut la peur que je ne m'y
oppoſaſſe. Peut-être ma raiſon me l'au-
roit-elle conſeillé ; mais je doute que
mon cœur luy eût obeï. Interdite comme
me je l'étois hier, jamais il ne me tomba dans la penſée que je fuſſe l'innocente complice de vôtre témérité. Je ne
demande point à en être mieux éclair-
cie. Monſieur de P * * * * ne s'excuſa
de venir que pour avoir ſujet de vous

amener ; & les inquiétudes que vous
me caufâtes hier en font naître d'autres
aujourd'huy qui ne me tourmentent pas
moins. Je crains que vous n'ayïez fait
confidence·à vôtre Amy de ce que je
voudrois que vous eufliez oublié vous
même ; & que vos Lettres & les miennes ne foïent plus un fecret entre vous
& moy. On ne peut en ôter le miftere
fans en ôter le mérite. Auriez vous été
affez indifcret pour me commettre fi
indignement ; & ma réputation eft elle
d'un prix fi médiocre qu'il faille en a-
voir fi peu de foin ? Où en ferois-je, fi
dés le commencement de nôtre union
j'avois un fi jufte fujet de la rompre :
& quels efforts me faudroit - il faire
quand elle fera plus affermie, puifque
tout foible qu'elle eft encore j'ay tant
de peine à y confentir ? Mandez-moy,
en auffi honnête homme que vous me
le paroiffez , & que je croy que vous
l'êtes, fi vous avez dit à quelqu'un ce
qui doit n'être fceu que de nous deux.
C'eft ce que je veux apprendre préfé-
rablement à tout ; & je ne demande
point d'autre fûreté que ·vôtre parole.
Il vous eft aisé de me tromper par le

penchant que j'ay à vous croire : mais
fera-ce un avantage pour vous d'abufer de la confiance d'une Femme qui
vous aide à la tromper elle - même?
Faut - il d'autres preuves de ce que je
vous dis que les differentes situations
où je fus hier quand je vous vis où il
y avoit si peu d'apparence que je vous
dûsse voir? Je trouvay que vous aviez
tort de ne m'en avoir rien dit : je trouvay que vous aviez raison de ne m'en
rien dire ; il me parut que ce n'étoit
pas m'aimer que de me furprendre : il
me sembla que vous m'auriez moins
aimée si vous ne m'aviez furprife; &
pour vous parler ingénûment je ne vous
accufois que pour avoir le plaisir de
vous juftifier. Je ne fçay combien nous
étions de perfonnes à Table : je fçay
feulement que je ne voyois que vous,
que je ne croyois parler qu'à vous, que
je n'étois occupée que de vous. Placée
vis-à-vis de vous je n'ofois prefque lever les yeux pour vous voir, de crainte
qu'on ne s'apperceut du plaifir que j'y
prenois : ni les baifler de peur de cefler
d'en prendre ; & je vous laifle à penfer
ce que me faifoit fouffrir une contra-

diction si violente. Je me flatois que
le soupé fini je cesserois d'être si é-
meuë, & que je n'avois qu'à changer
de place pour reprendre ma tranquillité : quelle erreur ! Ce changement ne
servit qu'à changer mon inquiétude en
douleur. Un regard que je vous déro-
bois en soupant me dédommageoit de
tout ce qu'il m'avoit coûté ; & moins
j'avois la liberté d'en jouïr plus ceux
que je surprenois m'étoient sensibles.
Mais quand il fallut se partager pour
joüer, & que le sort nous separa si
cruellement l'un de l'autre : quand je
me vis non seulement à une Table,
mais dans une Chambre où vous n'ê-
tiez pas, que j'aurois bien voulu souper encore, & me revoir dans l'embarras où j'étois. Je fis des fautes, manque de sçavoir le jeu ; j'en fis de distra-
ction ; j'en fis même de dessein prémé-
dité pour obliger celle qui étoit de
moitié avec moy à prendre ma place :
mais on ne le voulut jamais permettre ;
& la malheureuse qualité de Maîtresse
du Logis fut cause que je ne pûs l'être
de moy-même. Mon plus grand chagrin
ne fut pas de ne vous point voir : ce

fut de ce que vous étiez vû par d'autres. Vous joüiez avec deux Femmes que
je n'aime point, parce qu'elles me semblent trop aimables ; & ce qui me mor-
tifioit le plus je vous entendois quelquefois rire avec elles. Est-il vray-sem-
blable, me disois-je, qu'il puisse être
si tranquille, & aimer autant qu'il me
le dit! Peut-il rire & ne me point voir:
& pendant qu'il cause un si grand desordre dans mon cœur, avoir si peu de
trouble dans le sien! C'étoit ainsi que
je me plaignois en moy-même du mal
le plus grand que je crûsse avoir à craindre : mais je ne prévoyois pas que je
touchois à un autre bien plus cruel.
Minuit sonna, & ce fut le signal de la
retraite. Je fus depuis sept heures jusqu'à minuit avec vous ; & pourquoy?
pour rien. Que ce temps passa vite ; ou
du moins qu'il fut mal employé! Etoit-
il necessaire de faire ce que vous fistes
pour ne rien faire de plus ; & aprés avoir
tant hazardé pour me parler faloit-il
me quitter sans me rien dire? Ma modestie causa-t-elle vôtre froideur ; & parce
que je n'osay vous montrer de la bonté
n'osâtes vous me témoigner de l'estime?

Que pouvois-je faire, helas, contrainte comme je l'étois ; & pour ainsi-dire, n'ayant rien de libre que le cœur, dont vous entendez si mal le langage ! Quels truchemens a-t-il coûtume d'avoir que les yeux : & qu'est-ce que les miens ne vous dirent point de sa part ? Je vous rends justice ; & je sçay bien que de tems à autre les vôtres parloient aussi : mais la différence qu'il y eût entre vous & moy j'entendois au delà de ce que vous disiez, & vous n'entendiez pas le quart de ce que je voulois dire. Cependant minuit sonna : il fallut se quitter ; & je ne m'apperceus point que cette separation vous fist la même peine qu'à moy. Vous n'oubliâtes rien de tout ce qu'un homme de vôtre mérite est capable de faire en pareille occasion. Tout ce qui est d'honneur & d'esprit vous coûte trop peu pour y manquer. On ne peut être plus charmé d'un homme que mon Mary le paroît de vous: il m'en a dit ce matin tous les biens du monde ; & croit n'avoir point de plus grande obligation à Monsieur de P *** que celle de vôtre connoissance. Imaginez-vous ce qu'il penseroit s'il me

trouvoit

trouvoit des Lettres auffi tendres que
celles que j'ay receuës de vous ; & qu'il
vous foupçonnât de me les avoir écrites. Quoi-que ce ne fuft que par une
pure honnêteté que je l'obligeay à retourner chez Monfieur de P**** pour
le prier d'amener fon Amy, ne cherche-
roit-on pas du miftere où il n'y avoit
que de la bienféance ; & de la chofe
du monde la plus innocente n'en feroit-
on pas la plus criminelle ? Ménagez fi
bien ces premiers momens avec mon
Mary que par la fuite il nous facilite
luy-même les occafions d'en paffer d'autres. Vous ne devez pas douter que je
ne vous tienne compte de la Galanterie
que vous voulez faire Jeudy à Vincen-
nes ; & que je ne fente que c'eft purement pour moy que vous la faites. Il
étoit mal-aifé de trouver un* pretexte
de me voir, d'une maniere moins fuf-
pecte, & plus ingénieufe : & rien ne me
perfuade mieux que vous m'aimez que
de vouloir payer vôtre Fête le jour de
faint Jean, vous qui m'avez dit que
vous vous appellez Jacques. Eh bon
Dieu! dequoy l'amour n'eft-il point capable, puis qu'il perfuade par un men-

X x

fonge? Adieu: j'entens quelqu'un à qui
cette Lettre ne plairoit pas..

Il paroît que les trois Lettres qui
fuivent ont été écrites long-tems après
les quatre précédentes, & que les chofes
étoient dans une autre fituation.

CINQUIE'ME LETTRE.

IL est vray, mon cher petit homme, c'est moy qui t'ay conseillé d'aller en Angleterre pour voir si ton absence pourra rendre le calme à mon cœur ; mais je ne croyois pas que tu m'obeïrois si facilement. Depuis deux jours que je ne t'ay veu j'ay souffert tout ce que l'amour & la jalousie ont de plus cruel : que-sera-ce donc quand je ne te verray plus ? Tu pars demain ; & tu peux te resoudre à me l'apprendre ! Que dis-je ? tu me l'apprens même avec une tranquillité barbare : & dans la Lettre que tu m'as écrite tu me dis Adieu du même ton que tu me le disois quand nous devions nous revoir le lendemain. Ingrat ! que ce mot t'a peu couté à dire, & que tu me le fais payer chérement ! Que ne partois-tu sans me le faire sçavoir ? J'aurois eu la consolation de croire que ton Amour auroit craint de m'affliger ; & tu sçais com-

X x ij.

bien j'ay de penchant à excufer tout ce que l'amour fait faire. As-tu fait réflexion en me difant Adieu à la douleur que ce mot me devoit caufer ? Tu pars demain ! Rien au monde ne me paroiſſoit ſi juſte & ſi neceſſaire que ce depart tant que je l'ay conſidéré d'un peu loin : ma réputation, mon devoir, & ſi tu veux même quelques foibles reſtes de Vertu qui de tems à autre me reprochent l'irrégularité de ma conduite, me le faiſoient preſque enviſager avec plaiſir : mais que de prés ce départ me ſemble horrible ; & que la réputation, le devoir & la Vertu même ſont des obſtacles qui ſont aiſément ſurmontez par l'amour ! Si tu m'en croyois tu ne partirois point : mais au nom de Dieu ne m'en crois pas. Que peut-il m'en arriver que de mourir, & que puis-je ſouhaiter de mieux ? Volage, comme je ſçay que tu l'es, tu ne manqueras pas de m'oublier auſſitôt que tu ne me verras plus. La premiere perſonne que tu trouveras plus belle que moy (ce qui ne ſera pas difficile) tu ne te ſouviendras plus de l'amour le plus violent & le plus tendre dont on ait jamais oüy

parler ; & tu facrifieras à ta nouvelle
paffion un cœur que j'ay achetté par le
facrifice de ma Vertu. Seroit-il poffible
que tu me fuffes infidelle , aprés avoir
tant de fois pris Dieu à témoin que tu
ne le ferois jamais ? C'eft toy qui as
corrompu mon innocence , féduit mon
devoir , triomphé de ma foibleffe ; &
qui pars demain , pour ne me revoir,
helas que fçay-je ? peut-être jamais. Je
trouvois que nous étions fi loin l'un
de l'autre quand nous étions féparez
par quelques ruës : & comment donc te
pourray-je fouffrir dans un Royaume où
je ne feray pas ? Comment m'accoûtu-
meray- je à te fçavoir à un bout du
Monde & moy à l'autre ; & que devien-
dray-je pendant deux ans que je ne te
verray point, moy qui ne puis être un
jour fans te voir ? Plût au Ciel qu'il n'y
eût que le ménagement de ma réputation qui t'obligeât à partir ! Je te
ferois fouvenir qu'il falloit partir trois
ans plûtôt ; & que le peu qui m'en refte ne vaut pas ce qu'elle me doit coû-
ter. Mais il y va du ménagement de ta
Fortune & du repos de ta vie : & ce font
des raifons à quoy mon amour n'en a

point à oppofer. Je me fens affez de force pour être malheureufe fans me plaindre ; mais je n'en ay pas affez pour te rendre malheureux fans me défefpérer. Pars, mon cher Enfant : j'y confens de tout mon cœur, plûtôt que de t'expofer au malheur dont ta Mere te menace. Pour peu que tu luy manques de complaifance elle eft affez dévote pour te deshériter ; & peut-être, pour fe damner à force de legs pieux. Je te prie de me pardonner ce mot, qui eft échapé à ma douleur fans le confentement de ma volonté. J'ay trop d'amour pour toy pour manquer de réfpect à ta Mére. Quand elle n'auroit que le feul mérite de t'avoir donné le jour c'en eft un affez grand à mon égard pour m'infpirer de la vénération pour elle. Pars, puifqu'elle le fouhaite : mais je te conjure par ce que j'ay de plus cher au Monde, je n'ay pas befoin de te dire qui c'eft, de partir dans une intention differente de la fienne. Elle ne t'éloigne de moy que pour te contraindre à m'oublier : & peut-être n'auras-tu pas de peine à luy obéïr. Que d'inquietudes tu prépares à mon Ame ! l'Amour,

la Crainte, la Jaloufie, la Rage, que
fçay-je combien d'autres paffions encore vont me tourmenter quand je ne te
verray plus ? Je t'ay déja dit que tu
m'aurois fait plaifir de partir fans me
l'apprendre : mais puifque tu me l'as
appris je veux abfolument te voir avant
ton départ. Quelques raifons que tu
puiffes m'alleguer, & quelque bonnes
qu'elles me paroiffent, je n'écoute que
celles que l'amour me dicte ; & je ne
fçay point d'extrémitez où je ne fois
capable de me porter fi tu me laiffes
dans le defefpoir où je fuis. Je ne te
dis point avec combien d'impatience
je te vais attendre : juges-en par l'état
pitoyable où tu m'as quelquefois trou-
vée quand tu me venois voir un peu
plus tard que tu ne me l'avois promis.
Tu prévois, fans doute, que ma tendreffe ira trop loin : que ne puis-je a-
voir la même appréhenfion de la tienne ; & que n'ay-je de femblables reproches à te faire ! Voy, je te prie,
jufqu'où va l'excés de mon amour. Je
t'aime affez pour ne pas fouhaiter que
tu m'aimes autant que tu es aimé, de
peur que tu ne partes avec autant de

douleur que tu m'en laisses. Est-il bien vray que nous allions être séparez pour si long-tems ; & que tous les pas que tu feras demain soient autant de pas qui t'éloigneront de moy ? Quoy, tous les momens, toutes les heures, tous les jours qui succéderont les uns aux autres ne serviront qu'à augmenter successivement ma douleur ! Cette pensée seule renverse toutes les résolutions que la raison est capable de m'inspirer ; & quoi-que je sçache la nécessité de ton départ, & que je sois perduë pour toûjours si je ne te perds pour quelque tems, je ne vois rien de plus à craindre pour moy qu'une séparation si funeste. Je sçavois bien que je t'aimois beaucoup, mais je ne croyois pas t'aimer tant : il faloit cette épreuve pour me faire sentir toute la violence de ma passion. Je la sens, grace au Ciel, dans toute son étenduë : & si tu trouves de la satisfaction à apprendre le desordre que tu causes, tu dois être au comble de ton plaisir. Tu vois par ce que je t'écris dans quelle agitation je dois être. Si je n'ay de tes nouvelles dans deux heures tu en auras des miennes lors que tu

en

en attendras le moins; & peut-être me
trouveras-tu en Angleterre en y arrivant. La paſſion que j'ay pour toy juſtifie aſſez que je n'en ay point de médiocre; & que je ne te dis rien que je ne
faſſe avec autant de facilité que je te le
dis. Préviens ce que mon deſeſpoir me
ſuggére; & ne comptes pas ſur la raiſon
d'une femme qui n'en a plus. Viens
prendre avec moy de juſtes meſures
pour nous écrire, puiſque nous ne
pourrons plus nous entretenir autrement. Je ſouhaite de tout mon cœur
que je n'en aye pas beſoin; & que
je ſois aſſez heureuſe pour mourir en
te diſant Adieu.

SIXIE'ME LETTRE.

IL y a déja trois jours que tu es party. Tu avois juré de n'en laisser paffer aucun fans m'écrire ; & je n'ay point
encore receu de tes Lettres. Que puis-
je m'imaginer de ce filence ! Ne t'eft-il
point arrivé quelque malheur : ou plûtôt ne m'en eft-il point arrivé à moy-
même ; & n'eft-ce point pour un Infidelle que je verfe inutilement tant de
pleurs ? Si tu avois autant d'amour que
moy tu ne manquerois pas de moyens
pour me l'apprendre ; & fi tu n'en trouves pas, c'eft, fans doute, que tu n'en
cherches point. J'en trouve bien, moy,
qui pour ainfi dire, fuis gardée à vuë,
& à qui l'on ne donne des domefti-
ques qu'à condition qu'ils feront mes
Efpions. Avec de l'amour il n'eft point
d'obftacle qu'on ne furmonte ; point de
difficulté qu'on n'applaniffe ; point d'entreprife dont on ne vienne à bout. J'ay
apprivoifé une Dévote, & fait entendre

raiſon à une Sourde pour ne te pas laiſſer dans l'inquiétude où tu étois. L'une
a trouvé que c'étoit bleſſer la charité
que de ne pas aider à une perſonne
auſſi malheureuſe que je le ſuis : & l'autre, inſenſible à des paroles qu'elle n'entend pas, a entendu ſi agréablement le
ſon de quelques Louïs, que je compte
ſur ſa fidelité comme tu peux compter
ſur la mienne. Ce n'eſt point pour te
reprocher ce que j'ay fait pour toy que
je te cite ces deux exemples : c'eſt pour
t'animer à les ſuivre ; & pour te conjurer de vouloir à ton tour ne me pas
laiſſer dans l'inquiétude où je ſuis.
Quand tu me haïrois autant que je t'aime (que ta haine iroit loin ſi cela é-
toit !) l'état où je ſuis te feroit pitié ſi
tu le ſçavois. Je me figure mille choſes qui ne ſont pas ; & je ne m'en figure aucune qui ne me paroiſſe un ſujet
de deſeſpoir. Ne me laiſſe point dans
un état ſi funeſte. J'aime mieux ceſſer
de vivre tout d'un coup que de traîner
une vie ſi languiſſante. Quoy, je ſeray
deux ans ſans te voir, & je n'auray pas
la malheureuſe conſolation de recevoir
plus ſouvent de tes Lettres ! Comptes-

tu comme moy combien deux ans ont
de jours; & si ton cœur est aussi tendre
que le mien, trouves-tu l'Eternité plus
longue? Etoit-ce une feinte que la priere que tu me fis en partant , d'avoir
soin de la plus chére moitié de toy-
même, & de ménager une vie que je
ne pouvois négliger sans attenter à la
tienne? Tu me conjures de vivre par les
paroles les plus amoureuses dont on se
puisse servir; & tu m'assassines par le silence le plus cruel qui ait jamais été.
Comment veux - tu que je m'accommode de deux choses si opposées; & quel
fonds puis-je faire sur des paroles que
tu démens par tes actions? Si tu veux
que je vive ne me prive pas de l'unique
bien qui me fait aimer la vie : & ne me
dérobe pas le plaisir de m'apprendre
que tu m'aimes toûjours. Il me semble que depuis quelques jours ce mot
te fait de la peine à dire : Eh bon Dieu!
Ne seroit-ce point que tu ne m'aimes
plus, & que tu ne peux te contraindre
jusqu'à dire ce que tu ne sens pas? Que
je serois malheureuse! moy qui t'aime
plus que je ne t'ay jamais aimé, & qui
crois ne pas t'aimer encore assez. Quel-

se chimére la jalousie me fait-elle imaginer pour troubler le peu de raison qui me reste ! Si tu ne m'aimois pas tu n'aurois pû me dire Adieu avec tant de marques de tendresse, ou il faudroit que tu fusses le plus scelerat de tous les hommes. Il t'échapa des larmes que je pris pour de veritables témoignages de ton Amour. Si elles me trompoient je ne sçay rien à quoy l'on se doive fier. La peur de te perdre me rend ingénieuse à me tourmenter. Tu m'es fidelle, mon cher petit homme, & je ne doute point que tu ne me le sois toûjours. J'en crois les assurances que tu m'as données ; & je veux ne me reposer que sur ta foy. Je sens par moy-même qu'il est impossible de dire tout ce que tu me dis en partant, sans être penetré d'un amour égal au mien. Ce n'étoit point ton Esprit qui parloit, c'étoit ton cœur ; & sur le chapitre de l'amour le Cœur est bien plus éloquent que l'Esprit. Les mesures que nous avons prises pour me faire recevoir fidellement tes Lettres, & pour t'envoyer sûrement les miennes sont les plus justes du monde : & si tu m'en avois écrit quel-

qu'une je l'aurois infailliblement receuë. Quelque pénétrans que foient les
yeux d'un jaloux, mon Argus est en Païs
perdu : & à moins de renoncer à toutes
fes Affaires pour avoir perpetuellement
les yeux fur moy, je verray tout ce que
tu m'écriras, & je t'y feray réponfe fans
qu'il puiffe deviner comment. J'ay bien
peur de ne le pas tromper affez fouvent;
& de ne te pas faire autant de répon-
fes que je le fouhaiterois. Ce commencement m'eft de mauvais augure pour
la fuite : & pour peu que ton filence
dure, j'apprehende que ma douleur ne
parle trop. J'ay un malheureux Vifage
qui prend autant d'impreffions différentes qu'il y a de differentes paffions dans
mon cœur : quand le dedans n'eft pas
tranquille, il m'eft impoffible de le paroître au dehors. Le moyen le plus fûr
d'empêcher qu'on ne découvre nôtre intelligence, c'eft d'être toûjours dans une
fi bonne intelligence qu'il n'y ait en moy
aucune alteration. Il ne me feroit pas
mal-aifé d'être d'une humeur égale, fi
t'aimant auffi tendrement que je t'aime, je pouvois me flater d'être aimée
également. La plus forte preuve que

tu me puisses donner de ton amour, c'est de m'écrire aussi souvent que tu me l'as promis. Je n'ay jamais rien demandé à Dieu avec tant d'ardeur que je te demande cette grace.

SEPTIE'ME LETTRE.

PArdon, mon cher petit Amy, pardon. Je te le demande les larmes aux yeux : mais ne crois pas que ce soit la douleur qui me les arrache; c'est la joye: A peine ma Lettre a-t-elle été à la Poste que la personne qu'on a commise à me garder m'en a rendu deux des tiennes que j'ay dévorées avec une avidité incroyable. Quel tort je te faisois de croire que tu ne te souvenois plus de moy! Je t'en demande encore une fois pardon; & suis prête à t'en faire telle réparation que tu voudras me prescrire. Tout mon mérite est l'amour que j'ay pour toy : je ne sçay que cet endroit par où je te puisse plaire; & c'est une bonne qualité parmi tant de deffauts, que quand tu me serois infidelle, il me semble que je ne pourrois justement t'accuser de me faire une injustice. Voila la veritable cause de mes soupçons. Si je te croyois d'un

prix médiocre je n'appréhenderois pas
de te perdre : mais tu as tout ce qu'on
peut avoir pour se faire aimer, & tu es
sensible ; ay - je tort de craindre ? Que
de joye tes deux Lettres m'ont causée !
Elles m'apprennent que tu te portes
bien, & que tu m'aimes toûjours : je
ne demande rien à Dieu de plus. Si
quelque chose étoit capable de troubler le plaisir que j'ay receu, c'est, mon
cher Enfant, que tes paroles me paroissent trop bien arrangées pour être
sinceres. Mon amour s'exprime plus
naturellement que le tien : par tout où
il paroît, le desordre qui l'accompagne
est une preuve qu'il est veritable. Je
ne dis point que le tien ne le soit pas.
Me préserve le Ciel d'avoir une pensée si funeste à mon repos. Je n'ay de
bonheur au monde que celuy de me
croire aimée de toy ; & je le croy si
grand que sa perte me coûteroit la vie.
Mais pourquoy, bon Dieu craindre de
perdre ton amour dans le tems que tu
m'en donnes de si grandes marques !
Quand je ne t'aurois que l'obligation
de m'avoir écrit les deux Lettres que
je viens de recevoir, je trouve que

tout ce que je fens pour toy ne m'en
acquite qu'imparfaitement; & tous les
termes qui fe prefentent à mon efprit
me femblent trop foibles pour t'exprimer ma reconnoiffance. Dy - toy, je
te prie, toy - même tout ce que mon
amour imagine ; & à quelque excés
que tu le puiffes faire aller rends-moy
affez de juftice pour croire qu'il va
encore plus loin. Juges - en par l'impatience où je fuis de te tirer de l'inquiétude que te cauferoit ma premiere Lettre fi tu la recevois toute feule.
Tu croirois, fans doute, que celles
que tu m'as écrites ne feroient pas
tombées en des mains fidelles; & cette penfée te donneroit du chagrin que
je me reprocherois. Non, mon cher
petit Homme, tu as pris de fi juftes
mefures avant ton départ qu'il eft impoffible de démêler cette intrigue. Tant
que ton Valet de Chambre écrira le
deffus de tes Lettres, & qu'elles feront cachetées d'un Chifre inconnu
nôtre Amour eft en pleine fûreté. Tous
les furveillans que l'on me donne ne
font qu'un feul jour dans les interêts
de ton Rival. S'il leur donne une Pi-

ftole pour parler, je leur en donne deux pour se taire ; & comme l'argent seul les fait agir, ils sont entierement dévoüez à qui leur en donne le plus. La consolation que j'ay dans mon malheur est que je ne manque point d'argent: c'est dire assez que je ne manque de rien. J'ay la douleur de ne te point voir, qui m'est bien sensible : mais quand je considére que tu courois risque d'être deshérité si tu ne m'avois quitée, je compte pour rien tout ce que ton absence me fait souffrir; & tu ne dois point douter que pour te rendre heureux je ne fusse prête à un plus grand Sacrifice. Pour me dédommager de ce que je perds (s'il est possible qu'une si grande perte soit réparée) fais-moy au moins la grace de m'écrire souvent; & sur tout celle de m'aimer toûjours. Que j'aurois encore de choses à te dire ! Mais j'entens minuit qui sonne : & le sifflet du Garson qui est au bas de ma fenestre pour porter ma Lettre à la Poste, m'apprend qu'il est tems de la luy jetter. Adieu : je ne puis trop te conjurer de m'aimer toujours.

Livres du même Auteur, qui se vendent dans la même boutique.

Lettres de respect, d'obligation & d'amour, 12.
Le Prince de Condé, 12.
Les Fables d'Esope Comedie, 12.

De l'Imprimerie de GILLES PAULUS DU-MESNIL, 1697.

www.ingramcontent.com/pod-product-compliance
Lightning Source LLC
Chambersburg PA
CBHW070345030726
47504CB00001B/73